"Um livro que me tocou profundamente. Uau!"

Rainha Mathilde da Bélgica

"Cativante e inspirador."

De Morgen

"Uma visão única da Comunidade dos Judeus Ortodoxos."

De Standaard der Letteren

"Muito mais do que uma boa leitura... A autora desenha sem artificialismos personagens da vida real."

Cutting Edge

"Como uma família de judeus ortodoxos pôde aceitar uma professora particular que usava minissaia? Eis a síntese de uma crônica de empatia e compreensão."

*

"Foi no convívio com a exuberante Comunidade Judaica de Nova York que Margot entendeu uma verdade: 'Nas minhas saídas, vi todas as ramificações do judaísmo. Dentro de cada ramificação, encontrei uma gradação diferente e, dentro de cada gradação, eu me deparei com toda e qualquer diferença individual imaginável. Pela primeira vez na minha vida, eu me conscientizava de que não existe uma comunidade judaica homogênea'. É claro que isso se aplica a todas as religiões e comunidades: é o que poderíamos chamar de variedade humana infinita. Com empatia, ela descortina a perspectiva de quem vê as coisas de dentro. Ao fazê-lo, ela nos ajuda a estar alertas."

*Toby Lichtig, **The Guardian***

MAZAL TOV

J.S. Margot

MAZAL TOV

Minha surpreendente amizade com uma família de judeus ortodoxos

Tradução de Fernando Dourado Filho

1ª edição – São Paulo

2ª impressão

Título no Brasil
Mazal Tov

Mazzel tov © 2017 by Margot Vanderstraeten
Originally published by Uitgeverij Atlas Contact, Amsterdam

Tradução: Fernando Dourado Filho
Preparação de texto: Ana Sesso Revisão
Revisão de texto: Vânia Cavalcanti
Editoração: S2 Books
Capa: Marcelo Girard

Imagem de capa: istock.com/Mazor

Direitos exclusivos de publicação somente para o Brasil adquiridos pela
AzuCo Publicações.
azuco@azuco.com.br
www.azuco.com.br

◨ FLANDERS LITERATURE

Este livro foi publicado com o apoio de Flanders Literature (flandersliterature.be)

Dados Internacionais de Catalogação na Publicação (CIP)
(Câmara Brasileira do Livro, SP, Brasil)

Margot, J. S.
    Mazal Tov / J. S. Margot ; tradução Fernando Dourado Filho. -- 1. ed. -- São Paulo : AzuCo Publicações, 2022.

Título original: Mazal Tov
ISBN 978-65-85057-00-4

1. Judaísmo 2. Judaísmo ortodoxo 3. Literatura belga I. Título.

22-124693   CDD-296

Índices para catálogo sistemático:
1. Judaísmo 296
Aline Graziele Benitez - Bibliotecária - CRB-1/3129

MAZAL TOV

Primeira Parte

1987-1993

Capítulo 1

everia ser no início do mês. O ano universitário ainda não tinha começado. Saí aliviada de uma prova de recuperação em gramática espanhola e atravessei em diagonal o hall da faculdade para ir à cafeteria. Sentados nos bancos alinhados às paredes, dezenas de estudantes fumavam e conversavam.

O corredor que levava à cantina era, na realidade, mais fascinante do que a maioria das aulas. Os painéis afixados estavam cobertos de pequenos anúncios provocantes: "Quem gostaria de trocar de locador comigo?"; "Que tal me acompanhar a Barcelona? Ainda tem um lugar mediante condições, me liga"; ou até "Meu saco de dormir gratuito para quem quiser entrar nele comigo".

Um cantinho estava reservado às ofertas de emprego para a comunidade universitária. Quando alguém se interessava por um, bastava ir ao departamento de serviços sociais com a referência correspondente. Uma assistente sombria, de testa vincada, dava as explicações cabíveis. Frequentemente, ela se contentava em informar o nome, o endereço e o número de telefone do empregador e, com um suspiro de desalento, desejava boa sorte ao candidato, no tom de quem achava a própria função um tédio.

Nos dois anos anteriores, esse serviço tinha me permitido obter alguns trabalhos temporários. Camareira, promotora de sabão em pó, assistente de *headhunter*, segurança de museu e outros.

Naquele dia, dei de cara com um anúncio manuscrito: "Precisa-se de estudante para aulas de reforço escolar – aprofundamento das lições e orientação nas tarefas – a quatro crianças e adolescentes (de oito a dezesseis anos) todos os dias". Rabisquei imediatamente o número de referência na palma da mão. Uma hora mais tarde, a assistente do serviço social me forneceu as informações básicas sobre a família, a que chamarei de os Schneider, mas cujo nome verdadeiro era outro, também alemão ou próximo a ele.

Os Schneider, me informou a assistente do serviço social, eram judeus, o que normalmente não deveria ser um problema. Se desse errado, eu poderia voltar e ela tentaria achar uma solução. Quanto a dar certo, ela nada podia garantir porque com essas pessoas aí, nunca se sabe. A incerteza era a única certeza, tanto quanto os 60 francos belgas por hora que me pagaria a família, o que não era nenhuma maravilha, mas também não era tão mal. Para as questões de dinheiro, os judeus se pareciam um pouco com os holandeses, ela acrescentou.

Lancei um olhar espantado, que ela me devolveu multiplicado por cem.

— Claro que é assim. Se não, por que você acha que tantos holandeses vêm se inscrever aqui em Flandres, nesta escola de intérpretes? Porque a formação é, ao mesmo tempo, boa e de qualidade. Quando obtêm o diploma, eles voltam para o seu país. No final das contas, formamos nossos principais concorrentes. Felizmente a universidade recebe subvenções individuais por estudante. A presença deles tem ao menos essa vantagem.

Enfim, o que eu quero alertá-la é para que não se deixe levar na conversa. Não aceite período de experiência sem remuneração. Mesmo se você decidir parar já na primeira semana, eles têm de pagar as horas trabalhadas.

Enquanto ouvia as recomendações da assistente do serviço social, eu calculava que esse emprego me renderia no total 600 francos por semana, ou seja, 2.500 por mês. Para uma época em que o aluguel de um pequeno apartamento custava mais ou menos 6 mil francos, até que ajudava.

Capítulo 2

— Bom dia, madame. Posso falar com o senhor ou a senhora Schneider?

— Sou a senhora Schneider.

— Olá! A senhora está procurando uma estudante para ajudar quatro crianças e adolescentes a fazer a lição de casa?

— Sim, já faz algum tempo.

— Só vi o anúncio esta semana.

— No ano passado, chegamos a contratar seis estudantes. Desistiram depois de algumas noites.

— Por que eles não quiseram continuar?

— Bem, porque... Porque não, *n'est-ce pas*?[1] Eles não estavam à altura, eis o que eu posso dizer.

— A senhora tem quatro filhos?

— Dois filhos e duas filhas.

— Qual é a idade deles?

— De oito a dezesseis anos. Deixei isso claro no anúncio. Por que você está me telefonando se não leu o anúncio? Quantos anos você tem?

— Vinte anos...

— Isso é apenas quatro a mais do que o meu primogênito. Em que universidade você estuda?

---

[1] Do francês, "não é?".

— Na Universidade de Antuérpia. Na Escola Superior de Tradutores e Intérpretes.

— Não é uma universidade, é uma escola superior.

— Na Bélgica, ela depende da universidade.

— A Bélgica é um pouco bizarra.

— Escolhi estudar francês e espanhol.

— Francês é bom. Já seu espanhol não nos interessa. Com as crianças, falamos francês, mas elas vão à escola flamenga, "holandesofônica" deveria dizer, *n'est-ce pas?* Meu marido não está em casa agora. É com ele que você deve falar.

— Gostaria de ir até aí para me apresentar. Quando seria conveniente para a senhora?

— Você está acostumada a lidar com crianças?

— Gosto de crianças. Gosto de dar aulas. A senhora quer que eu passe aí na sexta-feira?

— De jeito nenhum, nunca recebemos visitas às sextas-feiras. Você tem alguma experiência em ensinar?

— Ajudei meus primos e primas. Ajudei minha irmã também. E meus colegas de escola, meninas e meninos, no passado.

— Então você não pode saber se realmente gosta de dar aula, *n'est-ce pas?*

— Acho que o trabalho me agradaria.

— Às sextas-feiras começamos os preparativos para nosso dia de descanso semanal. As crianças nunca têm aula nas tardes desse dia. Em compensação, vão à escola às quartas-feiras à tarde. O *Shabat* dura, digamos para simplificar, do pôr do sol da sexta-feira até o pôr do sol do sábado. Você nunca deve vir aos sábados, que nós dedicamos ao repouso, mas tem de estar aqui

todo domingo de manhã para ajudar as meninas. Você acha que
é possível?

— Isso não me parece um problema.

— Você acha que consegue nos respeitar?

— O que é que a senhora quer dizer com isso?

— Não somos como todo mundo, *n'est-ce pas*? Nós lhe explicaremos isso depois. Antes de tudo, eu queria ter certeza de uma coisa: estudantes como você e muitos outros saem no sábado à noite e gostam de dormir até tarde no domingo, não é?

— Sou madrugadora — menti.

— Quando você pode vir para nos conhecermos?

— Poderia ser na quarta-feira à tarde, senhora Schneider?

— Acabei de lhe dizer: as crianças têm aula na tarde das quartas-feiras. E seria melhor que você as visse.

— Eu queria dizer no fim da tarde — corrigi-me —, às cinco horas. Tenho o seu endereço.

— Como é seu nome, por favor?

Capítulo 3

Alguns podem achar impossível lembrar como estava o tempo há 30 anos. No entanto, lembro que o sol brilhava e que o céu era de um azul luminoso – um desses azuis intensos que prenunciam o frio outonal – quando, naquela quarta-feira de setembro, eu me dirigia à avenida de Belgique, a larga artéria que corta o bairro judaico e desemboca no majestoso aterro da estrada de ferro – entre o bairro de Zurenborg e a icônica estação de Antuérpia.

Eu nunca ia para aquele lado da cidade. Só conhecia a rua du Pélican, onde pululavam joalheiros e vendedores de ouro atraindo curiosos e compradores, especialmente aos domingos.

Com um espanto um pouco divertido, olhava as dezenas de crianças de bicicleta. Afogueados e bem trajados, tanto os pequeninos como as mocinhas e os rapazes, alguns com o rosto emoldurado pelos cabelos em *peyot*[2], eles avançavam de cabeça baixa. Sobre patins, apesar de atentos à movimentação, quase esbarravam em mim.

Diante de certas casas – escolas, creches? –, havia dezenas de patinetes e bicicletas. Esses brinquedos de rodinhas raramente estavam travados com cadeados ou atados por correntes.

---

[2] Designa os cachos de cabelos laterais característicos dos judeus ortodoxos, que os mantêm em cumprimento ao mandamento de não raspar os lados da cabeça.

J. S. Margot

Homens de barba cheia – branca, grisalha ou preta – caminhavam a passo decidido para seus afazeres. Pareciam saber aonde iam, não olhavam para mim; tinham os olhos fixos em outra direção, seus cachinhos laterais – partindo das têmporas e caindo pelos ombros – e suas barbas assanhadas, não pelo vento, mas pelo seu passo rápido. Eu diria que eram agentes funerários a caminho da próxima sepultura. Muitos entre eles usavam meiões brancos sobre uma calça preta que ia até o meio da panturrilha. Seus sobretudos de um preto retinto – em cetim de seda ou poliéster – pareciam todos iguais, chegando até abaixo do joelho, e não tinham abertura dos lados. Deveriam seguramente suar em bicas, não? E sufocar sob seus chapéus pretos de rígidas abas largas.

As mulheres com quem eu cruzava tinham todas o mesmo penteado de pequeno pajem, seus cabelos castanhos ou pretos resvalavam os ombros. Algumas usavam perucas, dessas bem baratas. Outras tinham um lenço preso com um nó na cabeça ou usavam uma espécie de touca, como aquelas com as quais minha mãe e minha avó cobriam a cabeça quando retocavam a pintura do teto de casa, tão logo a primavera dava o primeiro sinal de que estava chegando. As loiras pareciam ser uma raridade naquele bairro. As saias e os vestidos até os calcanhares predominavam. Apesar do calor, muitas mulheres usavam *collants* pretos, rosa chá ou marrom; vi só um branco. Nada de decote à vista. A única mulher que usava alguma cor passou ao lado da minha bicicleta com um *walkman* nos ouvidos.

Então cheguei diante de uma casa austera cuja fachada resplandecente parecia ter sido reformada havia pouco tempo. Sobre o parapeito da janela, ao lado da porta, pontificava diante do cortinado um candelabro de muitos braços. Em cima da campainha, estava preso um estojo transparente que parecia conter um rolinho de papel. Deveria se tratar de uma espécie de talismã, de uma pequena mensagem com uma máxima que incitasse a reflexão e trouxesse conforto para o resto do dia. Gostei da ideia.

A voz feminina que me pediu para olhar o visor e me fez repetir meu nome no interfone era a mesma voz do telefone de alguns dias antes.

Precisei de um momento para compreender que a campainha estava conectada a uma câmera de vigilância e que eu estava sendo filmada. No final dos anos 1980, uma câmera ligada a uma campainha de porta era um artefato altamente tecnológico, previsível na porta de uma joalheria ou de uma grande empresa, mas certamente não na porta de um imóvel residencial cercado de outras moradas.

Meus pais, que viviam numa casa isolada no campo, só fechavam a porta dos fundos à noite, depois de darem ao cachorro da família a última ração do dia. O resto do tempo, ela ficava aberta. Em Antuérpia, quando as visitas chamavam na porta de entrada do meu edifício, eu lançava minha chave pela janela dentro de um saquinho de pano.

— Por favor, você está fora do enquadramento da câmera, abaixe a cabeça para que seu rosto apareça — articulou a voz.

Saboreei a rima cabeça com apareça. Dobrei levemente os joelhos para ficar na altura do olho mágico e para minha imagem ser capturada. Do outro lado, a voz se calou por cinco minutos, pelo menos.

Eu não sabia direito o que era adequado fazer enquanto esperava. De vez em quando, olhava para a câmera, sorrindo pouco à vontade. Essa situação me enervava, mas, quando a gente se candidata a alguma coisa, tenta evitar atitudes erradas, e tocar a campainha uma segunda vez poderia ser imprudente, o que provocaria certa irritação. Talvez, disse para mim mesma, eles até já tivessem aberto a porta pelo botão do interfone sem que eu tivesse percebido; poderia também ser que eu só precisasse empurrar a porta me apoiando nela com todo o meu peso...

Observei as casas e os apartamentos do outro lado da rua. Viam-se também candelabros de muitos braços, cada um maior do que o outro. Contei os braços: sete, alguns tinham nove.

Sobre as escadinhas das portas dos vizinhos da frente, eu via os mesmos pequenos estojos. Um homem vestido de longo sobretudo preto e de chapéu de abas largas se preparava para entrar em casa. Procurou as chaves na pasta que trazia consigo e virou-se para o lado da rua, buscando mais luminosidade. Fiz um aceno amigável de cabeça, mas ele fez de conta que não me viu. Antes de desaparecer atrás da porta, tocou furtivamente o estojo.

Numa das janelas do prédio onde ele tinha acabado de entrar, apareceram duas mulheres que fingiam não me ver enquanto me examinavam dos pés à cabeça. Elas não encostavam o nariz curioso no vidro, eram espiãs de outra categoria: aquelas que ficavam conscientemente recuadas, convencidas de poder vigiar tudo sem serem observadas, quando, na verdade, acontecia exatamente o contrário.

Ia tocar a campainha uma segunda vez quando ouvi um tilintar de correntes atrás da grande porta de madeira. Ouvi o deslizamento e o clique do ferrolho. Da parte alta e baixa da porta, retiniu um chaveiro. Percebi o som do interfone.

Mazal Tov

Duas meninas pálidas, estourando de rir, de saia azul e blusa branca de manga comprida abotoada até o pescoço, me olharam com ar divertido e interrogador, que devolvi em igual medida, com ávida curiosidade. As meninas se pareciam, uma era a versão maior da outra.

— *Entrez*, por favor, *entrez* — disse Mini com uma vozinha.

— Nossos pais a esperam — disse Maxi. Ela também falava baixinho.

Capítulo 4

assei a primeira meia hora de frente para o senhor Schneider no escritório situado no térreo, nos fundos da casa, logo depois do elevador.

Um elevador! Eu ignorava que alguém fosse capaz de ter essas loucuras: pessoas vivendo na cidade, pessoas sem nenhuma limitação física, instalarem em casa, para seu uso, um elevador?

O espesso carpete branco onde meus pés afundavam me causou uma forte impressão. Minha mãe preferia piso frio: a gente podia limpar o chão em pouco tempo jogando um balde de água com sabão. Ao passo que, naquela casa, os corredores eram forrados com alcatifa felpuda.

Numa parede do corredor, vi piscarem imagens de vídeos: eram vistas da rua, sob diferentes ângulos. Um passante de contornos vagos se distanciava. Alguém jogava folhetos publicitários nas caixas de correio.

O escritório era mobiliado com uma mesa de trabalho e uma biblioteca em que apenas uma prateleira estava cheia de livros. Reconheci imediatamente as lombadas dos irmãos Bescherelle e do *Petit Robert*. As outras obras eram em hebraico, compêndios religiosos, imaginei, a julgar pelo seu aspecto, volumes grossos com capa de couro coberta de letras e ornamentos dourados.

As janelas, que iam do chão ao teto, davam para um jardim interno onde um chafariz atravessado por uma passarela

Mazal Tov

– em pleno centro da cidade – constituía o elemento principal.

Ao redor do grande terraço em mármore que levava ao jardim, havia uma tabela de basquete e, mais longe, de uma estrutura metálica pintada de vermelho vivo, pendia um balanço. O gramado era perfeitamente cuidado: uma relva de verde intenso recém-cortada.

O senhor Schneider era um homem alto e esbelto. Usava um terno escuro, camisa branca e *kipá*[3] azul-marinho. Ele não tinha cachinhos laterais e sua barba grisalha e aveludada não era comprida como um babador, senão cortada rente.

Ele falava com voz potente um holandês ornado por um sotaque francês mais discreto do que o de sua esposa. Parecia-se com meu pai, mas tinha rugas mais profundas na testa e em torno dos olhos. Algumas pessoas jamais conseguem ter a face corada. Com toda a evidência, o senhor Schneider fazia parte desse grupo. Sua pele parecia irradiar permanentemente um brilho cinza pálido. Os únicos elementos do seu rosto que lhe davam alguma cor eram o bigode e a barba, que enquadravam a boca.

— Faremos isso uma vez só, OK? — pediu-me ele, depois do nosso aperto de mão.

Não entendi o que quis dizer. Tirou o casaco, pousando-o lentamente no encosto da cadeira, com o cuidado de encaixar os ombros nos cantos do espaldar. Então me convidou para sentar.

— Se você me estender a mão, eu devo apertá-la, senhorita — disse ele, sem dúvida constatando minha confusão pela expressão do meu rosto. E continuou.

---

[3] Solidéu usado pelos homens judeus para cobrir a cabeça, atitude que expressa respeito e a consciência de que sempre há algo acima do homem.

— Porque eu a respeito e porque respeito seus costumes, não é? Mas por medida de segurança, nós, os judeus ortodoxos, nunca apertamos a mão de uma mulher. É uma questão de pureza, entre outras. Enfim, não abordaremos esse tema agora. Seria bom que você aprendesse a respeitar nossas tradições.

Sorri com ar tímido, imagino. Olhei minha mão direita e me perguntei o que ela podia ter de impuro. É verdade que meus dedos estavam manchados de corretor branco.

Sobre uma vasta prateleira da biblioteca havia, cercado por três caixas redondas de papelão, um chapéu preto de grandes abas rígidas. Pouco tempo antes, eu havia descoberto o mesmo tipo de caixa à la Borsalino num brechó e colocara nela todas as cartas pessoais que recebera na vida.

O senhor Schneider começou um longo monólogo que não me dava a menor possibilidade de tomar a palavra e, quando eu tentava fazer uma pergunta, ele tolerava minha interrupção como fazem os políticos num debate na televisão: depois do *intermezzo*, ele retomava sem perder o fio do discurso.

— Eu tenho quatro filhos formidáveis. Dois meninos exemplares e duas meninas igualmente exemplares. Eles são todos diferentes entre si, o que é lógico. Tentarei, aliás, explicar essa lógica.

Pensei: "Oh, não!". Piedade, as crianças exemplares são insuportáveis para mim, não consigo estabelecer relações amigáveis com elas; eu as observo frequentemente de longe, detecto o quanto são exemplares pelos sapatos, pela atitude e pelo olhar. Eu distingo a obediência pela posição do queixo.

"Simon é o nosso mais velho, com 16 anos. Ele se parece, seu temperamento, quero dizer, muito com a mãe, minha espo-

Mazal Tov

sa. Ele é ao mesmo tempo doce e firme, entende? Você entenderá quando encontrar minha esposa. Disciplinado, obstinado, dedicado, prefere ficar calado a falar, eis o que o define, mas não o subestime: ele tem o coração e a língua bem afiados.

Não pude evitar um sorriso depois de ouvir suas palavras.

— Quando Simon abre a boca, senhorita, não é para tagarelar, mas porque ele tem alguma coisa a dizer, entende? *N'importe*: você não terá de se ocupar muito com ele, que estuda matemática e ciências. Simon escolheu uma orientação escolar muito complicada e especializada para você. Você tem vocação para idiomas, pelo que entendi, tem outro tipo de inteligência, não é? Você só poderá ajudar nosso Simon em duas matérias, o francês e o holandês. Quem sabe, talvez também em história e geografia. Nosso primogênito lhe dirá ele mesmo se precisará recorrer a você. Mas se necessitar, gostaríamos que ele também pudesse contar com você, não é?

— Certamente — respondi.

— Jacob é nosso segundo filho. Tivemos um menino depois do outro e duas meninas, sabe? Não poderia ter sido melhor. Primeiro, os meninos. Depois, as garotas. Somos abençoados, minha esposa e eu. Jacob tem 13 anos, fará 14 no próximo mês. Meu retrato fiel: espontâneo, muito popular no colégio. Posso dizer que fui exatamente como ele. Jacob tem muitos amigos, como eu antigamente. Ele é de fácil contato. Um menino sociável. Temos de atentar para que não estabeleça contatos muito rápido, inclusive com as meninas, se você entende o que quero dizer. No meu tempo, esperei pacientemente meu momento, mas minha esposa e eu nos casamos nos anos 1970. Desde aquela época, tudo mudou, o mundo vai muito rápido, e Jacob gosta de ser acelerado. É muito ligado. Precisa o tempo todo testar coisas novas e adora o suspense. Testa os limites, se joga nos desafios. Não sei se Jacob precisará de você. Ele se guia pela própria cabeça. Mas nós gostaríamos, apesar de tudo, que você o supervisionasse regularmente. Ele precisa aprender a respeitar uma disciplina. Você deve se mostrar severa, mas não muito; busque um meio termo.

Assenti enfaticamente, um pouco entediada. Eu preferia ter conhecido os filhos, esses meninos exemplares, a escutar elogios a eles, mas não ousei dizê-lo.

— Você já viu Elzira e Sara — continuou o senhor Schneider. — Elzira é nossa primogênita; Sara é a caçula. Elzira fará 12 anos em agosto. Tem apenas dois anos a menos que Jacob. Jamais o direi na presença dela, mas Elzira é mais esperta do que os dois irmãos juntos. Só que ela não consegue se concentrar por muito tempo, fica logo nervosa e isso nos preocupa.

Ele parou por um instante. Um rapaz alto caminhava no jardim. Quem seria?

— Na escola, nos aconselharam a submetê-la a testes psicológicos, o que fizemos. Ela não tem nenhum problema. Só é um pouco diferente.

Ele fez outra pausa.

"Você deve dedicar mais tempo a Elzira. Falta à nossa filha confiança, entende, como a todas as adolescentes, é claro. Ela é muito hesitante, e Simon e Jacob minam um pouco sua autoconfiança, apesar de nossos esforços para dissuadir nossos meninos, é claro. Por exemplo: Jacob se recusa a jogar xadrez com Elzira, e olhe que ela não é uma má adversária. Ele se recusa porque sabe de antemão que ela derrubará metade dos peões...

— Ele se calou, olhando um ponto fixo imaginário durante pelo menos trinta segundos. Esse meio minuto custou a passar.

"Vou lhe dizer com toda a confiança: Elzira tem dispraxia motora, o diagnóstico é oficial. Não sei se você conhece esse distúrbio. É uma deficiência, termo que jamais empregaremos na presença dela; não tem nada a ver com a inteligência, não é? Frequentemente, a motricidade dispara, *c'est tout*. Então, Elzira se torna incapaz de efetuar movimentos precisos e apresenta problemas de equilíbrio e de coordenação. E também tremedeiras, como os portadores de doença de Parkinson, não é mesmo? As mãos dela, às vezes, começam a tremer, ela perde a capacidade de controlar os músculos, deixa cair muitos objetos e pode passar a impressão de ser desastrada; de fato, a comunicação entre uma região do cérebro e outra não acontece sempre rapidamente, é como um curto-circuito, eis como você deve imaginar a coisa, mas esse mau jeito não tem nada a ver com deficiência intelectual, não é mesmo? Repito, nunca me cansarei de repetir, o espírito dela funciona perfeitamente bem."

Eu me afundava na poltrona porque o senhor Schneider começara a falar cada vez mais rápido e dizia com frequência cada vez maior "não é mesmo?".

— Você deve ter entendido, senhorita, que uma pessoa não pode desabrochar se não tem confiança em si mesma, motivação ou ambição. Pois bem, tememos que nossa filha, em função da dita enfermidade, se encolha sobre si mesma e se torne ansiosa. Ela não deve ficar sem fazer nada na sala de aula. Isso não faria justiça a ela. Não queremos que ela sofra. Não queremos que ela vire tema de conversa alheia. Eis sua principal missão: mostrar-se paciente para com Elzira e permitir que ela desabroche.

Os olhos dele estavam embaçados e ele tossia entre as frases, sem conseguir ocultar seu desconforto.

"Enfim, *last but not least*: Sara, sem h. Sara tem apenas oito anos. Ela é muito boa em ginástica, ágil como uma cobra. Não sabemos de quem ela herdou esse talento estranho e inútil, não foi de mim, em todo caso, e minha esposa tem certamente muitos dons, mas a destreza física não é um deles. No que dependesse de Sara, ela passaria a vida fazendo esporte. Isso é naturalmente impossível, pelo menos aqui em casa. Não queremos encorajá-la de jeito nenhum nesse caminho. Mesmo que ela tivesse potencial para ser campeã do mundo de ginástica. Nós queremos que ela desenvolva o intelecto. Ela só tem oito anos, mas em breve terá 18, compreende?"

— Sim — escutei de novo minha voz respondendo.

— Para mais segurança, senhorita, resumirei o que esperamos uns dos outros: nós de você, nossas crianças de você, nós todos uns dos outros. Confiaremos a você nossos filhos e nossas filhas. E você lhes dará sua atenção. Você os ajudará a fazer os deveres. Será a tutora deles. Acompanhará o programa escolar deles. E vai obedecê-lo. Você zelará para que eles passem de ano brilhantemente, não é? E nós a remuneraremos por todos os seus esforços. Você fará uma planilha onde listará as atividades que cumpriu, apontará suas horas de trabalho, assinalando ao lado, com palavras-chave, *keywords*, o que você fez durante essas horas. Está de acordo? Será que nós podemos, eu e minha esposa, contar com você?

Tive uma sensação de vertigem. Depois de escutar a ladainha do senhor Schneider, eu precisava do ar fresco da rua, a atmosfera na pequena sala me sufocava. No terraço, num andar um pouco mais longe, uma mulher sacudia um pequeno tapete.

Eu me dei conta de que o senhor Schneider tinha falado de sua esposa sem nunca se referir a ela como "minha mulher".

Fiquei inquieta na cadeira. Gostaria de encontrá-los todos os quatro. De conversar com Mini e Maxi e de ver em carne e osso esses meninos fantásticos. Eu teria gostado se o senhor Schneider tivesse me perguntado algumas coisas. Eu ensaiara em vão uma série de respostas a perguntas imaginárias, que não vieram: o que você acha de seu salário, quais são seus pontos fortes e fracos, você tem um bom domínio de línguas, explique por que você acha que é a pessoa de que nossas crianças precisam...

Ele retomou a palavra. Deu a entender que o emprego já era meu e que eu deveria começar imediatamente. Fiquei revoltada pela sua maneira de tomar uma decisão sem me perguntar se o trabalho me convinha. Eu disse a mim mesma que era hora de voltar para casa. Eu me preparava para me levantar quando bateram à porta. Uma mulher com um avental em torno da cintura gorducha e cabelos dissimulados sob uma pequena touca, entrou com uma bandeja. Colocou à nossa frente duas xícaras de café fumegante e duas partes triangulares de um bolo de queijo branco; depois, sumiu sem dizer palavra.

— Você conhece a piada de Moos que no seu leito de morte chamou o associado dele, Amos? — perguntou-me de repente o senhor Schneider. Então, começou a contar uma história. Moos, às portas da morte, não queria ir embora sem pedir perdão ao sócio Amos por alguns fatos. — Você lembra quando a nossa primeira empresa foi à falência? Foi minha culpa, Amos, e lamento. Fraudei as contas. Fraudei e desviei dinheiro.

— Eu o perdoo, Moos — disse Amos em tom apaziguador.

— E o carro totalmente destruído naquela noite, fui eu, Amos, eu estava sem óculos e tinha bebido muito...

— Não vamos falar mais nisso.

— E aquela vez, quando faltavam cem mil francos no cofre, fui eu que surrupiei o dinheiro. Eu precisava pagar as dívidas de jogo do meu filho.

— Ah, não esquente a cabeça, Moos, eu perdoo tudo isso, sabe por quê? O arsênico que provocará sua morte dentro de uma hora, fui eu quem colocou no café que você tomou no desjejum.

Depois dessa piada, o senhor Schneider gargalhou, olhando para mim cheio de esperança. Então, me senti obrigada a rir também.

— Preciso deixá-la agora — anunciou ele tão abruptamente quanto quando começara a contar a piada. Ele não tocara no bolo. Levantou-se, ajustou a *kipá* sobre a cabeça com um grampo enfiado nos cabelos ondulados e colocou o casaco. Na camisa, na altura das axilas, apareceram duas auréolas de suor. — Minha esposa está vindo falar com você. Todos os meus votos de sucesso.

Num reflexo, eu lhe estendi a mão, que ele apertou calorosamente.

Eu teria me estapeado, se pudesse!

Capítulo 5

A senhora Schneider, cujo primeiro nome era Moriel, como eu logo saberia, era mais jovem do que sou hoje. Quando ela veio se apresentar, acabara de comemorar seus 40 anos. Naquele momento, tinha precisamente o dobro da minha idade.

Um dia, minha avó me ensinou um truque da aritmética e passei uma semana fazendo contas para ver se ela tinha mesmo razão: só podemos ter o dobro da idade de alguém apenas um ano na vida. Uma vez passado esse ano, a distância entre as idades se reduz, simbolicamente, pouco a pouco no melhor dos casos. Os 20 anos que separam uma pessoa de 50 de uma de 70, nada são comparados com os 20 anos abissais que separam uma criança de 10 e uma pessoa de 30.

A senhora Schneider era uma mulher de altura média, nem gorda nem magra. Tinha um ar chique a ponto de torná-la intimidante; a gente via, até sentia, que era muito exigente consigo mesma e com os outros. Seus gestos, sua voz, suas joias, suas roupas – toda a sua presença – inspiravam distinção.

Vestia um terninho azul clássico, discreto, que tinha um toque de modernidade. O penteado lembrava o da personagem Pamela, de *Dallas*; os cabelos, modelados por uma escova, iam até os ombros. A cada um dos seus movimentos, escutava-se o farfalhar da saia, que descia até abaixo do joelho.

Ela dava a impressão de ser uma dama mais do que uma mãe. Tinha também a pele alva com um brilho azul pálido, que era a cor do seu traje.

A ela também estendi a mão, também fui correspondida e também me censurei por ter o mesmo reflexo, de forma mais enfática do que eu poderia imaginar. Fiquei com uma dúvida, no entanto. Talvez as mulheres pudessem se tocar. Será que essa regra só valia para o outro sexo?

— Você está estudando — disse ela ao sentar-se na cadeira onde estivera o marido há pouco, não sem antes alisar várias vezes a parte de trás da saia.

— Sim, para ser tradutora.

— Você trouxe as notas que tirou nas provas, *n'est-ce pas?*

— Não... A senhora não me pediu...

— Não podemos saber se é boa aluna se você não traz suas notas. Aaron disse que você fala francês.

Respondi que eu tinha melhor conhecimento passivo da língua.

— O holandês é minha língua materna. Traduzo bem do francês para o holandês. Nunca o contrário, seria uma catástrofe.

— Nesse caso, desculpe, mas você não fala a língua.

— Falo de certa maneira, mas falo. Compreendo a língua, sua construção. Estudo literatura francesa. E amo a gramática — menti —, quanto mais exceções, maior o meu prazer.

— Você pode ajudar nossas crianças a fazer a lição de francês.

Ela me analisava como teria feito um corretor de seguros que tivesse vindo avaliar a extensão dos danos de um sinistro.

Mazal Tov

Aqui uma lacuna, ali uma rachadura, duas ou três fissuras que não podiam passar despercebidas. Ela enunciava as frases como constatações, sem entonação ascendente. Nem sequer o menor traço de pergunta. Eu ignorava até então se essa forma de falar era espontânea, se era indício da falta de domínio do holandês ou uma preferência pelo mais fácil. Ao telefone, não me dera conta tão claramente dessas imperfeições linguísticas. Será que ela não conhecia a inversão, ou não ousava aplicá-la ao holandês, que, claramente, não era sua língua materna? Podia ser também que não quisesse se exprimir com precisão, como é frequentemente o caso da burguesia que fala francês em Flandres. Eu estava pronta para ser professora dela também.

— Claro que posso ajudá-los a fazer os deveres.

— Você fala um belo holandês.

— Obrigada.

— Seu nome também é bonito.

— O seu também.

— Obrigada. Não vejo nenhum mérito em ter o nome que tenho, Moriel. Foi dado pelos meus pais. — Ela sorriu prudentemente. — Muita gente pensa que meu nome é Murielle, mas é Moriel, com *o*, sem dois *l* e sem o *e* no final.

Foi minha vez de sorrir discretamente.

"Durante a semana, você virá às cinco horas ou às cinco e meia e ficará pelo menos até às oito da noite. E aos domingos você chegará às dez da manhã e só irá embora quando nossas filhas tiverem recebido a ajuda necessária. Você não precisará ajudar nossos filhos. Aos domingos, eles vão para as aulas de religião. Meu marido Aaron ou eu, um de nós a pagará semanalmente."

Referia-se ao marido pelo nome e, assim como ele, decidira me contratar sem saber se eu estava de acordo.

"Você tem *hobbies*, *n'est-ce pas?*"

— Ler. Ir ao cinema ou ao teatro. Viajar o máximo possível para os países cuja língua estou aprendendo. Receber os amigos.

— Engraçado, você tem muitos *hobbies*, mas nenhum deles tem a ver com criança.

— Adoro crianças.

— Você não tem experiência com crianças.

— Fui babá com frequência quando eu mesma era criança. Lia história para elas e a gente se divertia, encenando-as. Ou então a gente inventava uma continuação ou agregava um personagem à história.

— Ah, mas não é isso que você fará aqui.

— Trabalhar como babá?

— Falo de inventar histórias. Não fazemos questão disso. A escola não é um jogo. Disciplinar uma criança nos estudos é bem diferente de ser babá. Você consegue ser discreta?

— Ahn...

— Não queremos que você fale para as crianças de sua vida privada, de seu mundo, quero dizer. A ideia é que você complemente as aulas.

— Não vejo nenhum inconveniente nisso.

— Sua vida é sua e deve continuar sua. Você é *sozinha*, solteira?

— Sou estudante.

— Você não é casada.

— Moro com um namorado.

MAZAL TOV

— Seus pais estão de acordo com isso?

Confirmei com um meneio de cabeça, me controlando para não dizer que meus pais desistiram de tentar influenciar minhas escolhas e aprovavam, portanto, tudo o que eu fazia. Eu obtivera deles uma espécie de passe livre, um tipo de ingresso que, na ópera, dá a certos espectadores – os VIP – o acesso a todo o teatro e a todas as apresentações.

— Seus pais estão juntos?

— A senhora quer saber se estão divorciados? Não.

— Quantos filhos vocês são?

— Três.

— Todos com boa saúde.

— Até onde sei, sim.

— Seu marido trabalha?

— Está procurando trabalho.

— Ele terminou os estudos, n'est-ce pas?

— Um ano de Direito.

— Então ele é mais novo que você?!

Dessa vez, a voz dela subira uns decibéis ao final da frase.

— Não. Ele tem sete anos mais do que eu. Meu namorado é refugiado político. Saiu do Irã para escapar de perseguições. Talvez continue os estudos, mas para ser engenheiro industrial. Ele ainda não sabe, isso depende de outros fatores e do conhecimento da língua. O holandês não é uma língua fácil para...

Eis que eu recomeçava. Quando me sentia empurrada para as últimas trincheiras porque as pessoas adotavam uma atitude condescendente com Nima — que eu não julgava nem certa nem errada —, eu ia logo dizendo que ele era refugiado político, e não econômico. Como se eu tivesse necessidade de reconfirmar a mim mesma que uma pessoa que fugisse por razões políticas valesse mais do que outra que tentara escapar da miséria e da falta de perspectivas.

— *Portanto*, ele não estuda Direito.

— Nima só poderia estudar Direito numa língua que ele realmente falasse bem e ele não domina o flamengo. É difícil aqui.

— Seu marido vem de outro país.

— Ele vem do Irã — repeti, já acostumada às reações a essa resposta.

— Do Irãããããããã — disse ela, como se ruminasse o nome do país.

— De Teerã — acrescentei.

— Seu marido é muçulmano, *n'est-ce pas?*

— Não é meu marido, é meu namorado, e ele não é muçulmano praticante.

Eu aprendera, vivendo com Nima, que poderia ser útil dizer de cara que meu namorado, apesar de muçulmano, não seguia ativamente o Islã. Ele não rezava de três a cinco vezes por dia, não jejuava no Ramadan e não via nenhum inconveniente em partilhar sua vida com uma não muçulmana, pelo contrário. Ele era, em suma, bastante esquerdista para ser religioso. Na maior parte do tempo, o rótulo de um muçulmano não praticante era considerado, assim como o de um refugiado político, um mérito, uma medalha invertida, um passe livre num círculo de amigos e de conhecidos.

Às vezes, mas não era o caso agora, eu mentia, fingindo que os pais dele eram adeptos do zoroastrismo, a doutrina de Zaratustra. Nima tinha de fato amigos zoroastristas. Eu tinha algumas noções dessa religião baseada na Avesta, bem mais antiga do que a Bíblia e o Alcorão. E, sobretudo, eu sabia que os zoroastristas podiam contar com certa simpatia porque se associava Zaratustra a Nietzsche e Nietzsche inspirava, em certos meios, mais respeito do que qualquer deus.

— Você é uma jovem sensata. E seu marido vive no país dos aiatolás...

Eu conhecia esse refrão de cor. Cortei de primeira:

— Senhora, meu amigo vive na Bélgica e se vive aqui é justamente porque ele fugiu de Khomeini e de seus seguidores.

Eu não disse que Nima viera à Bélgica com a irmã dois anos mais velha e que provinham de uma família rica, da mesma forma que não revelei que era um opositor moderado ao regime islâmico; como ele deixara o país muito cedo, contrariamente a muitos de seus amigos, o combate ideológico que empreendera só lhe custara umas poucas noites na cadeia e a inscrição numa lista negra.

Os pais de Nima não quiseram que ele se alistasse na guerra contra o Iraque. Eles não hesitaram, como outras famílias iranianas de classe média, em mandar o filho para o Ocidente, assim como a filha. Sob o regime do Xá, eles tinham desfrutado da liberdade não apenas de comércio, mas também de pensamento. Teerã era, aos olhos deles, a Paris do Oriente Médio. Tinham horror ao autoritarismo, à ditadura do Xá, mas detestavam mais ainda o estado religioso ultraconservador. Queriam que os filhos, na falta de outro país, desfrutassem de Paris, e não da amargura da ditadura xiita.

A senhora Schneider não perguntou o nome do meu namorado.

J. S. Margot

— Você vive com uma pessoa de outra religião.

— Sim.

— Você não é muçulmana.

— Tive educação católica.

— Você não tem intenção de se converter.

— Não sou religiosa. Não sou mais. Supondo que já tenha sido um dia...

— E seus pais...

— Meus pais iam à igreja. Respeitavam as tradições católicas. Páscoa. Todos os Santos. Natal. Agora aqui, nós, as crianças, somos quase todas adultos, e eles acham o culto e a fé menos essenciais...

Ela brincava com o bracelete. Extremamente refinado, assim como os dois anéis finos, ornados de uma pedra minúscula. Certas joias cochicham, outras gritam. As da senhora Schneider cochichavam tão distintamente que abafavam todos os gritos.

— Seu marido fugiu da religião.

— Ele fugiu de um Estado religioso.

— E os pais dele?

— Eles ainda estão lá.

— Seu marido é árabe.

"Oh, não!", pensei. Então, isso também eu teria de repetir pela enésima vez. "Não são árabes os nascidos no Irã, mas persas." A palavra mágica "persa" tinha quase sempre um efeito transformador, graças aos tapetes tecidos à mão, considerados um bom investimento, sobretudo na Bélgica, onde o desejo de conforto no interior dos lares prevalece sobre tudo, a ponto dos belgas serem conhecidos por "já nascerem com um tapete na barriga".

— Aaron lhe falou de nossas crianças.

— De todas quatro.

— Meu marido não lhe fez perguntas. Isso não é uma pergunta.

— Ele falou o tempo todo.

Eu estava aliviada de poder dizer isso.

— Eu agradeço — disse ela de repente. — Chamarei a empregada, Krystina a acompanhará até a porta de entrada. Tenha um bom dia.

Ela tocou uma pequena campainha fixada sob a mesinha do escritório; depois, fazendo uma saudação com a cabeça, saiu do aposento onde eu fiquei, um pouco dispersa, envolta nos vapores delicados do seu perfume que não fui capaz de identificar. Eu só conhecia o aroma açucarado de *Anaïs Anaïs*, com que eu molhava o pescoço e os punhos, não porque gostasse desse odor penetrante de flores brancas, mas porque eu queria exalar o espírito de Anaïs Nin.

Krystina não era a mesma mulher que me havia servido o delicado bolo de queijo branco.

Capítulo 6

ais de três semanas se passaram e nada da senhora Schneider me telefonar. Os três estudantes aprovados nos tormentosos procedimentos dos Schneider desapareceram depois de algumas aulas noturnas. A senhora Schneider não detalhou as razões da desistência e eu também não fiquei tentando saber se ela os demitira ou se os estudantes tinham decidido por si próprios abandonar o barco. Claramente, após a partida do terceiro, o cenário de urgência se instaurara. Eu adquirira, afinal, um patamar mais alto de importância naquela situação.

Ao telefone, a senhora Schneider nem falou sobre nossa entrevista de emprego desastrada. Agiu como se falasse comigo pela primeira vez, ressaltou que eles gostariam de dar às suas crianças um ensino de excelência e acrescentou que não havia tempo a perder: cada dia, cada noite, tinha de ser aproveitado, *n'est-ce pas?*

Ela me perguntou se eu não queria dar uma passadinha lá.

— Meu namorado continua sendo do Irã, a senhora sabe — comentei sem poder me conter.

— Aaron se encarregará da entrevista — respondeu ela.

O marido dela preferiu me receber no escritório perto da rua du Pélican e perguntou se eu poderia ir o mais rápido possível. No dia seguinte, o horário das quatro me convinha; deveriam me pegar ou talvez eu tomasse um táxi.

Mazal Tov

O que a casa dos Schneider tinha de chique, o ambiente de trabalho do patriarca tinha de rústico. As paredes de concreto do prédio, a julgar pela quantidade de campainhas e de caixas de correspondência, pareciam abrigar várias empresas e apresentavam corrosão por todos os poros. Os escritórios naquele prédio, cujo traço de estilo era justamente não ter estilo nenhum, eram todos padronizados, com suas máquinas de escrever, fotocopiadoras e computadores IBM.

O escritório do senhor Schneider estava equipado principalmente com um móvel em metal preto em desordem e quatro cadeiras. Havia ali um cheiro de ambiente fechado, como se a única janela, castigada pela sujeira acumulada, não fosse aberta havia anos. Através dos vidros imundos, eu percebia a estrutura metálica da estação ferroviária de Antuérpia.

Numa mesa contra a parede, havia todo tipo de lupa, de alicates e de pinças. Os microscópios me pareciam datar da pré-história. A luz fria de neon, que suprimia todo o rastro de sombra e clareava precisamente o meio da mesa, tornava o lugar ainda mais feio.

— Estou no negócio de diamantes — disse o senhor Schneider. Não pude reprimir um sorriso. — Você está rindo?

— Alguma coisa me fez rir.

— Sim?

— Não pude evitar pensar em alguém.

— Ah...

— Em Willem Elsschot. Frans Laarmans. Que estão no negócio de queijos.

— Elsschot?

— Um autor flamengo, pouco importa — murmurei.

— Oh, mas li a obra de Elsschot, para seu governo! E Simon, nosso primogênito, escolheu Elsschot nas aulas de holandês. Jacob vai pelo mesmo caminho, imagino. Evidentemente, se os alunos preferem livros desse autor, não é porque gostem tanto dele, mas é porque Elsschot escreve pequenas obras numa linguagem fácil! — O senhor Schneider começou a rir com o corpo inteiro e continuou: — Elsschot era de Antuérpia, não é? Era um bom jogador de xadrez. Durante certo tempo, Sapira, um judeu polonês, era ligado à casa do De Rudders. Esse era o verdadeiro nome de Elsschot, se não parece que estou esnobando, não é?

— De Ridder — corrigi.

Mas estava estupefata. Não esperava que um judeu de *kipá* e barba me ensinasse o que quer que fosse sobre Elsschot. Eu redigira sobre esse escritor, falecido em 1960, uma matéria que me obrigara a me informar mais sobre ele. Às vezes, quando o dia estava bonito, eu ia andar de bicicleta pela cidade, fazia um pequeno desvio até o bairro onde ele viveu e onde ficavam os cafés que ele frequentava. Eu não sabia que ele tinha amigos judeus.

Sentei-me numa cadeira de couro sintético que rangia. O senhor Schneider começou imediatamente outro discurso, daquela feita sobre a potência do Império Persa, o mito de certo Haman, primeiro ministro da Pérsia, no livro de Ester, na Bíblia, que defendia o extermínio de todos os judeus "porque o judeu Mordecai deveria se prostrar diante daquele persa".

Eu nunca ouvira aqueles nomes e aquelas histórias. E muito menos sobre o *Purim*, o Carnaval judaico, festa religiosa que, segundo meu interlocutor, tinha relação com aquele Haman e aquele Mordecai. Isso não me interessava àquela altura. Eu fora por causa do trabalho.

Mas o senhor Schneider se empolgou. Ele era incansável e eu tinha a impressão de que ele procurava me agradar, consertar o que a mulher quebrara.

Ele falou da riqueza da civilização persa e da importância dos judeus *mizrahim*[4], não somente no Irã, mas nos confins do Oriente; do regime de terror sob o qual vivia a população iraniana, ele passou à culinária judaica e às influências do Líbano e do Oriente Médio. Evocou até a inteligência dos persas, sua cultura e tradições. Nem mesmo Nima, nos seus maiores arroubos de nacionalismo, se mostrava tão elogioso sobre sua pátria. A cena era quase divertida.

Como quem não quer nada, o senhor Schneider me disse que ele talvez tivesse feito negócios com o Xá, não diretamente, claro que não, que eu não imaginasse isso. Mas havia boa chance, ele disse, de que ainda vendesse pedras a membros da família do falecido Xá, isso ele não poderia dizer com certeza; naquele setor a discrição era tão preciosa quanto os diamantes brutos comercializados. Mas, desde a revolução islâmica e a fuga de Reza e Farah Pahlavi para o Ocidente, um dos seus clientes regulares, um fornecedor de diamante, que antigamente deslocava-se até Farah Diba, em Teerã, agora só precisava ir a Paris; o que era bem mais fácil.

Pendurados em todas as paredes, havia quadros de fundo azul-marinho cobertos por letras hebraicas douradas. Eu não conhecia aquele alfabeto. Não sabia nem sequer ler o alfabeto

---

[4] Os judeus *mizrahim* também são conhecidos como os judeus orientais.

J. S. MARGOT

persa, apesar de Nima ter tentado me ensinar. Nosso rei belga e nossa rainha ornavam a parede atrás do senhor Schneider.

As molduras dos quadros se mexiam cada vez que um trem passava e essa constatação me fez tremer: como é que os judeus de Antuérpia tinham optado por se agrupar de novo depois da guerra no seu antigo bairro, perto dos trilhos? Enquanto o senhor Schneider falava do Alto Conselho do Diamante, do Círculo Diamantino Antuerpiano e da presença tradicional dos judeus no ramo, eu me perguntava tudo isso. Essa escolha geográfica não denotava certo masoquismo? Por que se infringir uma coisa parecida? Por que não ter escolhido outro bairro? Por que querer se lembrar todo dia dos horrores sofridos pelo povo dizimado? Por que querer, de vontade própria, assistir todo dia à passagem de um dos símbolos mais chocantes do martírio de seu povo, de sua família? Querer escutar esse estrondo, senti-lo: a janela do escritório tremia no caixilho.

Sobre a totalidade dos judeus antuerpenses oficialmente inscritos nos registros, 75% – eu pesquisara sobre o tema depois do fracasso da minha entrevista de emprego – foi deportada de trem para os campos de concentração e extermínio. A maioria desses milhares de habitantes, que saíram frequentemente da Kazerne Dossin, em Malines, jamais voltou. Depois de 1945, as crianças judias que sobreviveram à guerra se escondendo com famílias de acolhida, tinham ficado órfãs de um ou de ambos os pais. Era bem possível que o senhor e a senhora Schneider fizessem parte desse grupo. E, no entanto, ele trabalhava justamente ao lado da rua Simons, uma das principais do bairro do Diamante. A rua homenageava Pierre Simons, o engenheiro responsável pela ferrovia entre Antuérpia e Malines. Malines, de onde 100 anos mais tarde muitos judeus seriam deportados.

Fui cautelosa. Achei o senhor Schneider vagamente suspeito. Ao mesmo tempo, desconfiava de mim mesma.

Pensava no meu avô. Sentado numa cadeira de balanço ao lado do aquecedor, ele me falara da guerra e dos campos de prisioneiros. Tinha um ódio tal do nazismo que, no seu leito de morte, juntando as últimas forças, demitira uma enfermeira adorável que cuidava dele: "Não quero filhas de colaboracionistas nem de fascistas nesta casa".

Pensei também em Yehudi Menuhim. Nima e eu tínhamos alguns CDs desse magnífico violinista que às vezes dava concertos com um tocador de cítara indiano, tão brilhante quanto ele, Ravi Shankar. Víamos na música desses dois mestres um símbolo da harmonia entre Ocidente e Oriente, uma harmonia que tentávamos trazer para nossas vidas privadas, o que às vezes alcançávamos, mas nem sempre, longe disso.

Um dos CDs de Menuhim e de Shankar trazia um livreto resumindo a vida deles. Menuhim foi o primeiro músico judeu que, depois do Holocausto, deu um concerto na Alemanha. Desde 1947, apenas dois anos após o fim da guerra, ele permitiu ao povo que tentara exterminar o seu, admirar seu gênio e arte.

Eu não compreendia essa mansidão. Essa disposição de perdoar levada ao extremo me parecia, algumas vezes, uma forma de traição. Mas cada vez que eu compartilhava com Nima minhas dúvidas sobre a integridade do violinista, ele me dizia que eu me excedia, pura e simplesmente, que eu ficava especialmente atraente quando exagerava a esse ponto, que era preciso a todo custo que eu continuasse a me indignar, a ser toda fogo, toda flama, o que também o deixava em brasa.

O senhor Schneider interrompeu meus pensamentos:

— Nossas crianças frequentam estabelecimentos escolares judaicos.

— Estabelecimentos escolares judaicos? Escolas privadas? — perguntei, com o espírito ligado de novo.

— Não, não é ensino privado, elas frequentam um estabelecimento judaico reconhecido e subvencionado pelas autoridades flamengas. Trata-se, no entanto, de um estabelecimento judaico que se articula em torno da cultura judaica, de nossa maneira de pensar e de agir. Você tem mais perguntas?

— Eu não sabia que essas escolas existiam.

— Todos os alunos têm, além da educação religiosa e cultural judaicas, aulas regulares, que não são religiosas. O mesmo ensino que vocês têm.

— Isso me parece excessivo, fazer tudo isso ao mesmo tempo.

— Os judeus amam estudar e dedicam a isso muito tempo. E, no trabalho, conseguimos encarar jornadas longas.

— E eu? Estou vindo me somar a esse trabalho? Fazê-los estudar além do que a escola exige, coitadinhos.

— As joias, os carrões e outras riquezas não são de nenhum interesse para as crianças. Um alto nível espiritual, no entanto, é importante.

— Esses estabelecimentos só são frequentados por crianças judias? Ou o ensino é aberto, acessível a todos?

— Efetivamente.

— Efetivamente? O que o senhor quer dizer com isso?

— Só tem alunos judeus.

— Então é um estabelecimento privado?

— Não. Como eu disse, as autoridades examinam os objetivos de nosso currículo. Respeitamos as diretrizes, seguimos o programa oficial.

— Mas os alunos não têm contato com as outras crianças da idade delas que não são judias?

— Os judeus liberais colocam, às vezes, suas crianças em escolas comuns. Mas os ortodoxos preferem os estabelecimentos que honrem suas tradições e sua religião. Não queremos dar a nossas crianças uma versão abrandada de nossa fé e de nossa cultura. Nossos filhos e nossas filhas frequentam a escola Iavne, que é estritamente ortodoxa; mesmo assim, menos rígida do que a escola Jesode Hatora-Beth Jacob.

— E os professores? São todos judeus?

— Não os professores que lecionam disciplinas seculares, na maior parte do tempo.

— Disciplinas seculares?

— Matemática, francês, holandês... O ensino religioso é dado por judeus. Não o secular, como regra geral.

A perplexidade devia estar estampada no meu rosto. Eu nunca ouvira nada tão estranho. E, no entanto, não era uma realidade totalmente desconhecida. Eu mesma fui o produto pedagógico de uma escola católica onde 80% dos alunos eram filhos de trabalhadores imigrados cuja maioria acreditava em Alá. Quando eu era criança – nos anos 1970 –, o caminho para a escola passava por Meulenberg, um bairro da comunidade mineradora de Houthalen, no Limburgo. A opção por essa escola não foi ideológica, mas pragmática. Morávamos perto de um vilarejo autóctone, mas minha mãe ensinava em Meulenberg. Numa época em que ainda não se falava de estabelecimentos frequentados majoritariamente por filhos de imigrantes, eu estudara lado a lado com todo tipo de nacionalidade, de trajes tradicionais, de odores, de gostos, de línguas e de religiões. Falávamos naquela escola nossa própria língua, que nascera na rua e era muito diferente da língua falada pelos nativos. Frases como "tua mãe é vagabunda!" e "dobre a língua e cale a boca!" eram comuns, mesmo para mim. Quando a gente não sabia se defender, estava ferrada. As ameaças acompanhadas de violência física – "eu vou te pegar na saída" – estavam no cardápio de toda semana. Assim como os excelentes pratos internacionais que comíamos no refeitório. Um professor dava aulas sobre o Islã – até que isso se tornasse muito oneroso ou até que as autoridades achassem isso ostensivamente progressista demais. Então, ele ensinava depois do horário escolar habitual. As crianças ficavam até tarde, como todos os alunos que estudavam na sua língua materna: espanhol, turco, árabe. Porém, nas escolas judaicas, se eu compreendera bem, os ensinamentos seculares e religiosos eram misturados todo dia, todo ano, durante toda a vida escolar.

— Por que suas crianças não frequentam uma escola comum, tendo depois instrução religiosa e ensinamento do hebraico? — perguntei.

Minha situação em relação aos Schneider mudara desde a primeira entrevista: agora eram eles que precisavam de mim, eu não tinha mais nada a perder.

— Temos nossas próprias tradições e nossa própria história.

— Como todo mundo, não é? — reagi espontaneamente. Ele sorriu. — É permitido que as crianças não judias se inscrevam nas suas escolas?

Mazal Tov

— Oficialmente, claro. Sim, é evidente. Somos sustentados pelo Estado que nos subvenciona, o que nos obriga a oferecer acesso livre. Não somos diferentes das escolas católicas.

— Eu poderia ser admitida na escola das suas crianças? — provoquei.

— Sim, em teoria. Na prática, casos assim são raros.

— O ensino é à parte unicamente no secundário?

— Você quer saber se os meninos e as meninas recebem um ensino diferenciado? Sim, mas nós os separamos desde muito jovens.

— Por "ensino à parte", eu queria dizer: separado das outras religiões e do resto do mundo simplesmente. Isso começa no secundário?

— O ensino primário é judaico também.

— Então não tem crianças não judias?

— Seria possível, mas isso verdadeiramente não acontece.

Tive o mesmo sentimento de opressão que aquele suscitado pela proximidade com o trilho do trem. Os judeus religiosos pareciam se isolar do resto da população e essa segregação, que aparentemente os mantinha tão unidos, começava muito cedo. Como era possível? Como uma minoria podia querer se distinguir categoricamente de uma maioria? Como, excetuados os brancos da África do Sul, julgar necessário isolar sua especificidade do resto do mundo? Pretensão, angústia? Que cegueira sobre sua própria história: esse povo, que se agarrava a si mesmo, era até recentemente o inimigo público número 1 da Alemanha, e eis que agora, apenas 40 anos depois, procura perpetuar o confinamento? No exército, todo mundo sabe que um traje de camuflagem pode salvar vidas. Mas essas pessoas, precisamente, cuja história era cheia de perseguições, faziam tudo para chamar a atenção para si. Será que algum elemento escapava à minha compreensão? O que eu não via? O que eu não podia ver? O que é que eu não conseguia ver? O problema estava em mim? Por que a atitude deles me incomodava quando eu sabia muito bem que a Alemanha nazista considerava que o grande perigo vinha, sobretudo, dos judeus assimilados, todos esses homens e mulheres que ocupavam postos elevados no seio da sociedade?

Tentei reprimir meus acessos de exasperação. Eu sabia que seria taxada de antissemita se exprimisse sem filtro meu desconforto. Nima às vezes resplandecia de orgulho quando conseguia se distinguir de nós, os ocidentais, mas também ficava exasperado quando o fazíamos ver o tempo todo que ele não era um dos nossos.

O que meus colegas estudantes não conseguiram suportar, eu também não conseguiria. Por exemplo, trabalhar na casa de pessoas que consideravam sua religião e suas origens como o centro de suas vidas.

— Você conhece a piada de Moos? — Não tive tempo de responder. — No leito de morte, Moos, um homem de negócio judeu, chama Amos, seu sócio. Ele queria, antes de morrer, lhe pedir perdão. — Contou a mesma história do começo ao fim. Quando chegou ao final da piada, estourou de novo numa gargalhada e me olhou cheio de esperança. Ri de novo, bem sem jeito dessa vez. — Quando você pode começar?

— Esta noite.

Eu me despedi sem estender a mão. Um pouco antes de fechar a porta do escritório, o senhor Schneider me parou. Ele me pediu para escrever o nome de meu namorado num pedaço de papel.

Capítulo 7

De volta para casa, tive naquela noite, pela primeira vez em dois anos de relacionamento, uma discussão violenta com Nima.

— Por que você falou meu nome para ele? Essas pessoas aí, como é mesmo o nome dele?, os Schneider, não têm o direito de se informar a meu respeito. Mesmo se a polícia pedisse meu nome, você não teria de responder, *ma chère*, você deveria saber! Mesmo porque não somos casados! Não lhe parece razoável que a pessoa com quem você vive seja uma questão que só diz respeito a ela e a você? Realmente, você é de uma ingenuidade! Era eu que deveria lhe dar aulas em vez de você ensinar a essas crianças judias. Você não sabe nem mesmo os princípios elementares dos direitos humanos! Lição um: não dizer nunca além do que o estritamente necessário porque tudo o que você diz pode ser usado contra você, sobretudo no caso de um imigrante ou de um refugiado político!

Nunca tinha visto Nima – com quem falava alternadamente em francês, inglês e holandês – tão exaltado, tão fora de si. Não restava nada, ou quase, da calma que o caracterizava. Evidentemente, a ousadia do senhor Schneider não era o principal motivo da raiva dele; ele estava furioso comigo, sobretudo pela diferença cultural que eu representava, contra a minha própria vontade.

J. S. Margot

Eu não era mais a mulher que ele lutara para seduzir com obstinação durante meses e a quem ele dava, regularmente, provas de amor as mais poéticas. Eu era a ocidental mimada, privada de toda forma de consciência política e histórica; eu encarnava o imperialismo americano que impunha ao resto do mundo seu sistema político, ideológico e econômico; até a cultura era dirigida pelos americanos, mesmo porque quantas pessoas iriam ao cinema se as produções de Hollywood não estivessem em cartaz?

Ele não escondeu nenhuma de suas frustrações.

Será que eu não tinha nenhuma ideia da influência exercida por Israel, esse minúsculo país, na política mundial, notoriamente no Oriente Médio? Será que eu nunca ouvira falar do Mossad? Será que o senhor Schneider colocara no papel o nome das amantes dele? Acaso ele dissera: "Eis aqui nossas coordenadas, você pode verificar junto aos serviços de informação quem nós somos exatamente"? Será que eu só me interessava pelas análises linguísticas de Noam Chomsky? Eu deveria talvez mergulhar um dia nas obras e ensaios políticos de um dos raros intelectuais anti-imperialistas de esquerda!

O respeito à vida privada não tem nada a ver com o que precisamos esconder. O respeito à vida privada tem a ver principalmente com o que desejamos guardar para nós porque assim era de direito. Nosso próprio espaço. Nossa própria segurança. Nossa própria liberdade: o bem mais importante do mundo.

Ora, por que é que Nima fugira do seu país? Estava ele realmente tentando me explicar o fundamento da liberdade de todo cidadão? Ele não dava trégua!

— Você tem alguma coisa contra os judeus. Você não quer que eu dê aulas a crianças judias. É disso que se trata. Você só precisa vestir sua camiseta com a frase FREE PALESTINE. Onde está a camiseta, aliás? Vou procurá-la. Mas talvez você a tenha perdido! Será que é culpa de Israel, como todo o resto?

Ele não riu da piada.

Nada nos fazia sorrir.

— Você não está me ouvindo — disse ele.

— Ouvi o que você disse.

— Você só ouve o que quer ouvir. Não tenho nada contra os judeus, nada, bote isso na sua cabeça de uma vez por todas! Mas tenho, sim, alguma coisa contra o Estado de Israel, contra um governo que não quer negociar com os representantes palestinos, e contra toda a problemática que os Estados Unidos e a Europa levaram para o Oriente Médio. Marx era judeu. Trotsky era judeu. Devo minha ideologia aos judeus. Ou pelo menos o que constitui a base dela.

— Informei seu nome a um judeu que é pai de quatro filhos, nada mais. Então, de repente, o Mossad está no seu encalço e eu sou corresponsável pelas mortes do Oriente Médio.

— Quando eu lutava boxe, meu melhor amigo era judeu!

— Onde isso?

— Em Teerã. Onde você queria que fosse? No ringue de luta havia muitos judeus. São excelentes boxeadores.

— Você está mentindo.

— Pergunte a Schneider, esse gênio, se os judeus não são bons boxeadores.

— Ele me falou dos judeus do Irã.

— Tem vinte mil judeus que vivem no meu país! Mas isso não é interessante, eu sei! As pessoas só se interessam pelos muçulmanos fanáticos.

E assim continuou.

Os vizinhos de cima bateram o pé no chão.

— Olhe para mim! — gritei para Nima.

Ele não olhava para mim. Ele nunca olhava para mim quando as emoções transbordavam. Tampouco quando a nostalgia lhe cortava o fôlego. Por exemplo, depois dos intermináveis telefonemas para a mãe dele que, ao cabo de uma hora de conversa, passava para o pai, com quem Nima falava no máximo cinco minutos. Eu o tinha visto bater a cabeça contra a parede duas vezes. A primeira, quando soube da morte do tio preferido: estava excluída a possibilidade de comparecer ao enterro, mesmo sendo de familiares, enquanto os islamitas radicais estivessem no poder. A segunda, quando ele tomou consciência de que Khosrow, um amigo iraniano com quem ele jogava xadrez no café La Pleine toda semana, era homossexual.

— Depois da revolução islâmica, muitos judeus ficaram no Irã. A vida deles lá não é fácil, mas eles vivem, apesar disso, muitas vezes melhor do que os palestinos nos territórios ocupados pelos judeus, tenha certeza disso.

— Você já foi a Israel para ser tão bem informado?

— Conheço o Oriente Médio.

— Os judeus têm direito a ter o seu próprio país, você sabe bem disso.

— Não estou dizendo que eles não têm o direito. Mas não se estabeleceu o diálogo com os moradores de origem. Os Estados Unidos desprezam o Oriente Médio; logo, Israel faz a mesma coisa.

— Como era mesmo o nome do teu amigo boxeador?

— Raoul Eskenazy.

— Onde é que ele está agora?

— Como é que eu posso saber? Os aiatolás são tenebrosos. Mas vocês são piores. Vocês se deixam acomodar. Apesar de todas as possibilidades de se informarem.

— Por que você decidiu fugir para a Bélgica, se definitivamente nós somos todos uns cretinos? Você deveria ter ficado no seu país maravilhoso!

— Aposta comigo como essa família Schneider ou Schleiper financia o Estado de Israel?

— Ahhh, quer dizer agora que é esse o problema?

— Você nunca se perguntou por que Israel participa da Eurovision?

— O que é que tem a ver um concurso de música com isso?

— Israel, a consciência da Europa, nem sequer fica na Europa! Então por que é que participa do festival todo ano? Porque a Europa quer esquecer o extermínio do povo judeu. E como é que ela se livra dessa dívida? Deixando Israel matar os povos vizinhos. Será que Israel permitiu uma só vez que um candidato palestino representasse o país nesse concurso? Ou um muçulmano? Um palestino da Cisjordânia, de Jerusalém Leste ou de Gaza? Você já ouviu falar de algum judeu a quem seja negado o direito de ficar na Bélgica? Você já ouviu falar de algum judeu que foi expulso daqui? Agora pegue um palestino ou um libanês muçulmano criado estritamente no mesmo contexto social, econômico e intelectual que seu vizinho judeu: as autoridades belgas o repatriam no primeiro avião.

— Os judeus são responsáveis por tudo.

— Você não deveria ter informado meu nome aos Schleiper.

— Schneider. Eles se chamam Schneider. E o pai é muito gentil.

No abraço de reconciliação que marcou o fim da briga, pareceu-me inconveniente confessar a Nima que eu escrevera o nome dele em letra cursiva e de forma para garantir que Aaron Schneider pudesse lê-lo corretamente.

Capítulo 8

Eu tinha consciência de que os temores de Nima não eram totalmente infundados. Ele já tinha, aliás, conversado com agentes do que se chamava à época BSR, a sigla belga para Brigada Especial de Investigações, e com agentes dos serviços do Estado.

Uma vez, eu o acompanhara ao local do encontro nos subúrbios de Bruxelas. Não que eu achasse que Nima fosse inventar histórias de espionagem, mas, no fundo, eu só acreditava nele pela metade.

Num beco fedorento e exposto às correntes de ar da estação de metrô Madou, fiquei a alguns metros de Nima e do agente secreto. Ele não revelaria nada sobre mim ou sobre a minha presença ao espião. Não seria, aliás, necessário se o agente tivesse feito bem seu trabalho.

O homem – branco, bigodudo, em trajes civis – não usava chapéu nem capa longa preta ou bege, apenas a maleta obrigatória que os espiões de filme carregam. Quem o visse, pensaria num suburbano que fora trabalhar em Bruxelas.

Eu o observava, com o rosto parcialmente escondido pela gola do meu mantô. Eles falavam bem de perto, como fazem os profissionais. O contato olhava fixamente o chão e os trilhos, Nima olhava direto à sua frente, para a parede do outro lado da rua; quando um vagão do metrô parava entre ele e a parede, ele mal mexia os olhos.

A cena era ao mesmo tempo cômica e angustiante. Cômica, porque tudo parecia absolutamente irreal. Angustiante, porque os serviços secretos belgas tinham poder sobre Nima, e não o contrário. Eu imaginava que qualquer pessoa à minha volta podia ser um agente secreto. A mulher mais ao longe, no seu uniforme de motorista de ônibus; um carinha logo ali, com gel no cabelo, que esvaziava as lixeiras. O estudante, com nariz mergulhado num livro de sociologia.

A BSR não entrara em contato com Nima por acaso. Ele fora escolhido porque pensavam que suas simpatias pela esquerda poderiam ser vantajosas para todo mundo.

Não que Nima tivesse claramente falado de suas convicções ideológicas ou que lhes tenha explicado detalhes sobre seu pedido de asilo. A BSR conseguira extrair essas informações pessoais sem que ele percebesse. Uma proeza admirável, haja vista o extremo cuidado com o qual Nima protegia sua vida privada.

A técnica de recrutamento do BSR consistia em incentivar seus agentes a frequentar cursos noturnos de francês e holandês para principiantes, sem que estes precisassem dizer seu nome ou profissão. Nos intervalos e depois das aulas, a BSR distribuía chicletes e cigarros no *hall* de entrada, no pátio de recreação e na portaria da escola: quando alguém distribui alguma coisa e fuma junto, destrava línguas.

Nima tinha aulas de francês. Como ele era fumante ocasional, falara, no pátio da escola, ao agente secreto da BSR dos cartazes políticos que pregara em Teerã. Ele evocou seu papel no movimento estudantil da faculdade de Direito. Chegou até a mostrar, sem saber com quem realmente estava tratando, uma

Mazal Tov

cicatriz no flanco, à altura do mamilo direito, que ia até as costas: "Uma lembrancinha da temporada na prisão".

Um pouco mais tarde, eles trocaram números de telefone. "Eu jogo xadrez; se você quiser um parceiro, me liga." Alguns dias mais tarde, o cara já estava ligando. Será que Nima queria se infiltrar no ramo da esquerda extremista dos estudantes radicais de Bruxelas? Nima bateu o telefone, furioso.

Alguns meses depois, porém, o mesmo cara telefonou outra vez. "Queremos que você nos dê algumas informações sobre os grupos de extrema esquerda da universidade, é evidente. Mas não é o universo deles que mais nos interessa. Onde quer que os progressistas e ateus se reúnam, os religiosos extremistas e os fundamentalistas não estarão longe. É sobre eles que queremos saber tudo."

Daquela vez, Nima não desligou imediatamente.

Em troca das informações que ele forneceria aos serviços secretos, a Bélgica financiaria seus estudos. E desde que ele entregasse informações úteis, eles lhe pagariam uma soma mensal suficiente para complementar suas necessidades. Ele poderia apresentar notas de despesa. "Todo mundo sabe que às vezes é preciso olhar as profundezas de um pote para descobrir um fundo de verdade."

O agente secreto sabia que a irmã de Nima, Marjane, também morava na Bélgica e que, assim como o irmão, obtivera o *status* de refugiada política. Mas, para todos os efeitos, ela era uma refugiada econômica. Ele garantiu a Nima que a justiça belga deixaria Marjane em paz. Tal afirmação o ameaçava naturalmente do contrário. Nima adiava todas as visitas que tinha de fazer à BSR. "A gente não trai o próprio povo", ele me disse, "e os iranianos devem acertar suas contas entre si." Para o serviço secreto, ele mantinha outro discurso. Prestou-se a fazer o jogo deles durante meses, com outros objetivos. Tentava descobrir quais eram exatamente as informações que os serviços de investigação belgas queriam obter sobre seus compatriotas de esquerda e como faziam para saber mais a respeito. Na comunidade iraniana de esquerda, todo mundo terminou sabendo com quem se pareciam esses senhores e onde eles exerciam suas atividades.

"*Fuck you!*"

Foram as últimas palavras que Nima disse aos investigadores e aos caras do serviço de segurança do Estado.

Depois da visita à estação Madou do metrô, fomos beber uma Gueuze num café da Grand Place. Talvez tenha sido no Bar Ommegang, já não lembro.

Capítulo 9

inha relação com Jacob começou num dia frio de janeiro. Eu esperava Elzira.

A primogênita das irmãs de Jacob fora com a mãe, segundo uma das faxineiras, a um compromisso que aparentemente durara mais tempo do que o previsto: "Mas a madame e a *meydl*[5] voltarão logo".

Eu me encontrei com Jacob no jardim. Quando o rapaz não estava de uniforme escolar – calça e paletó pretos, camisa branca –, estava com a indumentária de basquete, como agora. Ele jogava de camiseta e de shorts, apesar de ser inverno. Os pelos de suas pernas eram loiro milho. Os pés dele eram imensos. Às vezes, ele ajustava o boné vermelho de beisebol: a *kipá* ficava escondida embaixo.

Em traje esporte, Jacob me lembrava Sig Arno, o ator de cinema judeu alemão. Com seus cabelos desbotados e o nariz adunco, Arno fizera dessas características uma marca. Como no filme cômico em que ele vence uma corrida de atletismo graças ao comprimento de seu apêndice nasal que atravessa primeiro a linha de chegada.

— Bom dia — falei.

— Olá — disse Jacob sem olhar para mim.

Ele bateu com vigor a bola no chão.

---

[5] Em iídiche, menina, garota.

Eu ainda não lhe dirigira a palavra a sós. Ele não recorria a mim para ajudá-lo nas tarefas e deixara bastante claro para seus pais, apesar do protesto destes, que ele só recorreria a mim se tirasse notas baixas. Quando eu estava com Elzira, às vezes ele batia à porta para dizer "olá" e saber, como se não desse grande importância à resposta, se eu estava bem: "Tudo bem, está tudo direitinho?".

Ele tentava arremessar a bola na cesta pela lateral. Sistematicamente. Depois de cada tentativa, ajeitava os óculos no nariz e fungava.

— Posso?

Jacob fez algumas caretas, depois estourou de rir, vendo que, por reflexo, eu entrava em alerta cada vez que ele ameaçava me passar a bola. Eu observava como ele era alto e desengonçado. Deveria ter uns dois metros.

Perguntei se ele praticava basquete na escola.

— Sou torcedor do Maccabi — disse, plantando-se à minha frente. — Olhe este boné: é do Maccabi. Maccabi é em hebraico. — Lançou a bola no ar e pegou-a de volta. — Nos nossos livros, os macabeus são o símbolo de uma nação judaica poderosa.

— Ah — eu disse.

Minha vontade era arremessar a bola na cesta. Fora boa em basquete, mesmo preferindo o voleibol, um esporte que pratiquei na adolescência, chegando a participar de competições.

O nariz de Jacob estava vermelho de frio.

— Os macabeus se opuseram, antes do nascimento de Cristo, aos gregos e aos sírios, amigos dos gregos.

— Você me passa a bola em vez de me dar uma aula de história? — brinquei.

O patriotismo dele, ou o nome que se possa dar à inclinação identitária dele, não me empolgava.

— E os macabeus não quiseram se curvar às exigências dos opressores gregos. Eram muito fortes. Eu os admiro.

O holandês de Jacob tinha também um vestígio de sotaque francês. Entre eles, os Schneider falavam francês, hebraico ou iídiche; às vezes, inglês. Raramente ou nunca, holandês.

Ele gingava, corria em direção à cesta e lançava a bola mais uma vez pelo lado do aro. Depois de recuperar a bola, ele a lançou com violência na boca do meu estômago.

— Ai! — gritei.

— A assimilação é nossa morte — declamou ele.

— Isso doeu — repliquei segurando a bola.

— Você entendeu o que eu disse?

— "Que a assimilação é a morte de vocês" — repeti. — Você está indo um pouco longe demais. O que é que te faz dizer isso de repente? Hitler era contra a assimilação? A raça ariana não devia se misturar... Se isso lhe serve de exemplo...

— Entre nós, só falamos de nossos clubes esportivos.

— É mesmo? É por essa razão que vocês têm seus próprios clubes. Porque qualquer coisa é melhor do que se misturar com não judeus, como nas suas escolas, onde eles não são bem-vindos?

O meu nível de irritação subia tão rápido quanto caía o marcador do termômetro naqueles dias.

— Você não tem, vocês não têm nunca nenhuma dúvida? Vocês não se perguntam jamais se esse modo de vida hoje é o único bom?

— O que você quer dizer?

— Como a humanidade pode conseguir se unir se a vontade de segregação de alguns grupos só aumenta?

— Você não conhece nossa história — disse ele levantando as mãos, pronto para bloquear meu arremesso. — Os esportistas judeus não tinham o direito de ser sócios de clubes não judeus. Temos de nos ocupar de nós mesmos porque os outros não o farão nunca.

Lancei a bola mirando a cesta. Ela rolou várias vezes em volta do aro metálico, depois caiu bem no meio.

— Pura sorte — disse Jacob. — Pode ser muito bom o acaso.

Ele jogou a bola que batia e virou-se sobre os calcanhares: à próxima!

— A gente faz uma competição? Cada um lança 10 vezes?

— Tenho outras coisas a fazer — ele disse. E entrou na casa.

Meia hora mais tarde, quando estava no escritório, sentada ao lado de Elzira, debruçada sobre a lição de casa – o *future simple* –, ouvi correr no encanamento a água da banheira ou do chuveiro.

Achei uma pena que ele tenha desejado se ver livre de mim. Gostaria de ter falado com ele por mais tempo.

Capítulo 10

*V*ocê lê hebraico?

Eu ainda esperava Elzira. Nos últimos tempos, ela comparecia toda semana a vários compromissos depois da escola. Ninguém me dava uma explicação. Presumi que faziam parte das atividades das menininhas judias.

Jacob, daquela vez, não estava jogando basquete. Usando roupas quentes, ele retirava com uma rede os resíduos do pequeno tanque do jardim, onde nadavam três grandes peixes de cores vivas. De onde estava, Jacob me lançou um olhar. Ele usava uma *kipá* colorida de crochê, onde havia até o vermelho.

— Claro que leio hebraico. — Foi a resposta dele à minha pergunta. — Todos os meninos judeus leem. Recebemos aula de hebraico a partir dos 3 anos, aprendemos o alfabeto; depois, estudamos a Torá[6]! Aos 13 anos, somos chamados à sinagoga para fazer a leitura em voz alta. Devemos, portanto, ser capazes de ler perfeitamente o hebraico. A reputação de nossa família depende disso! — Ele falava exaltado, como se pregasse de um púlpito.

— E as meninas? Elas falam hebraico?

— As meninas não têm de ler na sinagoga, mas no nosso estabelecimento, na escola Iavne, elas aprendem também o he-

---

[6] Também chamada "Bíblia Hebraica", corresponde aos cinco primeiros livros do Pentateuco – Gênesis, Êxodo, Levítico, Números e Deuteronômio – e constitui a primeira parte da Bíblia Cristã ou Antigo Testamento.

braico moderno, sem se aprofundarem tanto quanto *para* nós, os meninos, na minha opinião. Os homens precisam ser inteligentes.

— Tanto quanto nós, Jacob. Elas aprendem o hebraico sem se aprofundarem *tanto quanto nós*, não se diz *para*. Eu mesma acho sua mãe inteligente. E Elzira e Sara também.

— Mais tarde, eu gostaria de ter uma mulher inteligente.

— Mais inteligente do que você?

— Não é por poder ler o alfabeto hebraico que a gente conhece a língua, entende? Nem sempre compreendo tudo que leio. — Ele mudava de novo de assunto.

— Isso acontece comigo também — eu disse. — Quando leio um texto difícil em espanhol, posso recitá-lo com muita fluência. Mas nem sempre tenho ideia clara do conteúdo. E, no entanto, adoro sentir essa língua vibrar nos meus lábios, às vezes sinto até uma espécie de júbilo.

Ele sorriu.

— No *shul*[7], falamos e discutimos o que lemos. Não temos verdades estabelecidas como vocês. Discutimos os textos, suas explicações, os comentários, as interpretações. Explicamos mais, mais e mais. Vocês não são assim.

Ele tirou do tanquinho uma espessa massa alongada, verde-escura e pegajosa, e fez uma careta.

— Você diz "vocês". Quem é "vocês"? — perguntei.

Eu me sentei ao lado dele. Os peixes grandes e vigorosos brilhavam. Dois deles eram brancos manchados de cor laranja. Meu casaco tocava no dele. Jacob, estudando a água com um

---

[7] O mesmo que sinagoga.

ar concentrado, continuava raspando a superfície com a rede e deu um passo para o lado. Percebi uma constelação de espinhas vermelhas sobre seu nariz e testa. Era preciso que ele cuidasse da pele para evitar acne.

— Vocês, os outros.

— A população não judia?

— Os católicos, com certeza. E os muçulmanos.

— Você acha que sou católica?

— Você não é muçulmana!

As provocações pareciam aliviá-lo, como quando a gente dá um suspiro profundo.

— E em que língua vocês debatem na sinagoga?

— Em iídiche, em hebraico moderno, em francês, em inglês. Muitos judeus falam melhor inglês do que francês.

— Vocês não conversam em holandês?

— Sim, evidentemente. Às vezes. Mas nem todos os judeus nasceram aqui. Tampouco frequentaram a escola local. Longe disso. Viemos de todos os lugares, como você sabe.

Os peixes nadavam desenhando círculos. De vez em quando o prateado, o único, aliás, sem reflexos alaranjados sobre a pele, vinha engolir um pouco de ar. Jacob dançava com a rede em torno dele, trabalhando com precaução.

"O hebraico antigo não é parecido com o ivrit, o hebraico moderno. É a língua da Torá, nosso texto sagrado. Não é uma língua falada. Os judeus já tinham parado de falar o hebraico muito tempo antes do nascimento de Jesus. Você sabe perfeitamente, é evidente, você estuda línguas."

Tive a impressão, com esse "você sabe perfeitamente", de ter sido fisgada por um anzol. Disse apenas:

— Então todos esses judeus antuerpenses que falam hebraico utilizam na verdade uma forma nova de falar uma língua muito antiga?

Ele parou de mexer com a rede e virou-se para mim, levantando explicitamente as sobrancelhas. Tinha nos lábios um sorriso arrogante e gozador. As lentes dos óculos estavam manchadas. O contraste era comovente.

Será que eu poderia contabilizar essa espera como tempo de trabalho? Porque, para mim, aquilo era trabalho. Todo fim de tarde, às 17h30, eu estava diante da porta dos Schneider. E agora já eram, segundo indicava o Swatch vermelho vivo de Jacob, quase 18h30. Ele usava um relógio moderno. Fora isso, tudo o que usava era ortodoxo.

— Não me diga que você ignora que os judeus de Antuérpia falam sobretudo iídiche entre eles? — De novo ele me fisgou.

— Elzira me disse que não se falava iídiche na escola.

— Na nossa escola, as aulas de religião são em hebraico.

— Por quê?

— Não somos judeus hassídicos[8] — ele disse com o ar misterioso que gostava de assumir e que refletia uma mistura de pretensão, de espírito indômito, de inquietude e de vulnerabilidade. Ao menos era o que eu supunha: os haredim e os hassidim pertencem a outro grupo.

---

[8] Seguidores de um movimento surgido no interior do judaísmo ortodoxo que promove a espiritualidade pela internalização do misticismo judaico. Também aqui referidos como *hassidim*.

Mazal Tov

— Você acha que eu tenho de entender o que você está dizendo?

— Os haredim e os hassidim são judeus ultraortodoxos. Eles têm seus próprios rabinos e seus próprios *shuls*.

— E vocês, não?

— Somos ortodoxos modernos. Frequentamos outras sinagogas e temos outros rabinos. As crianças hassídicas vão para outras escolas, mais estritas do que as nossas sob o ponto de vista da religião. É, aliás, pouco provável que elas sejam matriculadas numa escola onde são ministradas matérias seculares. Os religiosos mais estritos consideram que elas têm a obrigação de seguir um ensinamento, mas não o de frequentar a escola. Às vezes, elas estudam em casa, sem programa; a Torá, o Talmude[9] e as interpretações da Torá são suas únicas fontes. Esses textos constituem as referências que as crianças estudam e ficam discutindo o tempo todo, do momento que acordam até a hora de dormir. Não somos como eles. Não fechamos os olhos à sociedade contemporânea, fazemos parte dela.

— Os hassidim são os judeus que têm cachinhos laterais? Eu ainda não vi esses meninos usarem uma *kip*á tão alegre quanto a sua — disse para irritá-lo.

Isso o pegou de guarda baixa; ele corou, tocou a cabeça para verificar se o seu solidéu ainda estava no mesmo lugar e riu:

— É bonito este *yarmulke* — admitiu. — Foi minha avó que me deu. Ela o trouxe de Israel, de uma loja conhecida do bairro de Mea Shearim, em Jerusalém; é uma loja onde só se

---

[9] Compilado que discute e explica as leis da Torá. Inclui histórias e ditos que tanto direta como alegoricamente registram a filosofia e a sabedoria do judaísmo. Contém muitas discussões (travadas durante centenas de anos) na forma de prova e refutação.

vendem chapéus e *kipot*[10], milhares e milhares. Temos o direito de usar todas as cores. Mas não os hassidim e os haredim, que usam preto. E as *kipot* deles nunca são de crochê como a minha, são de veludo.

— Quando é que se diz *kipá* e quando se diz *yarmulke*?

— Não tem nenhuma diferença: *kipá, yarmulke, yarmulka, yrmlke* são estritamente a mesma coisa.

— Você pode mandar gravar seu nome nesse tipo de *kipá*?

— Meu nome está na parte interna, bordado.

— Posso ver?

— Não.

— Me diga qualquer coisa em hebraico.

— Todo mundo fala o hebraico com sotaque diferente.

Ele se voltara para o tanque. A superfície estava limpa. Jacob acionou a bomba de ar e abriu a torneira para renovar a água.

— Você fala com que sotaque então? — perguntei.

— Com o sotaque de um judeu flamengo francófono nascido em Antuérpia, cujas raízes estão em algum lugar na Hungria, mas também nos Países Baixos.

— Então você tem família nos Países Baixos?

— Eu tinha! Nos Países Baixos, os judeus, a guerra...

— O que você quer dizer com isso?

— Anne Frank não foi a única que os holandeses traíram, se é nisso que você está pensando.

— Não é o que estou pensando.

---

[10] Plural de *kipá*.

— É preciso que você ouça bem quando ouve falar hebraico ou iídiche em algum lugar. Os judeus georgianos articulam o *r*. Os judeus que vêm do Marrocos, da Tunísia e da Argélia pronunciam os *r* fazendo vibrar a úvula, parecem estar gargarejando, como os árabes.

— Como se eu entendesse todas essas nuances! Como se eu soubesse de que país um judeu é originário! Sou incapaz de distinguir vocês uns dos outros.

Ele levantou de novo as sobrancelhas de maneira altiva.

— Alguns rabinos *detestam* o hebraico moderno — continuou ele. — Eles não suportam que a língua sagrada seja reduzida a um instrumento que serve para bate-papo... É por isso que a língua do dia a dia é o iídiche, e não o hebraico moderno.

— Para "bate-papo", nós dizemos em holandês "falar de novilhas e bezerros".

— Os diamantes mais belos levam milênios para adquirir toda a sua nobreza. É o que significa o hebraico antigo para mim. Entendo, portanto, a posição dos que acham que não se deve mexer nisso. Que tal se a gente falasse de outra coisa? Não é bom que a gente passe tanto tempo falando dessa temática.

— Por quê?

— Você não é judia.

Eu reconhecia esse comportamento defensivo que não era destituído de um sentimento de superioridade. Nima e eu, às vezes, fazíamos um ao outro a mesma crítica. Dizíamos que um não poderia opinar sobre determinados temas referentes ao povo do outro.

Nima não entendia, por exemplo, que eu não abrisse a porta para uma visita que chegasse sem avisar e que eu não tinha vontade de ver. Jamais se faria coisa semelhante no seu país. "Uma boa dona de casa sabe que há sempre bastante água para um convidado inesperado", dizia ele naqueles casos, citando um ditado persa segundo o qual, quando se prepara uma refeição para duas pessoas, haveria facilmente o bastante para quatro, adicionando-se água ao alimento.

"Você não está no Irã", eu rebatia. "Você não é daqui e não sabe, mas aqui as coisas são diferentes."

Por outro lado, eu não entendia aquela generosidade sem limites. Um dia, estávamos visitando minha irmã em Ghent e, enquanto ela preparava o almoço, viu que não tinha mais azeite. Nima disse que sairia para comprar e voltou com uma garrafa de 5 litros. Perguntei se ele não exagerara um pouco, ainda mais considerando que estávamos tão apertados financeiramente. Ele respondeu que "no meu país, dar nunca é demais, nunca é o bastante". Contrapus que mal estávamos conseguindo fechar as contas. Nima encerrou a questão: "Um iraniano não raciocina assim".

— Isso são *kois* — disse Jacob. — Devemos colocar em cima do tanque uma tela para evitar que as garças comam os peixes, elas adoram *koi kasher*[11]. — Ele riu.

— *Koi kasher*? Não me diga que você come esses peixes!

— Estou brincando. Mas podemos comê-los. Os *koi* são carpas. Nós as compramos em Israel. São pelo menos de tão boa qualidade quanto as importadas do Japão e, no entanto, custam metade do preço.

— Esses peixes não são um pouco grandes para uma garça?

---

[11] Ou *kosher*, termos do hebraico que significam "apropriado". Nomeiam um conjunto de regras fundamentadas nas leis do judaísmo para a preparação de alimentos, incluindo o modo de criação e de abate de animais.

MAZAL TOV

— Não se sabe nunca. Vale mais remediar do que curar.

— Mais vale prevenir do que remediar.

— Você é uma *goya*[12]. — Ele se dirigiu para a casinha do jardim e pendurou a rede num gancho da parede externa.

— O que é uma *goya*?

— O feminino de *goy*.

— E, como *goya*, sou inferior. E você é superior? É isso?

— Não é o que eu estou dizendo.

— O que você está dizendo então?

— Você não crê no Messias.

— Eu não acredito em nada.

— Em nada?

— Se você quiser saber mesmo, Jacob, eu acredito no meu namorado. No amor.

---

[12] *Goy* (substantivo masculino), *goya* (substantivo feminino), *goyim* (plural), termos do hebraico para referir pessoas que não têm origem judaica.

Capítulo 11

Elzira era destra. E era justamente a mão direita que mais atrapalhava a garota.

No entanto, Elzira já tinha, aos 12 anos, uma combatividade de quem queria tirar o máximo da vida. Eu a vi, cercada dos membros da família, abrir cartas e pacotes: na sua testa brilhavam gotas de suor resultantes não do calor ou da excitação da tarefa, mas do fato de saber que suas mãos concentravam todos os olhares. Quanto mais os olhos as vigiavam, mais suas mãos tremiam.

Ainda que fosse muito penoso para ela abrir um presente, ainda que fosse muito mais fácil aceitar a ajuda que todos lhe ofereciam de boa vontade, ou ainda que fosse mais prático abrir a carta rasgando brutalmente o envelope, Elzira se recusava a deixar que sua deficiência a limitasse e lhe ditasse a conduta: a menina tratava de abrir tão calmamente quanto possível os pacotes. A julgar pela seriedade com que desempenhava essa tarefa, o combate entre ela e a embalagem era nada mais nada menos do que uma questão de honra.

Isso começara de repente, quando tinha cinco anos. Inicialmente, os pais presumiram que a menina era um pouco nervosa ou que era acometida por câimbras em virtude do crescimento. Talvez ela tivesse um nervo pinçado em algum lugar. Mas quando viram, ao longo do tempo, que a tremedeira das mãos continuava, eles, preocupados, consultaram um médico de família, que os encaminhou ao neurologista, o primeiro da longa série de especialistas que os Schneider consultariam, no país e no estrangeiro, de origem judaica ou não.

Todos os especialistas estavam mais ou menos de acordo a respeito do diagnóstico: dispraxia, uma anomalia congênita parecida com a dislexia.

Quanto mais o corpo médico e paramédico submetia Elzira a testes, mais ficava claro que, desde o nascimento, a menininha não tivera uma motricidade normal.

À mesa, nunca conseguira utilizar de maneira natural um garfo e uma faca. Nas lojas de sapatos, optava por mocassins e calçados com fecho a velcro: ela evitava sistematicamente cadarços e zíperes. O desinteresse por jogos de bola revelava, em definitivo, o empenho em dissimular uma inaptidão. Quando, aos cinco anos, ela se recusou a aprender a andar de bicicleta, os pais interpretaram a decisão como uma escolha inspirada na religião: Elzira tinha amigas que viviam segundo regras muito estritas. Elas não somente não pedalavam como também não se sentavam em garupas, porque Ele proibia.

Uma noite, Elzira começou a chorar no quarto, quase sem fazer barulho. Pensei que a causa fosse uma nota baixa, mas bem diante dela havia uma prova recente com excelente nota.

— O que está acontecendo? — perguntei.

Não respondeu. Enxugou as lágrimas. Outras surgiram imediatamente.

Ela tremia e começou a estapear a mão direita com a esquerda. Peguei suas mãos suavemente. Ela não se opôs.

— Você está com raiva?

Ela apertou os punhos.

— Vou ao fisioterapeuta duas vezes por semana depois da escola. Ele deveria *me guérir*, me curar. Mas não está funcionando. E, às vezes, vou ver um psicólogo.

"Eis as explicações para os encontros misteriosos", pensei.

— E esse fisioterapeuta, ele manda fazer exercícios?

— O tempo todo. Tenho de fazer exercícios em casa. Lançar e pegar bolas para que meus olhos e minhas mãos reajam junto, ou alguma coisa do gênero. Escrever palavras, ver as horas. Tenho um caderno de exercícios.

— E o psicólogo?

— Ele fala comigo.

— E você responde?

— Tanto quanto possível. Tem vezes que não consigo.

— Você não consegue ou você não quer?

— Para mim, às vezes é a mesma coisa.

— Esse psicólogo é judeu?

— Sim. Não é um homem, é uma mulher. Ela tem principalmente clientes judeus. Ela fala iídiche e hebraico. Eu falo *en français*.

— Você gosta de falar com ela?

— Ela é *gentille*.

— Você se sente aliviada depois da consulta?

— Eu continuo a tremer.

— É preciso que você aprenda a ser paciente. Ela disse se você vai melhorar e quando?

— Ela diz que não pode garantir nada.

— Mas...?

— Mas o quê?

— Ela diz se os exercícios podem ajudar? Se falar pode ajudar?

— Não sei. Estou cansada.

— Você quer que nós duas façamos juntas alguns exercícios? Cadê o caderno do seu fisioterapeuta? Você quer que eu jogue bola com você por uma meia hora?

Totalmente tensa, ela olhava para frente, lá fora, para o jardim. Eu via no seu pescoço e nas têmporas as veias azuis sob a pele translúcida.

— Você está chorando porque teme que nunca terá uma mão firme?

— Papai me prometeu comprar um dia uma máquina de escrever elétrica.

— Isso deveria deixá-la alegre — assinalei sorrindo.

— Papai não quer comprá-la ainda. Ele acha, como você, que é bom que eu me exercite. Ele acha que se eu parar de escrever à mão, vou desistir. Que se eu substituir agora, enquanto sou jovem, minha caneta por uma máquina, é um... Ele considera que seria sucumbir...

— Que isso seria *renunciar*, você usa em holandês uma palavra de origem francesa, su*ccomber*, que significa *render a alma*.

— Sim, ele acha que seria *une défaite*, um fracasso.

— A tremedeira diminuirá com a idade — afirmei num tom tranquilizador. — Seu pai e sua mãe já me disseram. E eles souberam pelos médicos e pelos resultados dos testes.

— Mas isso nunca irá embora definitivamente.

Nós éramos duas agora a olhar fixamente para fora.

J. S. Margot

— Parabéns pela sua prova de francês — disse eu depois de um momento. — Você acertou oito de dez em conjugação. Não são muitas meninas que podem dizer a mesma coisa.

— Será que você me ensinaria a andar de bicicleta, por favor?

Capítulo 12

Insisti durante semanas e terminei obtendo dos pais a autorização de ensinar a filha mais velha a andar de bicicleta.

Elzira e eu poderíamos nos dedicar a essa atividade todos os domingos, das onze da manhã até uma da tarde, na condição de que eu levasse a menina a um lugar onde ela pudesse cair com toda a segurança, longe do trânsito de carros, sem ficar envergonhada.

Para os Schneider, era inconcebível ver a filha estatelada no chão, com as pernas para cima, numa rua do bairro judaico. Num lugar onde ninguém a conhecesse, ninguém poderia fofocar a respeito.

Segurando com uma mão a bicicleta nova em folha, eu caminhava ao lado de Elzira na direção sul, onde ficam as antigas instalações portuárias.

Havia árvores de Natal nas calçadas.

— Os judeus não comemoram Natal — observei.

— Eu acho as luzinhas muito bonitas.

O vapor condensado no ar gelado formava pequenas nuvens que saíam da boca de Elzira, à medida que ela falava.

A menina avançava a passos miúdos. Uma linda e bela saia forrada de veludo preto restringia o movimento das pernas. De-

J. S. MARGOT

cente, mas nada prático para andar de bicicleta. Ambas usáva-
mos luvas de couro: as minhas, vermelhas; as dela, pretas.

Elzira, como entendi rapidamente, nunca tinha atravessado sozinha as avenidas centrais que dividiam a cidade em duas
partes. "Nem mesmo com minhas amigas." Ela nunca visitara a
pé o lado sul de Antuérpia, longe de casa. Quando precisava ir
a um bairro não-judaico da cidade, fazia o trajeto de carro, no
banco traseiro do Volvo do pai. As meninas Schneider só raramente, quase nunca, pegavam ônibus e bondes, jamais sozinhas.
Quando chovia forte, iam para a escola e de lá voltavam de táxi.
Elas achavam essas empresas de táxi no catálogo telefônico da
comunidade judaica ou no jornal voltado às propagandas dos
eventos judaicos de Antuérpia, que era cheio de anúncios em
hebraico, iídiche, inglês, francês, holandês e mesmo em geor-
giano; para sessões de reflexologia plantar a baixo custo, viagens
coletivas à Suíça, lavagens de roupa com desconto ou bolos de
festa *kasher* em promoção, consultava-se o *KoopjesPlus*.

Os Schneider eram clientes fiéis do Antwerp Taxi. O atendente da mais importante frota de táxis da cidade sabia que era
melhor não enviar determinados motoristas a certos endereços.
Assim como sabia detectar, segundo a chamada, se era melhor
despachar o micro-ônibus: os membros das famílias numerosas
não cabiam todos num carro particular e, quando eles precisavam ir, em grande estilo, ao Aeroporto Internacional de Bruxelas, era inútil tentar explicar ao chefe de família que, por razões
de segurança, era proibido empilhar as malas e os carrinhos de
bebê no teto do carro, tudo amarrado com uma corda ou um
cabo elástico.

No caminho, Elzira não prestava atenção ao entorno, andava num ritmo apressado.

Na vizinhança da rua des Remparts e do portão de l'Eau, viviam muitos marroquinos e turcos. Os homens ficavam sentados nos cafés e nos salões de chá com janelas ocultas por plástico opaco sob as quais estavam escritas as letras VZW[13], às vezes não na ordem certa. Não se via nenhuma mulher. No verão, elas conversavam cercadas de crianças, sentadas num tamborete diante da porta, a calçada coberta de capachos e de tapetes batidos e lavados. Elas bebiam chá de menta, invariavelmente acompanhado de um biscoitinho açucarado cor de laranja. Agora, no inverno, elas não apareciam. A rua ficava quase deserta. Só as lojas turcas estavam abertas. Eu ouvia falar o árabe e o berbere. Mas era incapaz de distinguir de ouvido as línguas.

Elzira me perguntou:

— Não é perigoso aqui?

— Perigoso? Por quê?

— Aqui só moram não judeus.

— A cidade é, na maioria, habitada por não judeus.

— *Je sais.*

— Você não fica à vontade?

— Não sei.

— Todas as cidades têm suas peculiaridades.

— Sim.

— Meu namorado, Nima, é iraniano, como você sabe.

— Sim, mas vocês estão juntos.

Ela, que normalmente não era de muito falar, começou a tagarelar sem parar. Contou que ganhara de presente de *bat*

---

[13] Abreviação de *Vereniging Zonder Winstoogmerk* (associação sem fins lucrativos).

mitzvá[14] uma bicicleta rosa. Tentara várias vezes pedalar, sem sucesso. Não conseguira manter o equilíbrio. Jamais soubera como, ao mesmo tempo, pedalar e segurar o guidão na direção certa porque sua deficiência (*handicap*) provocava problemas de coordenação. Ela repetia a palavra *handicap* com um sotaque francês. Disse que um dia, sob os olhos dos pais, batera a bicicleta na parede da garagem e, furiosa, correra para o quarto. O pai colocou a bicicleta no carro nas várias vezes que foram a um parque afastado da cidade. Na última vez, ela explodira em soluços e o pai resolveu: "Basta disso, não é indispensável saber andar de bicicleta".

Ela me explicou o que representava o conceito de *bar mitzva*, "filho do mandamento". Ela se exprimia claramente, dava explicações precisas, como se estivesse fazendo uma apresentação. Para resumir, eis do que se tratava: o *bar mitzva* era a cerimônia ritual solene, no decurso da qual os meninos judeus de 13 anos eram encaminhados em direção à sua maturidade religiosa. A partir dessa idade, eles não estavam mais submetidos à tutela religiosa dos pais, porém obedeciam de pleno direito aos 613 mandamentos judaicos, as *mitzvot*. Eu sabia da existência deles, mesmo ignorando que houvesse tantos.

— *Bat mitzva*, com *t*, quer dizer "filha do mandamento" — disse Elzira —, mas, na vida pública judaica, os homens são mais importantes do que as mulheres. Daí que os meninos têm direito a uma festa maior. E a presentes mais caros. Só que as meninas celebram essa festa já aos 12 anos.

— Acho sua bicicleta um lindo presente, apesar disso.

---

[14] Festa de confirmação religiosa para meninas.

Ela meneou a cabeça. Aqui, fora do universo familiar, Elzira parecia ainda mais vulnerável. Colocou a mão no selim da bicicleta. Era da marca Kalkhoff, que praticamente não se via mais na Bélgica. As Kalkhoffs eram fabricadas na Alemanha.

Segundo meu avô, todas as empresas alemãs tinham culpa no cartório. Por essa simples razão, nenhum produto alemão entrava em casa. O fato de os empregados da Khalkhoff terem participado, por obrigação ou não, no extermínio do povo judeu não era, visivelmente, uma razão para que os Schneider boicotassem a marca. Eu nunca tinha visto um judeu numa Mercedes, mas nessa bicicleta eles nem sequer cobriam o logotipo.

Na padaria da rua de Remparts, perto do Museu Real de Belas Artes, comprei dois croissants e dois pães de chocolate.

Elzira se recusou a entrar na loja:

— Vá lá, eu fico ao lado da minha bicicleta.

Ela cobriu a cabeça com um capuz felpudo.

— Pegue um — insisti quando íamos retomar o caminho.

Do saquinho do pão, escapava um aroma de massa fresca folhada recém-saída do forno. Eu o aproximei do nariz de Elzira. Ela balançou a cabeça.

— Vamos lá, não comprei para comer tudo sozinha.

— Não, obrigada.

Retirou o apoio da bicicleta e perguntou-me em que direção deveríamos caminhar.

— São realmente deliciosos os croissants daqui. — Ainda tentei mais uma vez.

Já se afastara um pouco. Ela não falava mais, mas eu percebia, por seus passos, que Elzira só queria chegar logo.

Quando paramos diante da travessia de pedestres, ela me olhou.

— Será que eu poderia comer um *pain au chocolat*? Mas não diga nada a mamãe ou papai.

— Claro. Pegue. Espero que goste. São deliciosos. Mas por que seus pais não podem saber? Você está de regime?

— É proibido.

— Por que é proibido?

— O padeiro não é *kasher*.

— Um *croissant* não deve representar um problema. Não tem peixe, nem carne, nem leite nos *croissants*.

— Mas tem ovos e manteiga. Os ovos precisam ser controlados pelo rabino. Ele é a única pessoa que pode dizer se são *kasher*.

— Mas o que é que ele controla?

— Vestígios de sangue. Não comemos ovos que estão a ponto de virar pintinhos.

— Não tem pintinhos nos ovos.

— Você não tem o direito de zombar da gente.

— Não estou zombando, desculpe, não queria dar essa impressão. Só acho que isso, bem, é um pouco absurdo. Mas se eu soubesse que você não pode comer o que vendem nossos padeiros, não teria comprado nada aqui, é claro. Tampouco teria lhe oferecido...

— No nosso mundo, todos os *produits laitiers*[15] devem ser separados do resto. Na cozinha também, na nossa própria cozinha. Você viu que tem dois lava-louças? Uma máquina para

---

[15] Do francês, "derivados de leite".

laticínios e outra para o resto. Também temos em dobro os jogos de panelas e fogões.

— Ainda não entrei na cozinha de vocês. E saiba você que "laticínios" se diz *zuivel* em holandês. Os ovos não são laticínios.

— A manteiga é um laticínio. Vou lhe mostrar nossa cozinha.

— Então vocês nunca poderão comer crepes lá em casa, com todas essas prescrições alimentares. É uma pena.

— Só comemos em casa de judeus que respeitem nossas prescrições alimentares. Ou, então, vamos a um restaurante *kasher*. Mas mamãe diz que, nesta cidade, são tão poucos os restaurantes *kasher* que ela vê sempre as mesmas pessoas. Ela não gosta disso. Prefere ir a um lugar onde não conheça ninguém. Já papai é diferente. Ele gosta que as pessoas o reconheçam. Que o saúdem em *public*; ele fica contente quando alguém vem conversar com ele ou contar uma piada, ele sabe algumas boas de verdade. Felizmente, Irma sabe cozinhar bem e mamãe melhor ainda.

Ela riu.

— Quem é Irma?

— Trabalha lá em casa. Você já a viu. Ela é nossa cozinheira.

— E sua mãe?

— Ela também é craque no fogão.

— As mulheres que trabalham na casa de vocês são judias?

Pelo que pude constatar, eles tinham três empregadas. As crianças eram gentis com elas. Porém mais distantes do que comigo.

J. S. Margot

— Elas não são judias, mas aprenderam todas nossas prescrições alimentares. Uma delas, Krystina, já trabalhou na preparação da comida da El Al, a companhia aérea israelense. Krystina vem da Polônia, como Irma. Já Opris é romena.

— Meu namorado Nima é um bom cozinheiro. Se uma noite ele preparasse um jantar segundo as prescrições judaicas, só utilizando produtos *kasher*, vocês iriam lá em casa?

— O Eterno para nós é mais importante.

Ela terminou o pão de chocolate. A resposta parecia ter vindo de lugar nenhum. Os Schneider era mestres nessas fórmulas *deus ex machina*.

— Deus é mais importante do que a amizade?

Eu não queria deixar barato.

— Ele é amizade e não pronunciamos jamais o Seu nome em respeito ao Eterno. Você me faz o favor de nunca mais mencionar o nome Dele?

Eis onde eu estava! Eu, que não acreditava em Deus, ou em D'us ou em outro Todo-poderoso! Eu duvidava seriamente que poderia ter ao menos um começo de amizade com Elzira ou com qualquer outra criança judia ortodoxa.

— Mas você pode sempre comer lá em casa. Você não é obrigada a seguir regras. Então, pode seguir as nossas — disse ela sem o menor traço de superioridade. Acrescentou que o melhor chocolate *kasher* era o da Callebaut e que nós compraríamos doravante os folhados da Kleinblatt ou do Grosz, o melhor supermercado *kasher* do bairro.

Quando chegou o momento e eu a ajudei a subir na bicicleta, as bochechas de Elzira tinham retomado um pouco de cor, mas o tom rosado delas era talvez fruto da minha imaginação.

Capítulo 13

Circulam no Irã pelo menos dez fitas de videocassete em que eu figuro como personagem principal.

Nima alugava de vez em quando, a intervalos variados, uma câmera de vídeo portátil Sony de 8 mm. Ele filmava fragmentos de nossa vida cotidiana e enviava aos pais.

Várias cenas foram feitas na nossa cozinha: os pratos diziam mais do que conseguiríamos contar.

Nima preparava o arroz como a mãe e a avó lhe tinham ensinado. Ele lavava os grãos numa peneira fina, eu voltava o foco da câmera para ele. Depois para a torneira, para a pia e novamente para ele. Quando a água escorria limpa pelo arroz, ele o transferia por alguns minutos para um recipiente com água fervente já salgada. Então, cobria o fundo de uma panela com finas rodelas de batata crua, passava o arroz para essa panela e o cozinhava com um grande pedaço de manteiga e alguns fios de açafrão. Daí vedava a panela com uma tampa enrolada num pano limpo. Feliz, eu filmava tudo isso de perto. A camada de batatas se transformava numa casca em que os grãos de arroz tinham deixado sua marca. Eu arrancava a crosta raspando o fundo para saborear essa delícia. Nima dava um *zoom* no meu rosto: eu me esbaldava.

Fazíamos o mesmo com nossas demonstrações de cozinha flamenga.

Enquanto Nima mantinha a câmera sobre mim, eu passava as grandes batatas sem casca no cortador mecânico, deixando-

-as em forma de palitos, que eu enxugava para depois fritá-los uma primeira vez, depois uma segunda vez em gordura de boi. Quando Nima mergulhava a batata na maionese e no molho *andaluz* – feitos em casa! –, eu dava um *zoom* nos seus lábios engordurados. Preparávamos croquete de camarão e explicávamos o procedimento em detalhes, mesmo sabendo que era impossível achar camarão-rosa no Irã. Eu fazia também crepes com cobertura de calda de pera.

Conseguimos convencer os pais de Nima a visitarem Antuérpia. Nós os levamos do Museu de Belas Artes até a Catedral, da casa de Rubens até o complexo arquitetônico do Beguinage, do túnel de pedestres ao parque Middelheim.

Queríamos mostrar-lhes o bairro judaico.

Um dia em que estávamos sob a ponte da avenida Van Den Nest, filmamos um grupo de rapazes de cachinhos nas laterais do rosto. Fomos interpelados por um policial que nos advertiu de que estávamos sendo vigiados desde a rua Mercato e a rua Simons. Naquelas ruas, filmáramos três belas lojas típicas: uma livraria, uma padaria e um hortifrúti. Diante das sinagogas que funcionavam em propriedades comuns, Nima filmou os ortodoxos que entravam e saíam. O segurança postado na porta, com as pernas ligeiramente abertas, nos fez um sinal de cabeça. Vendo nossa câmera, os religiosos tinham virado o rosto, furiosos. Um homem em traje civil, um tanto irritado, nos disse para circular. Seguimos sem protestar em direção à avenida de Belgique até que o guarda nos parou na ponte.

— Vocês foram denunciados — disse ele.

— Como o quê? — perguntou Nima, lacônico.

— Identificação, por favor. Prestaram queixa.

Mazal Tov

— Por quem? Como o quê? Como OVNI?

— Aos nossos colegas de plantão nos locais de culto.

Puxei Nima pela manga. Ele nem deu bola e perguntou onde estava escrito que não podíamos filmar sob a ponte e na rua Simons com uma câmera Sony. Ele queria ver a lei escrita preto no branco; então seria o primeiro a reconhecer que a infringira. Pediu ao policial o nome dele e de seus superiores. Ele chegou a propor que fôssemos à delegacia de polícia. "Podemos examinar esse caso sob vários ângulos." Explodi de rir.

O guarda lançou um olhar um pouco desesperado em volta. Ele tinha, era visível, certa simpatia por nós. E falava demais. Citara especificamente que a embaixada de Israel, de acordo com a polícia local e federal, colocava também seus homens no bairro judaico de Antuérpia para garantir a segurança. Foram eles que nos notaram.

— Seria necessário que a embaixada do Irã fizesse a mesma coisa — disse Nima.

— Meu senhor, não posso mudar o mundo — respondeu o policial. — Aliás, se tudo estivesse bem no mundo, perderíamos o emprego.

Ele anotou nossa localização, mas não confiscou nem a câmera nem o filme. "Tentem filmar mais discretamente da próxima vez e respeitem a vontade das pessoas que não querem aparecer na fita", nos aconselhou. Com isso, decidimos comemorar esse *happy end* conforme nossas posses e fomos para o Hoffy's, um restaurante à época bastante recente, que desde a abertura tinha se tornado o *kasher* mais conhecido de Antuérpia. Gerido por irmãos hassídicos muito fotogênicos, oferecia um menu em iídiche e preparava o segundo melhor *homus* da cidade.

Capítulo 14

Elzira andava de bicicleta fazia uma hora: eu a tinha deixado só, depois de dar um empurrãozinho complementar, quando ela caiu brutalmente no calçamento.

Vi o acidente acontecer. Ela começara a pedalar sem grande convicção. Depois, embalada pelo sucesso inicial, começou a pedalar mais forte. Uns 30 metros à frente ela foi tomada de pânico e perdeu o controle do guidão. A bicicleta bateu numa Renault no estacionamento. Ela também.

Corri até ela. Levantou-se como pôde, gemendo e segurando a mão direita. Com o rosto crispado, tirava as pedrinhas da luva com precaução, um dedo após o outro, centímetro a centímetro. Sua saia estava imunda, o *collant* de lã estava sujo num joelho e a manga direita do casaco estava manchada e molhada. Seu pulso estava vermelho e parecia já estar inchado.

Ela tentou levantar a bicicleta. Sem sucesso. A cada vez, a bicicleta caía. Quanto mais tentava, mais os movimentos se tornavam bruscos, como se iluminassem sua falta de habilidade com uma luz flamejante que incendiava todas as frustrações que moravam dentro dela. Cada vez que eu tentava ajudá-la, ela me repudiava. "Deixe-me!" A Renault branca, cuja lateral traseira a bicicleta riscara de rosa, sofreu outros estragos.

Eu queria examinar seu punho. "Não." Perguntei se doía. "Deixe-me, eu já disse!" Murmurei em tom tranquilizador que todos os começos são difíceis e, quando me ouvi dizer isso, es-

MAZAL TOV

cutei minha mãe, e soube até que ponto essas palavras bem-intencionadas deviam parecer ridículas aos ouvidos de Elzira. Ela me empurrou. Levantei a bicicleta; a correia tinha se soltado num de seus dentes.

— Vamos consertá-la?

Ela começou a bater selvagemente no peito. Tapas breves que acompanhavam os soluços. Ao mesmo tempo, dava pulinhos como alguém que tenta esquentar os pés o mais rápido possível. Ela batia em mim enquanto me falava em francês. Não entendi o que dizia, era coisa sem pé nem cabeça. Ela era mais forte do que a pequena silhueta frágil faria pensar.

— Olhe para mim, Elzira! — ordenei.

Eu não ousava segurar as mãos que batiam em mim. Talvez ela tivesse uma entorse no punho. Ela batia forte no meu peito. Estava doendo.

— Pare, Elzira, pare, olhe para mim.

— Não voltarei nunca mais!

Ela saiu correndo, furiosa.

É preciso deixar livre alguém que sai correndo, eu sabia por experiência. Pouco me importava naquela hora que essa convicção me trouxesse aborrecimentos. O senhor Schneider não ficaria feliz, nada feliz. Nunca mais eu poderia colocar os pés na casa dele. Disso eu tinha certeza. Por uma vez que levei a filha deles a um lugar onde eles achavam que ela não tinha nada a fazer, eu a deixara à própria sorte. Eu perdera a aposta.

Elzira não saberia nunca voltar para casa. Salvo se pedisse informações a alguém. Mas ela não ousaria. Nunca fizera isso na vida. Todas as suas atividades da Aguda, o movimento de juventude judaico, eram feitas no bairro judaico. E os acampamentos de verão da associação aconteciam fora do país, nesses lugares onde a religião judaica, e tudo que se associava a ela, não estivesse ameaçada por influências exteriores. Ela esquiava com a Aguda uma vez ao ano. Meninas e meninos separados. A pista de esqui foi o único lugar onde Elzira usou calças, mas, logo depois de esquiar, ela colocava de novo a saia longa e o seu *collant*. Vi as fotos de um acampamento desses. Na calça de esquiar, ela era bela e parecia forte.

"Provavelmente ela vai pegar um táxi", disse para mim mesma. Mas eram poucos os que circulavam ali, especialmente naquela manhã de domingo. Os moradores do bairro usavam transporte público ou caminhavam. Supus que ela não tivesse dinheiro, mas que isso não seria necessariamente um problema; seus pais pagariam o motorista quando ele a deixasse diante da porta.

Coloquei a corrente na catraca e fui tomar um café no Entrepôt du Congo, ali perto, um estabelecimento onde frequentemente eu lia os jornais à tarde. Indo ao banheiro, vi um telefone público. Será que eu deveria ligar para os pais de Elzira? Ou deveria procurá-la? Ou ela voltaria, como eu pensava, como eu supunha, como talvez eu até soubesse?

Tomei um café e logo pedi um segundo.

Elzira apareceu arrastando os pés, na esquina da rua, com as mãos coladas nas têmporas. Ela me viu através da vidraça. Apoiou-se contra a fachada do café e balançou a cabeça. Fiz sinal para que entrasse. Ela não queria. Eu a fiz compreender que estava com vontade de terminar tranquilamente o meu café. Ela concordou.

Quando saí, ela veio se aninhar em mim. Senti seus músculos tensos – pescoço, ombros, costas – e eu não soube direito o que fazer. Acariciei seus cabelos castanhos, que tinham reflexos vivos e um cheiro tão bom que pensei que ela tivera aspergido perfume neles.

— Seus cabelos têm um cheiro tão bom — eu disse.

— Foi mamãe que me ensinou a fazer — respondeu ela docemente. — Mamãe diz: coloque um pouquinho de colônia nos cabelos que todo mundo sai ganhando.

Eu sorri.

Sua mãe, continuou ela, tinha pedido para guardar esse conselho: em função das regras religiosas judaicas, uma mulher solteira observante não podia se perfumar para seduzir.

— Mamãe também não usa peruca. Nunca. Ela nos disse, a mim e a Sara, que uma mulher casada pode estar muito próxima da fé, da tradição e de seu marido sem *perruque*. Mamãe é muito religiosa, mas é mais moderna que a maioria.

Elzira começou a soluçar novamente. Se tivesse chorado em público no seu bairro, a comunidade teria ficado sabendo em dois tempos do acesso de tristeza. Chorar era como comer: não se pode fazer discretamente fora de casa nem, com certeza, na rua.

Fomos nos sentar num banco. Sentindo minhas nádegas se molharem e esfriarem sobre o assento úmido, pedi à Elzira que sentasse sobre a minha mochila.

Ela me perguntou se poderia me confiar uma coisa. A voz dela estava rouca, abafada.

— Claro — eu disse.

— Mas você não deve dizer a ninguém. *À personne*. Nem mesmo a papai e mamãe.

Eu a fiz observar que só havia oito anos de diferença entre nós duas e que eu também já fora uma Elzira igualzinha a ela.

E que todas as crianças tinham segredos que preferiam guardar para si, tinham na cabeça histórias que seria melhor que seus pais jamais soubessem.

— É sobre Ele, o Eterno.

— Pode se tratar de quem for — eu disse —, isso ficará entre nós.

Ela me contou que, quando estava no primário, todos os dias rezava ao Senhor e pedia a Ele que a transformasse num passarinho. Ele era capaz, ela sabia. Ele atendia às vezes um pedido especial quando vinha de uma menininha bem comportada. Ela fizera o possível para ser bem comportada o tempo todo e com todo mundo, mas não se tornara um passarinho, nem mesmo por um minuto; então, era sinal de que ela não era bem comportada o bastante, ou Ele a teria deixado planar no céu ao menos por um momento. É justamente porque os passarinhos não têm mãos que ela desejou viver essa experiência, ainda que fosse só por um dia; ela teve mais vontade de receber esse presente do que de ganhar a bicicleta de *bat mitzvá*.

Depois do passarinho, ela rezara de mãos juntas para ter uma amiga. Ainda o fazia. Ela era gentil com todas as amigas da classe e as outras meninas eram gentis com ela, mas não tanto quanto ela; ela faria qualquer coisa pela outra, se esta quisesse ser sua amiga, mas Elzira não tinha encontrado essa outra, porque todo mundo a deixava de lado, assim como antigamente deixavam de lado as gordinhas quando se formava a equipe de educação física.

Às vezes, cada dia com mais frequência, ela não conseguia adormecer preocupada com o futuro. Recolhida à sua cama, ela sentia medo. Sonhava que os candidatos ao casamento a deixariam de lado. Se não conseguia atrair amigas, certamente não

poderia nunca encontrar um marido. O pior pesadelo era esse:
o desinteresse dos outros.

— Detesto minhas mãos — disse ela então. — Queria cortá-las.

Puxou as mangas do casaco até os dedos. Como muitas
meninas – eu também antigamente –, ela se curvava, o que fazia
parecerem ainda menores os seus peitos nascentes, uma maneira universal de as garotas esconderem os seios até o dia em que
aceitam, de alguma maneira, suas curvas.

Elzira puxava as mangas para cima dos dedos porque as
mãos tinham virado uma obsessão.

Ela disse que sonhava com cirurgiões que decidiam que a
amputação dupla era a melhor solução para o seu mal. E que
seu pai, no mesmo sonho, mandava fabricar duas próteses para
substituir suas mãos. Naturalmente as pessoas olhariam com
a mesma estranheza as mãos artificiais, mas menos, em todo
caso, do que olhariam uma adolescente em plena forma que não
sabia segurar corretamente um garfo, um copo ou uma caneta.
Além disso, é possível controlar as próteses, mas não as mãos
que tremem.

Elzira falava sem interrupção e segurava minha mão. Garan-
tiu-me que seus pais comprariam luvas novas para mim porque,
se o couro vermelho estava manchado da graxa da correia, era
culpa dela. Ela me mostrou seu punho esfolado e inchado, mas
certamente não quebrado, tampouco luxado, com alguma sorte.

— Vamos voltar para casa — eu disse.

— Não, me ajude a subir na bicicleta, por favor — ela pediu.

Acrescentou que eu deveria deixar um bilhetinho sobre o
limpador do para-brisa do Renault com o número de telefone
de seus pais. O que eu fiz. Escrevendo um número falso.

Capítulo 15

Nossas sessões de treinamento eram difíceis. Mas, depois de cada queda, Elzira se levantava, explodindo de rir depois de um momento.

Mais de dois meses após aquela tarde de domingo, Elzira pôde pedalar, inclusive nas vias movimentadas, sem perder o equilíbrio nem entrar em pânico. Isso não era tudo: quando ela apoiava os pés nos pedais, parecia sorver uma dose de confiança.

Uma noite, quando o senhor Schneider acabara de ver a filha pedalando nas ruas, entrou no escritório, depois de bater três vezes à porta, e me perguntou se eu conhecia a história da menininha e da aranha.

Respondi com uma negativa de cabeça, temendo que se saísse com mais uma variante de Amos no leito de morte com o sócio. Ele demonstrou de novo todos os cacoetes de um homem pronto para contar uma piada que ele mesmo achava muito saborosa: uma alegria antecipada, mas contínua, uma tensão fingida – o que o levava inclusive a inchar as bochechas, numa vontade manifesta de ser aplaudido.

Não contou nenhuma piada. Achava que as aulas de reforço não deviam mais se realizar no escritório e que a partir daquele momento era melhor que eu trabalhasse nos quartos das crianças: eles estavam equipados de tudo o que precisávamos. Aliás, no inverno, o aquecimento era melhor. "E as paredes lá não são tão nuas."

Em seguida, ele me falou de uma menininha que tinha um medo fóbico de aranhas. Ela foi submetida a alguns exames por um grupo de psicólogos e de médicos pesquisadores. Eles colocaram uma grande aranha negra no meio de um cômodo e incitaram a menininha a andar em direção ao bicho. A garota ficou pelo menos a quatro metros da aranha, não ousava se aproximar. Os batimentos do seu coração se aceleraram, atingindo um ritmo preocupante. Ela começou a transpirar e a tremer, empalideceu e teve falta de ar.

Numa fase seguinte do estudo, os pesquisadores trouxeram uma dezena de colegas da menina para encorajá-la. Eles se sentaram no banco dos torcedores, com vista para a aranha.

Os colegas bateram na mão espalmada da menininha incentivando-a antes que ela executasse a missão. Com a equipe ajudando, a criança ousou pela primeira vez se aproximar da aranha até dois metros de distância. Na décima vez – isso era cientificamente provado –, todas as reações físicas de angústia tinham se abrandado.

— Você é esse tipo de equipe para nossa Elzira — ele disse, voltando-se depois para ela. — Não é verdade, *ma fille*?

Capítulo 16

ara se preparar para os exames de francês e história, Jacob me pediu que o submetesse a um questionário. Ele o fez como se esse pedido fosse a coisa mais natural do mundo.

Estudávamos no seu quarto. Os quatro tinham cada um seu próprio quarto com banheiro. Uma pia, uma bacia e uma ducha para os meninos, um item a mais para as meninas: uma banheira. Eu estava surpresa com o luxo desses sanitários privados. Eu vinha de uma família que precisava formar uma fila toda sexta-feira à noite. Se não, a situação degenerava, especialmente nas ocasiões em que vários de nós saíamos para uma noitada. Tomávamos um banho por semana. Não tínhamos chuveiro. A água do banho era utilizada ao menos por duas pessoas, uma depois da outra, e era proibido acrescentar água quente à vontade.

O quarto de Jacob era azul-celeste. As cortinas, azul-marinho. Sobre a cama, a colcha branca de listras azuis. O carpete era de outro tom de azul. Cada parte do quarto parecia ter sido pensada. A cama dele ficava rente à parede maior. Ao pé do leito, erguia-se um pequeno estrado e, no meio, ficava a escrivaninha sobre a qual reinavam cinco miniaturas de veleiros em madeira. Da escrivaninha, viam-se os pôsteres pregados acima da cama.

Outros meninos de sua idade alegravam o quarto com fotos de esportistas, de celebridades da música ou do cinema. Quando se tentava exibir um gosto cultural refinado, colocava-se uma das celebridades pintadas por Warhol em cores vivas. Jacob, no entanto, dormia sob o olhar de oito eminentes rabinos. Os retratos eram de tamanho natural, dispostos em duas linhas de quatro imagens. Todos os rabinos tinham barba. Todas as fotos eram em preto e branco. Algumas cabeças pareciam datar da antiguidade.

— São aiatolás judeus? — brinquei um pouco nervosa.

Eu chegara progressivamente à conclusão de que nunca precisaria ajudar os meninos Schneider a fazer a lição, dizendo a mim mesma que isso me simplificaria a vida. Elzira recorria a mim algumas horas todos os dias: era, no que me dizia respeito, mais do que suficiente. Quanto a Sara, não era necessário, por enquanto, discipliná-la em relação a seus deveres, mas, em dois anos, ela precisaria que eu a ajudasse também.

— Oito aiatolás na sua cabeceira! Você consegue dormir à noite, Jacob? Eu teria pesadelos.

— Não brinque com Maimônides; com Judá, o Príncipe, e outros grandes espíritos judeus — disse, secamente. Tirou dois cadernos da mochila e jogou-os na escrivaninha.

— Nima acharia esses retratos interessantes — acrescentei.

— Quem é Nima?

— Meu namorado.

— Nome estranho. Parece nome de mulher.

— Ele é persa.

J. S. MARGOT

Eu estava sentada ao lado de Jacob. Havia entre nós uma distância de mais ou menos um metro. Com as mãos apoiadas nos encostos e as nádegas coladas no assento da poltrona, dei alguns pulinhos de rã em sua direção para me aproximar. Jacob não reagiu.

— Posso ver suas anotações das aulas de história? Onde é que você está? Que período você está cursando?

Ele abriu um dos cadernos.

— Se é para eu lhe fazer perguntas, prefiro ficar sentada na sua frente, como numa prova oral.

Eu me divertia com o olhar sem graça dele.

— Não temos provas orais.

— Mas aqui comigo, sim.

Eu me levantei para colocar minha poltrona à frente dele, do outro lado da escrivaninha.

— O que é um persa? — perguntou antes que me instalasse.

Eu olhei para ele, perplexa.

— Uma pessoa que nasceu no Irã. Não me diga que você não sabe.

— *Un persan?* Tivemos Alexandre, o Grande, no programa do ano passado. Bastava ter dito.

— Um persa. Alguém nascido no Irã.

— Você tem um namorado iraniano? Se meus pais souberem...

— Seus pais sabem.

— Você está falando sério?

— É só perguntar a eles.

Mazal Tov

— O que você faz com esse namorado?

— Moramos juntos.

Ele ficou vermelho.

— Você é *hoteldebotel* por ele?

— *Hoteldebotel*. É incrível que você conheça essa palavra.

— Fiquei realmente surpresa.

— Isso é como se diz "loucamente apaixonada" em iídiche.

— Eu não sabia. Você também me ensina. Obrigada! Sim; portanto, eu estou *hoteldebotel* por ele.

— *Lef*[16] e *Mazal Tov*[17] também vem da gente.

— Do hebraico, você quer dizer.

— Elas fizeram um pequeno desvio. Essas palavras passaram do hebraico para o iídiche e, depois, do iídiche para o holandês.

— Parabéns! É bom que você saiba tudo isso.

— Vocês são casados?

Ele desviou o olhar.

— Não, não somos casados.

— Meus pais sabem disso também? — Agora ele me olhava de novo, diretamente nos olhos.

— Sim.

— Mas seu namorado é católico...

— Não, muçulmano.

— Não pode ser!

---

[16] Coragem.

[17] Boa sorte.

— Mas é claro que pode.

Senti que, dessa vez, eu me alegrava em dizer essas coisas.

— Isso papai e mamãe não sabem.

— Eles sabem tudo.

Jacob me olhou com uma mistura de desconfiança e curiosidade. Havia certo respeito em seu olhar, mas também censura.

— Mas você se casará logo e terá filhos.

— Não acho que vá me casar. Também não tenho certeza se quero ter filhos.

Ele tirou os óculos, limpou-os com um grande lenço xadrez e recolocou-os, como se achasse que poderia avaliar melhor os meus propósitos com lentes limpas. Enrubesceu até as orelhas, cujos lóbulos pareciam estar pegando fogo.

— Nós também dormimos juntos, é claro — eu disse, achando meu jeito de fazê-lo pagar pelo seu "você sabe perfeitamente". — Se é que me fiz entender.

Ele sabia que eu notava sua crescente agitação e desconforto. Ele sabia que, para disfarçar, eu me voltava discretamente para os pôsteres nas paredes, fingindo não perceber que ele enrubescera.

— Estamos no meio da Segunda Guerra Mundial. O professor aborda o tema da forma mais geral possível.

— Ah, então vamos direto da minha cama para a guerra. Brincadeirinha!

— É tabu pedir para contar a história de nossa família.

— Sua família foi deportada para os campos? — perguntei num tom sério, agora. Eu sempre quisera perguntar isso a Elzira, mas me contive em cada oportunidade. Agora saiu sem que eu me desse conta.

— Não falamos disso.

— Seu professor de história é judeu?

— Que nada, é *goy*. Este ano visitaremos o forte Breendonk e a Casa Anne Frank.

— Que bom.

— Breendonk é um lugar terrível.

— Eu nunca fui.

— Tem muita gente, judeus e não judeus, que foi torturada lá. Depois da guerra, prenderam no forte os colaboradores.

— Você sabe mais do que eu.

— Meu avô, o pai do meu pai, morreu em Auschwitz. Minha avó sobreviveu aos campos. Mamãe perdeu quase toda a família... Papai nasceu durante a guerra. Nós, as crianças, nós temos o nome dos membros da família que foram presos durante as inspeções e não voltaram nunca mais...

Eu me mantive em silêncio por um minuto.

— Quem era Jacob?

— E se a gente falasse de outra coisa? — Ele ficou pálido. Com entusiasmo exagerado, disse: — O iídiche se escreve com letras do alfabeto hebraico, você sabia?

— Isso me parece um exagero! — respondi, segura de mim mesma. — O iídiche é uma língua indo-germânica e ocorre que eu tenho algum conhecimento das línguas indo-germânicas.

— Você aposta 100 francos que os alfabetos iídiche e hebraico são os mesmos?

Nós não apostamos. Perguntei se Isaac Bashevis Singer, cujos livros foram recomendados por meu professor de alemão, escrevera toda a sua obra no alfabeto hebraico. Jacob me perguntou quem era Singer.

— Você tem um jornal de iídiche em casa? Isso nos forneceria uma prova.

— Não temos. Mas existe um: *The Forverts* – "The Yiddish Daily Forward", de Nova York.

— Viva o iídiche! Deve ter uma tiragem grande esse jornal! — eu disse, brincando.

— Antes do *Shoah*[18], havia vários jornais iídiche. Mas os judeus que falavam iídiche foram quase todos exterminados durante a guerra. Eles representavam a maior parte dos seis milhões de judeus massacrados. — Depois de dizer isso, Jacob mudou de novo o curso da conversa, bem radicalmente dessa vez: — Seu amigo é circuncidado?

— É.

— E no mundo muçulmano enterra-se o prepúcio para significar que o corpo tem um caráter sagrado?

Ele não poderia estar mais vermelho.

Eu não sabia mais para onde olhar.

---

[18] Termo utilizado em alternância com "Holocausto". Do hebraico, "destruição", "ruína", "catástrofe".

Capítulo 17

Jacob tinha de escrever um relatório sobre sua visita à Casa Anne Frank. Pediu minha ajuda.

Ele achava que esse tipo de relato, ou de dissertação, ou o nome que se quisesse dar, era desperdício de tempo e de inteligência, e achava deplorável não somente que o Anexo fosse um museu para meninas, mas também que Anne tivesse nascido menina, o que não estava no poder dela controlar, e que ela tivesse nascido judia, contra o que também nada podia fazer – "tem gente que realmente tem azar".

Ele queria terminar a maior parte do exercício no caminho de volta, no trem, mas não deu certo.

Durante o trajeto da estação central de Antuérpia até Amsterdã, um dos alunos, David, teve o casaco rasgado ao ficar preso ao encosto da poltrona. O fiscal de bilhetes viu quando o incidente aconteceu e explicou ao rapaz e a um dos três professores acompanhantes que eles poderiam, sem dúvida, reclamar ao seguro uma indenização pelo prejuízo ocasionado. "Mas, para esse dano, o melhor é prestar queixa na chegada."

— Por que você tira a *kip*á para falar com o funcionário da estação de trem? — perguntou um professor, o senhor V., quando eles foram até o guichê.

David também não entendeu o que quis dizer o senhor V. Até que se deu conta de que estava com a própria *kipá* na mão.

J. S. MARGOT

— Mas senhor, é sempre melhor, fora de nosso círculo, não chamar a atenção. Se eu estivesse sozinho, nem sequer iria pedir uma informação. Melhor ficar com o casaco rasgado do que ser acusado de ser um judeu ladrão.

No percurso da volta, no vagão reservado para a turma deles, o senhor V. contou o incidente aos outros meninos. Isso rendeu mais do que a vida de Anne e Margot Frank, mais do que a denúncia e Bergen-Belsen.

Todo mundo conhecia as piadas que ilustravam o reflexo de não querer chamar a atenção. Nessas horas todos podiam citar exemplos de dissimulação super-rápida dos códigos visíveis de vestimenta.

Os pais que, por uma razão ou outra, tinham de manobrar radicalmente em pleno trânsito, tiravam a *kipá* com um gesto brusco, temendo ser xingados pelos outros motoristas de "judeu asqueroso". Os homens que, a convite do Alto Conselho do Diamante, participavam de uma recepção em que os não judeus estavam presentes, vestiam trajes *goy* para ter mais segurança ou faziam tudo para deixar o casaco e o chapéu no vestiário – para que ninguém se queixasse de um longo casaco dobrado sobre uma cadeira. Tudo para evitar esta pequena frase ou este pensamento: "Mais um judeu".

Ao que parecia, os meninos ficavam especialmente cautelosos nas estações de trem. No inverno anterior, dois deles foram cercados na estação du Nord, em Paris, por um pequeno grupo de jovens da idade deles, talvez até mais novos. Os meninos *goy* os empurraram para um canto e tiraram-lhes a *kipá*. Colocaram fogo numa das *kipot* sob os olhos dos rapazes

MAZAL TOV

judeus: embaixo do isqueiro lia-se *Allahu akbar*[19]. No bairro do Marais, os meninos compraram uma *kipá* nova. Desde então, nas estações, eles puxavam o capuz do casaco sobre a cabeça ou escondiam o solidéu sob um boné de beisebol.

— Vocês darão parte desse tipo de incidente deplorável à polícia, eu espero — disse o professor.

— A polícia não pode nos ajudar — eles responderam.

— Um bom número de policiais não gosta da gente. Eles não dizem que prefeririam nos ver desaparecer, mas sentimos logo esse tipo de antipatia.

— Também conheço esse tipo de reprovação, por intermédio de Nima — eu disse a Jacob. — As reações são similares. Notadamente, prevalece uma falta de confiança nas forças de segurança do país.

— Nima não tem de esconder a *kipá*.

— Há iranianos que mudam de nome, por precaução. Os nomes com sonoridade muito estrangeira só trazem desvantagens. Ou então eles dizem que são persas. Um *persan* suscita reações diferentes de um iraniano, para usar o mesmo termo que você.

— Depois da guerra, muitos judeus mudaram o nome de família. Com medo de serem de novo perseguidos e presos.

Os meninos, contou Jacob, tinham passado por uma experiência pessoal de antissemitismo em outros atentados contra sua identidade privada e coletiva. Na rua des Rosiers, em pleno bairro judaico, em Paris, atacaram com granada e metralhadora um restaurante pouco tempo antes. O atentado contra a sina-

---

[19] Do árabe, "Deus é grande".

goga da rua Copernic era sempre lembrado, todos falaram disso em casa.

Quando, depois de Roosendaal, o trem atravessou a fronteira belga, o senhor V. bateu as mãos e concluiu que o amor-próprio deles sofrera um golpe e os meninos deveriam reagir porque, se era possível remendar um rasgão no casaco, era possível também consertar uma violação de autoestima. Na sequência, ele se perguntou em voz alta se era possível que os judeus ortodoxos fossem corresponsáveis pelos pregos na cruz que provocavam os juízos antissemitas. Depois disso, ele partiu para a ofensiva: por que os meninos preferiam se esconder nas trincheiras da sociedade, no momento em que seus valores deveriam ser defendidos? Por que essa comunidade tão fechada quanto uma fortaleza não permitia a nenhum não judeu entrar no seu mundo?

Os alunos conversaram até chegar a Berchem; no trajeto de Berchem à estação central de Antuérpia, eles mostraram os *shuls* e o Bairro dos Diamantes, cujo faturamento se contava aos bilhões, e que eram cercados de imóveis decrépitos, de terraços cheios de sujeira, de quinquilharia e roupa de baixo encardida.

Descendo do trem, eles estavam pálidos. Nunca tinham, fora do *shul* ou da *Yeshivá*[20], conversado por tanto tempo e tão livremente sobre seu *Yiddishkeit*, seu modo de vida judaico.

Mas agora Jacob tinha de fazer um relatório sobre a visita à Casa Anne Frank.

— Posso ajudá-lo a formular os pensamentos e como foi a experiência para você — eu disse. — Mas você tem de me dizer o que achou do museu.

---

[20] Instituições judaicas onde se estudam textos religiosos tradicionais, principalmente o Talmude e a Torá.

O Diário de Anne Frank mexera comigo quando o li, assim como *Christiane F.*, mas nunca visitara o museu.

— Isso não me interessou em nada — respondeu ele.

Entendi pouco a pouco que ele não prestara atenção na visita guiada ao museu. Afora o pequeno quarto opressivo no sótão, ele não se lembrava de grande coisa.

Jacob não entendera quase nada das explicações do guia: "Ele falava muito rápido e articulava mal, ainda pior que um flamengo". Ele não se interessou em comprar nem um livro na livraria do museu: "Uma verdadeira extorsão, eu não estava com nenhuma vontade de ser feito de otário". Não trouxera nem sequer uma brochura ou uma lembrança avulsa.

— E como é que eu faço para escrever um relatório sem nenhum suporte? — perguntou ele.

— A gente pode ir até a biblioteca.

— Perderei mais tempo ainda.

— Eu não acho.

— A gente se vira com o que tem.

— A gente não tem nada.

— É por isso que estou pedindo a sua ajuda.

— E se associássemos os elementos que temos? Ligaremos as histórias pessoais relatadas no trem às histórias de Anne. Podemos especular se existe uma relação entre tudo o que viveram Anne e a família dela e o fato de vocês precisarem se esconder em certas situações.

— Não tenho a menor ideia de como você fará isso.

— Faremos juntos.

J. S. Margot

— Você vai longe demais. Isso deve ser mais simples. Sou um rapaz de espírito matemático antes de tudo, não se esqueça.

— Lembra-se também de como você ficou vermelho, Jacob, na primeira vez que me sentei ao seu lado neste quarto? Ele me olhou diretamente nos olhos, levantando as sobrancelhas atrás das lentes engorduradas.

— A partir do momento que nos damos conta de que enrubescemos — eu disse —, tentamos fingir que não é conosco. Quando não conseguimos, enrubescemos ainda mais. Mas quando não temos consciência de que ficamos vermelhos e quando isso não nos preocupa, não é um problema. Tudo começa, portanto, pela consciência de nós mesmos. Ela é importante. Ela é determinante.

Ele continuou me olhando:

— Não estou entendendo nada. A gente pode voltar aos fatos, por favor?

— Nós nos perguntaremos, no seu relatório, se a perseguição atual tem uma explicação histórica. Esse reflexo de vocês se encolherem numa fortaleza, será que não é a consequência de uma história milenar cheia de perseguições? Talvez a autoconsciência dos judeus seja mais forte que a dos outros cidadãos deste país, com todos os reflexos e todas as reações que isso implica.

— Como as mãos de Elzira?

— O que você quer dizer?

— A tremedeira de minha irmã piora quando ela percebe que está tremendo.

— É isso. E a partir do momento que ela começa a se sentir mal com seu incômodo, só piora.

— Não tenho vergonha de ser judeu! E minha cultura certamente não é um incômodo!

— Em alguns momentos você quer esconder a sua religião.

— Ser judeu é mais do que uma religião. É um modo de vida, meu modo de vida. Deixe pra lá, você não compreende nada.

— Mas o fato é que você não ousa confessar a sua religião mesmo num país onde há liberdade de culto.

— Porque tenho medo das consequências, sabe?, não é porque eu tenha vergonha! Tenho orgulho de ser judeu!

— De acordo. Peço mil perdões. Eu deveria ter formulado de outra maneira. Mas você entende o que eu quero dizer.

— O senhor V. verá logo que não fui eu quem fez esse relatório. Ele perceberá que um *goy* escreveu comigo.

— Não se formos espertos.

— É o que nos resta.

Depois, ele murmurou alguma coisa sobre o rabino e o senhor V., que foi repreendido pela direção da *Yeshivá* por ter ultrapassado suas competências, simplesmente insinuando diante das crianças que, "sendo como elas eram", talvez tenham contribuído para a instauração de um clima antissemita.

— Então, quando alguém diz uma coisa que não agrada, é demitido? — perguntei.

Eu quis defender o professor, justamente porque ele tivera a coragem de fazer aos meninos perguntas pertinentes.

Jacob empurrou a caneta e o papel em minha direção.

— E se começássemos?

Capítulo 18

Quer dizer que é assim, então, você vai trabalhar na casa desses judeus de calça moletom e saia curta? — disse Milena, a amiga de Serge, um colega da faculdade que estudava comigo e me emprestava de bom grado suas anotações límpidas das aulas, quando eu precisava.

Milena trabalhava na avenida De Keyser, em Antuérpia, numa loja tão cara que eu não ousava sequer olhar as roupas na vitrine.

"E eles não te mandam embora?!", ela acrescentou.

Balancei a cabeça espantada e incomodada. Nunca me ocorrera deixar de usar minhas calças, tampouco me preocupara em pensar na minissaia ou na camiseta. Estava segura de que nunca passara pela cabeça dos Schneider me demitir por causa das minhas roupas.

— Elzira, a primogênita, chega a me imitar — eu disse. — Ela usa as mesmas marcas e estilos de roupa que eu.

Elzira usava às vezes uma camiseta preta em cima de uma camisa branca de mangas longas. Quando fazia calor no quarto, apesar do ar-condicionado, ela arregaçava as mangas da camisa branca até os cotovelos, nunca além. Ela parecia orgulhosa dessa camiseta.

Eu havia descolado minha calça de lycra favorita Jean Paul Gautier num brechó. Eu a usei até o tecido se desmanchar no traseiro. Nas pernas cinza-claro de elastano, eu estampara imagens de caveiras marrons foscas e amarelas. Não poderia ser mais chamativo.

Elzira me perguntou, como por acaso, de que marca era. Algumas semanas depois, ela me mostrou no banheiro seu vestido bordô novinho do Gautier. De mangas longas, cinturado e fechado até o pescoço, longo até o chão. Eu a encorajei a vesti-lo e acho que insisti bastante. Ela topou. O vestido tinha tudo para realçar sua discreta beleza. De repente, ela já não era mais a menininha de 12 ou 13 anos.

Ela comprou, como eu, *collants* da marca austríaca Wolford, que recentemente chamara a atenção de muitos estilistas franceses e tornara-se tendência. Elzira preferia os *collants* azul-marinho e pretos lisos, diferentemente dos meus, que preferia com estampas.

— As verdadeiras judias são a pior clientela que se possa imaginar — disse Milena.

Ela pronunciava a palavra "judias" com desprezo. Eu reconhecia o tom de sua voz, a estreiteza de seus propósitos, a expressão do seu olhar: era assim que às vezes falavam de Nima e dos muçulmanos em geral.

Eu não empregaria nunca o termo "judias". Fazia-me mal deixar esse substantivo alcançar meus lábios. O que me fazia pensar no Holocausto. Isso estava a léguas da elegância de madame Schneider, da gentil Elzira e da espevitada Sara.

— As "verdadeiras" judias? — perguntei, retomando seus termos.

Em determinado cenário, o emprego do adjetivo "verdadeiras" me era, infelizmente, demasiado familiar. "Mas no fundo não é um verdadeiro muçulmano"; "Você não pode dizer que ele é um verdadeiro iraniano"; "Nima não é um refugiado verdadeiro": quantas vezes não ouvira esse tipo de afirmação! Especialmente de pessoas que, fora do círculo de Nima, nunca viram de perto nenhum iraniano nem outro muçulmano ou refugiado.

— Falo das ricas ultraortodoxas — disse Milena. — Elas são tenebrosas. Saiba que, na nossa loja, a gente se desdobra em quatro por elas. Nosso chefe até instalou para essas judias um provador especial. Elas se recusam a usar os espelhos à frente de todo mundo na loja. Imagine só o alvoroço que causaria um só cliente homem na loja! Por isso, elas estão se empavonando! Ganharam um provador.

— As outras mulheres não têm direito de usar esse provador?

— Claro que sim. Mas foi feito para elas.

— Eu acho que Elzira e sua irmãzinha são mocinhas muito fofas.

— E essa mulher?

— Madame Schneider é gentilíssima.

— Vai ver, ela é uma de nossas clientes. Todas as judias ricas são nossas clientes. Será que ela fala inglês e tem um ar altivo?

— Ela fala francês e holandês.

— Sei, mas essas que falam francês são especialmente horríveis.

— É verdade que o dinheiro não está fazendo falta a eles, mas não são esbanjadores. As crianças não são mimadas. Elas estudam o tempo todo. Tudo o que fazem está voltado para o desenvolvimento intelectual. Eles não são muito de sair, mesmo o mais velho. Quando penso na minha própria adolescência, já aos 14 anos eu jamais perdia uma festa da paróquia.

— Ah, o pai trabalha seguramente com diamantes! Todos os judeus trabalham com diamante.

Pensei de novo em Nima, no casal que formávamos, na difícil procura de um apartamento. Numa rua próxima da praça Marnix, a proprietária de um apartamento que visitáramos foi direto ao ponto: "Todos os muçulmanos são iguais. Não adianta me contar histórias. Antes que vocês se deem conta, eles enchem o apartamento de carneiros e, se você não prestar atenção, transformam o imóvel num abatedouro clandestino infecto".

Isso fora há dois anos. Encontramos pouco tempo depois um belo apartamento, cheio de personalidade, perto do cais Flamand. Mas eu não podia passar de bicicleta na outra rua sem que aquela lembrança me viesse ao espírito.

— Essas mulheres ricas raramente vão à loja com seus maridos. Normalmente elas estão acompanhadas de outras judias. Eu não deveria dizer, eu sei, mas parecem aranhas tecendo uma teia. Elas fazem intriga juntas. Não deixam você entrar no mundo delas. Elas nos devoram cruas se chegarmos muito perto.

— Tenha dó, Milena.

— Basta você vir trabalhar algumas semanas comigo! Essas verdadeiras judias provam todas as roupas e não põem nada de volta no lugar, nem num cabide, nem na prateleira. Elas acham divertido deixar tudo o mais bagunçado possível. Elas gostam de nos ver trabalhar. Essas eleitas querem nos fazer de escravas.

— Certamente elas não provam nossos moletons.

— Isso é o que você pensa! Elas provam tudo, essas jovens judias. Menina, imagine! Elas querem ver com o que elas se parecem com esse tipo de calça ou de saia curta. Ou numa saia bem justa que realce a bunda. Só nos nossos provadores elas podem tentar isso. Ora se conheço as judias, não preciso saber mais.

— Quando Serge volta?

— Elas acusaram nosso patrão de antissemitismo.

— Quem?

— Essas eleitas, que têm elas próprias uma atitude muito racista! Você sabe o que essas criaturas superiores disseram de nossa política de devolução? Oficialmente, os clientes podem devolver uma roupa não usada até três semanas depois da compra. Se não estiver danificada, eles são reembolsados integralmente. Você sabe o que fazem as "verdadeiras judias"?

Dei de ombros. Eu estava cansada.

"Elas se divertem comprando roupas caras, que elas usam ocultando a etiqueta de preço, numa de suas numerosas festas, depois voltam à loja e dizem 'não usei, quero ser reembolsada'. Se ousarmos dizer a essas judias que estava na cara que elas usaram a roupa, elas nos acusam de antissemita e mandam uma carta à direção da loja e ao Conselho Municipal. Elas são realmente horríveis, estou lhe dizendo!"

Capítulo 19

$\mathcal{A}$ mãe de Nima nos mandava a cada dois meses, de Teerã, um pacote de mantimentos. Não por temer que o filho morresse de fome, mas porque ela esperava que essas delícias locais atenuassem as saudades dos filhos.

Recebíamos deles as melhores conservas e, é claro, o caviar mais caro do mundo, ovas de esturjão selvagem do mar Cáspio: beluga e osetra *prestige*. A refrigeração perfeita do transporte conservava o excelente paladar daquele tesouro. Nos períodos das vacas magras, nós o vendíamos ao chef de um restaurante luxuoso da cidade. Um negociante de especiarias finas nos comprava regularmente as tâmaras Medjoul e as revendia, viçosas e carnudas, a dez vezes o preço que nos pagara. Os pistaches e as especiarias – o açafrão, a mistura de condimentos *baharat*[21] e saquinhos inteiros de erva doce seca –, reservávamos para nós, assim como o arroz basmati e os limões secos que Nima incorporava a todo tipo de molho.

Era sempre para nós que a mãe de Nima enviava o pacote culinário. Na maioria das vezes, ela dividia o conteúdo em sessões distintas. A ideia era que os saquinhos sobre os quais ela escrevera "Marjane" fossem entregues à filha.

Isso não acontecia nunca, ou quase nunca. Nima e a irmã, dois anos mais velha, que morava em Schaerbeek, raramente

---

[21] Do árabe, "apimentado". O termo nomeia uma mistura (*masala*) de condimentos típica do Oriente Médio, muito utilizada na culinária árabe.

se falavam. Eles se telefonavam ocasionalmente. Nos anos que vivi com Nima, ele foi cinco vezes visitá-la, mas, embora combinassem as visitas, Marjane nunca estava em casa no dia e na hora combinados.

Por ocasião da última conversa telefônica com o filho, a mãe de Nima tinha insistido firmemente para que ele fosse ver a irmã. Ela tentara inúmeras vezes, em vão, falar com a filha. O telefone de Marjane, aparentemente, estava cortado. O número não existia mais e ela e o marido já não dormiam de tão preocupados.

Sem marcar encontro, Nima tomou o trem para Bruxelas levando uma lata de caviar. Fui junto.

Como Marjane não nos atendia, tocamos todas as campainhas do imóvel, que parecia concebido para a moradia de uma família, mas abrigava, a julgar pelos nomes no interfone, pelo menos umas 30 pessoas.

Um homem velho, que falava uma língua incompreensível, nos mandou entrar. Perguntamos onde morava Marjane e ele indicou um muquifo no fundo de um corredor estreito que, assim como o *hall* de entrada, estava recheado de cartas e de brochuras de publicidade. Dentro de uma enorme pilha, nós encontramos umas dez cartas endereçadas a Marjane, quase todas provenientes de empresas de serviços comunitários. Muitas cartas-aviso do correio: "Há uma carta registrada endereçada a você que não pôde ser entregue. Você pode pegá-la na agência mais próxima". Em silêncio, descemos a escada. Nas paredes de cada lado, a umidade se alastrava para o teto. Os degraus estavam grudentos de sujeira.

A porta do pardieiro não estava trancada.

MAZAL TOV

No primeiro cômodo, a cozinha, não havia luz e todo raio de sol que poderia se infiltrar fora bloqueado por dois buracos de ventilação cobertos de teias de aranha e de poeira. O fogão parecia não ser limpo havia meses. A pia de porcelana apresentava grandes rachaduras e estava cheia de panelas e louça manchada. A única "vista" que tínhamos para o mundo externo a partir desse porão era a calçada: através da poeira, podíamos ver os pés dos passantes.

Em todo lugar havia embalagens de *waffle* de açúcar perolizado da marca Suzy. Num cantinho, trapos cinzentos e amassados formavam um montinho apavorante. Numa parede estavam pendurados alguns retratos de Marjane e Nima pequenos. Nós os tínhamos também em casa: fotos adoráveis dos dois, quando ainda eram bebês. No mesmo estúdio, com o mesmo pano de fundo, eles posavam sobre uma pele de carneiro que contrastava belamente com os cabelos pretos de outrora, seus olhos carvão, longos cílios e sobrancelhas escuras. A pele de Marjane era mais opaca. Sua compleição era a do seu pai. A de Nima, a da mãe.

Ele varreu o local com o olhar. Mordiscava o interior das bochechas e puxava o lábio superior, apertando com os dentes.

Num cômodo adjacente, separado da cozinha por um tecido fino, um colchão duvidoso jazia no chão. Pequenos armários feitos de caixotes de frutas estavam cheios de revistas impressas em papel glacê. Eu me ajoelhei e encontrei, no meio de batons quebrados e de pequenos frascos de esmaltes, um caderno cheio de fotos de modelos, cortadas das grandes revistas. Sobre o rosto delas havia riscos vermelhos e azuis, às vezes finos, às vezes grosseiros.

Pelo tom de Nima, quando me chamou para que eu me juntasse a ele no cômodo contíguo, percebi que alguma coisa não ia bem. Eu me precipitei na sua direção. Certa vez, ele dissera que era errado afirmar que se envelhece lentamente. Que o verdadeiro choque, aquele do espírito quando se quebra, podia sobrevir de um dia para o outro. Nima parecia ter se metamorfoseado em alguns segundos.

Estávamos no banheiro. O chuveiro era uma simples caixa de plástico amarelada. As privadas, que vazavam e cheiravam mal, eram separadas do quarto por uma miniparede improvisada. O odor da descarga sanitária ineficiente era pestilento. Atrás dessa parede, num canto úmido, havia uma mesa sobre a qual se via um espelho redondo num pedestal. A mesa era iluminada por uma lâmpada sem abajur que projetava uma luz viva. Uma mulher estava lá sentada. Ela não parecia real. Estava encolhida. O rosto estava coberto de um pó branco, como uma gueixa. Seus lábios de um vermelho-vivo pareciam os de um palhaço, ela os havia desenhado maiores do que eram. Os olhos, cujas olheiras ela dissimulara mal com *blush*, fixavam-se no espelho.

Nima caiu de joelhos. O assoalho estalou sob o peso inesperado. A mesa tremeu. Ele tomou firmemente nos braços sua irmã, que permaneceu imóvel como uma boneca de plástico. O silêncio no apartamento era tão intenso que os soluços abafados de Nima pareciam ressoar forte. Eu estava arrepiada. "Minha irmãzinha querida, minha irmãzinha querida", chorava Nima em francês e em farsi. "Marjane, Marjane, Marjane, o que foi que te aconteceu, Marjane, *pardonne-moi*, sinto muito, *khey motasefam, khâhare azizam...*" As lágrimas de Nima molhavam as bochechas da irmã sem que ela reagisse, mesmo quando ele colocou a cabeça entre os joelhos dela, segurou suas mãos e disse que a ajudaria, que tudo voltaria ao normal, que ele cuidaria dela.

Do lado da rua, as bicicletas passavam buzinando. Um cachorro latiu. Ouvi pequenos golpes secos persistentes, sem dúvida pombos que bicavam no pátio a comida que estava no chão. Vi que Nima estava com medo.

Ele mostrou com o queixo as paredes. Em toda a superfície estavam coladas fotos das *top models* ocidentais. Reconheci Cindy Crawford, Claudia Schiffer e Linda Evangelista. Marjane tinha colocado entre os retratos dela as fotos pintadas de si mesma.

Capítulo 20

Nós a levamos para consultar um médico iraniano em Bruxelas. Ela não disse palavra. Nem a nós nem ao médico. Ele lhe aplicou uma injeção de calmantes e prescreveu outros tranquilizantes. Percebi, no consultório médico, que ela tinha áreas calvas na cabeça. Marjane arrancava os cabelos.

Perguntei a ela se eu poderia tirar a maquiagem de seu rosto. Como não respondeu, tirei um pedaço de pano e me debrucei sobre ela. Ela me empurrou. Eu lhe estendi alguns lencinhos. Ela não reagiu.

Fomos para o hotel. Preparei um banho e a convidei para entrar na banheira. Ela se contorceu na extremidade mais distante da cama e ficou lá sentada sem se mexer.

Lavei a sua malha. Ela a vestiu molhada. Lavei outras roupas que recolhêramos no seu apartamento. Ela nem olhou. Emagrecera muito: seu jeans, muito frouxo, dançava em volta da cintura. "Não é minha irmã, é a sombra da Marjane que eu conheço", disse Nima, mais a si mesmo do que a mim.

Do hotel, Nima ligou para uns amigos.

Eles foram nos pegar. Nós nos hospedamos duas noites na casa deles. Muitas pessoas ligaram para saber de Marjane e para falar com ela. Todo mundo se mostrou gentil. Ela não tolerava a menor tentativa de aproximação ou de comunicação.

Um psiquiatra foi vê-la. Ela ficou muda e seus olhos permaneceram apagados.

O psiquiatra, que se virava no farsi, conversou com Nima. Ele prescreveu para sua irmã outros medicamentos. Um de nossos amigos nos levou de carro para Antuérpia. Meu escritório foi transformado em quarto para a cunhada.

Em Antuérpia, consultamos o enésimo médico, que a internou no serviço ambulatorial de um centro psiquiátrico. Marjane não queria ficar lá de jeito nenhum. Voltou para nossa casa. Sentou-se na extremidade mais distante do sofá e lá ficou. Não comia nada. Compramos *waffles* Suzy. Ela mastigou de má vontade. Continuou recortando imagens das belas mulheres brancas das revistas. Não parava de tentar, com todos os produtos que podia encontrar para esse fim, apagar ou esconder a cor escura de sua pele. Ao lado da cama havia um saquinho de açúcar cristal que ela pegara no nosso armário de mantimentos; salpicava o rosto com aquilo.

Marjane queria ir embora. Na rua, quando a acompanhávamos, ela se distanciava de nós. Quando a deixávamos caminhar para segui-la a certa distância, preocupados com o seu estado confuso e desnorteado, ela se imobilizava e não dava mais nenhum passo.

Então, nós a deixamos sair sozinha. Não sabíamos mais que atitude tomar a respeito dela nem como gerir aquela situação.

Colocamos no bolso do seu casaco alguns cartões com nosso endereço e número de telefone.

Às vezes, ela desaparecia por um dia e uma noite inteiros e Nima, não aguentando ficar passivo naquela situação que o inquietava, saía à procura da irmã. Ele rondava pelas ruas da cidade velha, para onde ela voltava sempre à procura de refúgio. Marjane tinha preferência pela catedral e pela igreja Saint-Paul, lugares de pedra carregados de religião e história.

Uma noite, foi levada para casa por um policial. O homem a tinha visto vagar durante horas nas ruas em volta da Saint-Paul e temia que fosse agredida perto da zona boêmia, ali próxima, ou que se dirigisse para mais longe, até o rio Escaut, onde havia o risco de se jogar.

Ele tentou conversar com Marjane. Ela lhe disse, em inglês, que desejava voltar para o Irã, que queria ficar perto de seus pais e do resto da família. Ele a acompanhou até a casa. Lá chegando, enquanto o policial tomava uma xícara de chá, esfregou as bochechas com tanta força que ficaram vermelhas em vez de limpas.

O odor que vinha dela era muito penetrante, incompatível com uma pessoa de boa saúde. "Alguma coisa dentro dela morreu", disse Nima.

Capítulo 21

*E*sta é minha mãe — disse o senhor Schneider. A esposa e os quatro filhos estavam perfilados logo atrás dele na sala de jantar, de decoração moderna e sóbria, mas com um aparador à moda antiga, coberto com pelo menos 50 fotos de família em porta-retratos dispostos sem ordem aparente.

— Nós gostaríamos que ela viesse morar conosco, mas ela não quer. Não é, mamãe?

Sentada à mesa comprida coberta de travessas, de pratos e saladeiras transbordantes de iguarias suculentas, uma senhora magrinha, distinta, me fez um sinal com a cabeça. Ela estava toda vestida de preto, até na redinha que segurava os cabelos.

Meu conjunto de moletom vermelho da Champion de repente me pareceu muito espalhafatoso para as circunstâncias. O suor escorria pelas minhas costas. Eu sentia o cheiro açucarado do xampu de coco com que eu lavara o cabelo na véspera. Esses eflúvios tornavam minha presença ainda mais ostensiva.

Enquanto eu corria naquela tarde antes de ir à casa dos Schneider, pensara em levar para Elzira um livro que achei que poderia ser útil para ela fazer uma apresentação em holandês sobre agricultura orgânica. Mas eu não queria impor minha presença. Queria retomar, na sequência, a corrida interrompida até minha casa.

A avó Schneider, Gabriella Pappenheim – que tinha, aparentemente, o sobrenome do segundo marido – me olhou da cabeça aos pés e fez sinal para que me aproximasse.

Quando cheguei perto, indicou que queria cochichar alguma coisa ao meu ouvido. Antes mesmo que me inclinasse, ela foi dizendo, em alto e bom som, que Elzira falava de mim em termos elogiosos e que Jacob ainda não dissera nada de negativo sobre mim, o que a espantava. Jacob escutou. Logo começou a corar, mas se recompôs.

Na verdade, eu não sabia que tocara a campainha deles num dia de festa e muito menos o que se celebrava. Entretanto, quando percebi que ninguém usara o interfone para abrir a porta e que, pouco depois, Simon veio, ele próprio, abri-la e, em seguida, não usou o elevador – Schindler –, mas as escadas, entendi, afinal, que, sem a menor intenção, eu havia violado suas regras. Além da paciência alheia com tanta vírgula.

Talvez as velas acesas, a travessa de chucrute e os mirtilos tivessem uma relação com o *Pessach* [22]. Assim como o *homus*, os abacates abertos ao meio, as friturinhas de couve-flor, o caviar untuoso de berinjelas assadas e a pasta de sésamo chamada de *baba ghanoush* na família de Nima e de *salat hatzilim* na dos Schneider. Quem sabe talvez eles estivessem festejando o *Purim* [23], o Carnaval judaico? Ou aquela mesa – sobre a qual havia uma carpa gigantesca ladeada de pequenos potes cheios de

---

[22] Festa que comemora a libertação dos hebreus da escravidão do Egito, em 1446 A.E.C. (antes da Era Comum).

[23] Festa que comemora a salvação dos judeus do extermínio na Pérsia antiga, por volta de 450 A.E.C. (antes da Era Comum).

MAZAL TOV

arenque marinado ou na salmoura – seria dedicada à festa de *Sucot*[24]?

Um dia, eu lhes levara caviar de presente. "Muito gentil e amável de sua parte", agradeceu o senhor Schneider, "mas a maioria das espécies de esturjão não é compatível com nossas regras alimentares. Logo, por medida de precaução, não podemos comer as ovas e é igualmente proibido ganhar dinheiro vendendo comida não *kasher*, portanto, não me leve a mal, mas você pode levar essa conserva para sua casa porque seria uma pena deixá-la aqui."

Não me perguntem se serviram bebida alcoólica naquele dia. Já nem sequer tenho certeza se aquela reunião familiar aconteceu durante a tarde ou a noite, se era inverno ou verão. Mas sei que sobre a mesa fumegava um bule de chá que exalava aroma de menta. Jacob abriu uma garrafa de Coca-Cola e, se eu não tivesse retirado a tempo o prato de baixo da garrafa, o refrigerante teria respingado na *chalá*[25].

A avó, que testemunhou minha intervenção rápida e sutil, me olhou sorrindo e depois olhou para Jacob. Reagi ao sorriso tomada pela sensação ridícula de que não havia necessidade de mais nada para que se criasse um laço entre nós duas.

Fiquei profundamente impressionada com aquela mulher. A voz calorosa combinava com o corpo esguio. Os olhos eram mais brilhantes do que as pérolas que usava em volta do pescoço que, assim como seu rosto, evocava uma floresta milenar encravada numa ravina. Dela emanava alguma coisa vulcânica, como se trouxesse em si a vida e a morte ao mesmo tempo.

---

[24] Festa que celebra a travessia de 40 anos dos hebreus no deserto, depois de libertados do Egito.

[25] Pão trançado especial consumido no *Shabat* e nas festas judaicas.

Nunca, antes de conhecer os Schneider, estivera com judeus ortodoxos. Então estava pela primeira vez ao lado de uma pessoa que eu sabia ter sobrevivido ao Holocausto, a um campo. Eu tinha uma vontade incontida de lhe contar tudo sobre Marjane. Sentia que ela poderia compreender a dor de Marjane e saberia talvez o que eu deveria fazer a respeito.

A avó Pappenheim pegou minha mão. Eu olhava aquela mão, sem poder imaginar como aquela mulher impressionante, há menos de 50 anos, fora deportada para Auschwitz. Aquela mão também conhecera o campo. Ela sorriu para mim e olhou para a cadeira ao lado. Deduzi que me convidava para sentar.

Com cuidado, puxei a cadeira para trás.

— E se fizéssemos um pacote de coisas boas para você levar para casa? — disse. — Ouvi falar que você tem um marido. Ele deve estar à sua espera.

Ela continuou a apertar minha mão por certo tempo, como fazem as crianças e os muito apaixonados. Seu calor se propagava em mim, mas eu sentia um suor frio escorrer nas minhas costas.

Capítulo 22

Meu encontro com a avó Pappenheim teve seguramente uma razão de ser: quando o senhor Schneider, à porta do quarto de Jacob, se preparou para contar pela enésima vez a piada dos náufragos alemão, francês e israelense, cortei aquela alegria fingida:

— Jacob me disse que sua mãe, a senhora Pappenheim, sobreviveu a Auschwitz. O que não entendo e não posso parar de pensar é onde o senhor nasceu. No... campo?

O olhar do senhor Schneider ficou imediatamente sombrio. Ele entrou no quarto e sentou-se na cama de Jacob, sob os auspícios dos rabinos colados na parede.

— Onde está Jacob? — ele perguntou.

— Ainda está na cozinha.

— Esse menino tem fome o tempo todo. Gastaremos com o apetite dele todos os nossos centavos. — Ele me olhou, acariciou a barba e disse: — Nós, os judeus, nós sempre tivemos ao longo dos tempos uma grande sensibilidade para idiomas. Mas todas as palavras do mundo não bastariam para descrever a experiência dos campos ou a exposição a tanta crueldade. Como contar essas atrocidades a alguém que não as viveu? Quando, mesmo a pessoa que as tenha vivido, que as tenha atravessado e sobrevivido, não consegue, nem pode encontrar as palavras para descrevê-las? Você compreende que nós preferimos manter o silêncio? Calar-se é escolher a menor das traições.

— Sinto muito — murmurei. — Eu só estava me perguntando.

Ele se calou.

Nós nos calamos.

Por muito tempo.

— Você sabe que minha mãe sofreu há alguns anos um infarto no dique de Knokke? — Ele retomou. — Sentiu uma dor forte na região do seio esquerdo. Refletiu e disse a si mesma que só poderia ser um infarto. Ela se dirigiu ao ponto de táxi mais próximo e pediu para ser levada à emergência. Chegando lá, colocaram-na numa maca para transportá-la do táxi ao atendimento. E, no entanto, ela conseguiu manter o espírito suficientemente desperto para dizer o nome e a idade e assinalar claramente, segundos antes de perder a consciência, ao pessoal que foi ajudá-la que eles não deveriam reanimá-la sob nenhum pretexto. Uma cirurgia, OK. Mas uma reanimação, não. Você entendeu o que eu quis dizer com isso?

— Sim — respondi, sem ter a mínima ideia do que ele queria dizer.

— Restaram-lhe do campo essa vontade de sobreviver e esse sangue frio supremo — disse ele para me livrar da minha ignorância.

Jacob voltou para o quarto. Parecia surpreso, sentou-se pesadamente sobre a cama ao lado do pai. As lentes dos óculos cobertas de manchas.

"Nossas crianças sabem o essencial sobre seus antepassados", continuou o senhor Schneider, acolhendo seu filho com um movimento de cabeça. "Se eles quiserem, podem saber de tudo, não é? Mas, por enquanto, não sentem necessidade de obter essas informações e, da minha parte, prefiro que as coisas fiquem assim. O quadro geral já é suficientemente apavorante. É preciso que isso pare em algum lugar."

No prato que Jacob trouxe havia três *wraps* de falafel feito em casa, enrolados em pão fino com aspecto de crepe. Ele enfiou o primeiro rolo na boca, como uma salsicha, e, mastigando, olhou para seu pai, que continuava falando.

"Meu pai conseguiu escapar dos nazistas até o fim de 1944", disse o senhor Schneider. "Depois, foi denunciado e preso com outros. Ficou doente por causa das privações e morreu de tifo em Auschwitz-Birkenau."

Jacob parou de comer, deixou a metade do *wrap* no prato que colocara na borda da mesa. Eu gostava de sentir o cheiro de chucrute, que lembrava minha infância. Agora, no entanto, ele me dava náuseas.

"Quero responder a sua pergunta", disse o senhor Schneider, "se você me prometer falar do futuro daqui para frente. Conhecemos nosso passado. Ele está no nosso presente, da manhã à noite, e essa é justamente uma das razões pelas quais somos tão obstinadamente arraigados às nossas tradições. Nossos pais foram mortos por serem o que eles eram, por serem quem eles eram. Temos a obrigação moral de defendê-los. De defender a vida deles, que é a nossa."

Eu aquiesci.

Jacob olhou para o pai com ar quase suplicante. Eu não tinha certeza do que ele queria exprimir com os lábios franzidos: "Papai, pare de falar" ou "papai, continue a história, por favor."

"Nasci no começo da guerra num endereço onde mamãe se escondia e, por insistência dela, me levaram imediatamente depois do meu nascimento para uma família não judia de agricultores em Flandres. Aquelas pessoas cuidaram bem de mim. Meu nome era Pierre nos cinco primeiros anos da minha vida, foi o nome que me deram. Depois da guerra, mamãe veio me buscar. Foi doloroso para todo mundo e certamente para essas pessoas corajosas a quem serei eternamente agradecido... Durante quase cinco anos, eu me tornara filho deles." Ele limpou a garganta antes de continuar. "Minha mãe não quis que eu fosse circuncidado, entende? Mamãe tinha consciência, mesmo antes de a guerra começar, que uma circuncisão poderia levar à morte. Mas meu pai não conseguia atender a esse desejo. Ele quis executar esse ritual religioso no oitavo dia do meu nascimento, como prescreve a religião, e foi isso o que aconteceu."

Não havia constrangimento no quarto, apenas um silêncio atento, nós só ouvíamos o barulho da cozinha: o entrechoque dos pratos de porcelana, o tilintar dos talheres. Eu nunca vira Jacob com expressão tão séria.

— Cite uma das características essenciais do sangue frio.

Ele se voltou para mim e Jacob, como se não esperasse respostas:

— Ter sangue frio é saber quando é preciso calar-se e quando é preciso falar. Minha mãe sabia. Ela não precisava saber o nome de todos os SS do campo. Desde que os SS conhecessem o dela. Ela compreendia muito bem que era do seu interesse não fazer parte da massa, a massa de pessoas a quem eles se dirigiam chamando de judeu sujo. Todo mundo no campo sabia que mamãe se chamava Gabriella e que ela, além de sua irmã, tinha consigo duas filhas: minhas irmãs. Mamãe cuidava delas e, discretamente, fazia questão de se fazer notar.

O senhor Schneider se levantou. Isso significava que ele queria terminar essa conversa, o que me deixou aliviada. Eu queria saber onde ele nascera. Mas minha pergunta não fora franca, eu sabia disso muito bem. Eu não estava totalmente convencida de que ele nascera durante a guerra. Agora, já ouvira o bastante. Eu tinha, sem dúvida, ido longe demais.

O senhor Schneider levantara-se apenas para fechar uma cortina. Em seguida, voltou a se sentar na cama e continuou:

"Nossa história, de nós, judeus, se apoia sobre essa astúcia. Sabemos o que são a discriminação e a injustiça. Sabemos por que temos de ser engenhosos para salvar nossa pele. Veja Abrão, o primeiro judeu sobre a Terra, pai de Isaac, o menino que foi quase sacrificado a Deus. Abrão só encontrou uma saída para se defender diante do rei dos filisteus: fingiu que sua linda mulher Sara, que nos inspirou o nome de nossa filha, era sua irmã. O rei não hesitou: Sara representava uma bela presa para ele. Ela poderia fazer parte do harém e o casal assim foi salvo."

Concordei.

Eu, que crescera na religião católica, não sabia grande coisa nem de Abraão nem de Sara nem dos filisteus. Mas sabia que os refugiados políticos ou econômicos estavam sempre prontos a fazer muitos sacrifícios engenhosos para salvar a própria vida.

Ele retomou como se estivesse lendo meus pensamentos: "Vou dar outro exemplo. Que tal a mãe de Moisés, que colocou sua criança numa cesta, entregando o menino à sorte no rio Nilo?"

Aquiesci de novo.

Essa história, eu conhecia.

"Minha mãe sempre disse que, com o coração apertado, se inspirara na mãe de Moisés. Ela não me colocou numa cesta. Mas, por uma questão de segurança, fui despachado para longe."

Era descabido eu dizer que, na verdade, isso também era válido para Nima, mas eu lamentava que o senhor Schneider não o dissesse.

— No entanto, aquele sangue frio não os ajudou a travar um combate contra Hitler — eu disse.

— Sim. Subestimamos a crueldade do ser humano. Ninguém teria imaginado que europeus no século XX fossem capazes de atos tão atrozes.

— O senhor já foi alguma vez ver a família que o acolheu em Flandres? — Não pude me conter e perguntei.

— A renúncia faz parte do silêncio necessário — respondeu o senhor Schneider, em voz baixa, me fixando os olhos cheios de lágrimas.

— Existem dois tipos de mágoas, guarde isso na memória: as de um tipo que aguentam ser tocadas e as de outro tipo, que são tão grandes que é preciso manter distância delas, mesmo diante de perguntas inocentes na aparência.

Capítulo 23

Elzira tinha seus humores. Não somente com quem me precedeu, que não durou no emprego mais do que algumas semanas, mas comigo também.

Às vezes, quando eu chegava à sua casa, Elzira estava sentada no escritório ou no quarto, olhando fixamente para fora ou direto para a frente, apoiando a cabeça nas mãos, imóvel, calma, misteriosa. Fechada em si mesma.

Ela não reagia a nada, nem aos livros nem aos cadernos que eu apontava. Nem ao meu "bom dia", que eu chegava a repetir dez vezes. Nem mesmo a uma das numerosas piadas que eu tirava da cartola na esperança de quebrar o gelo. Ela, quando muito, balançava a cabeça amigavelmente, sem suavizar a expressão carregada. Às vezes, começava a cantar e parecia não poder mais parar. Uma canção voltava frequentemente: um refrão cheio de *Shalom Aleichem*. Eu me lembro ainda de uma noite em que ela passou horas a conjugar imperturbavelmente o verbo *s'asseoir*, no presente, no passado e no futuro simples. Ela não dominava este último tempo verbal.

Observando secamente que, enquanto a maioria das pessoas brigava com o passado, ela, por novinha que fosse, não sabia nem sequer como lidar com o futuro simples. Nesse ponto, estourei de rir, e ela também. E foi como se nosso sorriso compartilhado tivesse formado um novo conjunto no qual se dissimulava uma força motriz que eu poderia sentir e ela com certeza também. Do nada, porém, o sorriso dela se apagou como uma lâmpada. E Elzira voltou a contemplar o vazio. Quando tentei provocá-la falando de sua obstinação, que era tão vigorosa quanto as veias que corriam como cabos em suas mandíbulas e pescoço, ela somente deu de ombros. Mas, pouco depois, foi se olhar no espelho.

Eu conhecia bem aqueles surtos de birra. Sabia que às vezes não havia maneira de dar marcha a ré. Que a gente precisava resistir. Que a gente precisava mesmo reforçar. Por si mesma. Porque renunciar seria admitir a derrota.

Uma noite, voltei para casa de uma festa uma hora depois do combinado. Minha mãe estava em pé na soleira da porta:

— Você está uma hora atrasada. Durma onde quiser, menos aqui.

Ela fechou a porta atrás de si à chave. Apagou todas as luzes da casa. Meia hora mais tarde, reacendeu uma delas. Destrancou a porta e eu mesma poderia abri-la. Mas não o fiz. Fiquei em pé do lado de fora. No corredor. Como não me ouviu entrar, foi ver o que aconteceu.

— Você disse que eu não podia dormir aqui. É exatamente o que farei. Não entrarei.

— Entre.

— Não, farei o que você disse. Há uma hora, eu não tinha o direito de entrar e obedeci a essa ordem.

— Entre, estou dizendo.

Do outro lado da rua, num imóvel de quatro apartamentos, uma cortina se abriu. Nossas explosões verbais haviam tirado da cama a vizinha, curiosa para saber o que se passava.

— Agora você vai entrar. O que as pessoas vão pensar?

Não entrei. Passei a noite no carrinho de mão do depósito de jardinagem. No dia seguinte meu pai achou dezenas de bitucas de cigarro embaixo da lixeira e cortou-me a mesada.

Com o tempo, eu não prestava mais atenção ao comportamento teimoso de Elzira, que se acompanhava sempre de certa calma e jamais de ódio. Eu lia em voz alta os manuais escolares. Ou fazia a leitura de passagens de um livro que tivesse comigo: prosa, poesia ou obras universitárias. Dissertava sobre o noticiário do jornal ou falava de minha vida. Com frequência, quando o humor de Elzira estava invertido, ela escrevia poemas, rabiscava palavras em várias folhas, que colocava umas ao lado das outras e as sobrepunha como se fizesse uma colagem. Eu dava conselhos. Tentava fazê-la ver as mesmas palavras e coisas sob ângulos diferentes.

Havia noites também em que eu ficava simplesmente ao seu lado estudando ou lendo um de meus livros em silêncio.

— Você vai voltar amanhã? — perguntava ela ao cabo de um momento e, toda vez, a voz parecia surpreendê-la, como se os sons de sua boca a espantassem.

Capítulo 24

Será que eu queria ir aos aposentos do casal Schneider? Sim, claro. Estava exultante. Foi meu primeiro reflexo, mas, no elevador, cujo espelho estava coberto por quatro mensagens afetuosas escritas em *post-its* pela senhora Schneider dirigidas aos filhos – *snacks dans le frigo, papa et maman vous aiment...* –, eu me perguntei por que fora convocada e senti que a dúvida substituía o entusiasmo.

Será que decidiram dispensar minha ajuda? Será que deveria ter evitado perguntar a ele onde nascera? Ou será que ganharia, talvez, um aumento? Será que fora mal interpretada ao encorajar Elzira a escrever poemas? No geral, porém, eles eram muito bons. Ela criou um poema moderno muito pessoal, em ao menos cinco línguas – francês, holandês, dialeto de Antuérpia, hebraico antigo e hebraico moderno –, onde encadeava sentimentos complexos, suas observações, e insuflava-lhes uma nova vida. Será que deveria ter evitado que ela conhecesse a obra literária de Andreas Burnier e de Judith Herzberg, apesar de serem duas holandesas judias que escreviam poesia?

O terceiro andar, aonde nunca fora, era ocupado por uma suíte decorada integralmente de amarelo de uma ponta a outra. O carpete amarelo pálido acetinado, que dava uma impressão de neve quente, estava aqui e acolá coberto de tapetes dourados feitos à mão, talvez persas ou armênios. Um espesso papel adamascado em relevo ornava as paredes: amarelos flamejantes sobre fundo cinza chumbo. Os sofás de madeira, estilo Luiz XIV, XV, dourados, ou sei lá eu, eram revestidos de um tecido ocre.

O senhor Schneider vestia um terno escuro de duas peças e uma camisa branca, como sempre. Estava fazendo o que faz a maioria dos homens quando voltam do trabalho: desmanchava o nó da gravata.

– Entre e sente-se — disse, ainda brincando com a gravata.

Ele me guiou até o segundo cômodo, cujas paredes estavam inteiramente recobertas de prateleiras cheias de livros e onde a senhora Schneider parecia me esperar na sua poltrona, resplandecente de simplicidade e refinamento.

Quando me sentei à sua frente, me perguntei se não deveria ter tirado os sapatos, em vez de ter me contentado apenas em limpá-los no capacho na porta de entrada, que, nesse cenário reluzente, pareciam gastos e mal engraxados. Será que é sobre isso que falaríamos, de repente? Será que me advertiriam por usar calças muito apertadas e saltos muito altos?

O senhor Schneider ficou em pé atrás da mulher e apoiou as mãos sobre seus ombros. Sobressaía da imagem do casal um fulgor aristocrático. Uma luz fragmentada se infiltrava através das venezianas.

Ele disse:

— Precisamos falar de Jacob.

Esse anúncio me pegou desprevenida. A senhora Schneider aquiesceu com um sinal de cabeça; senti seus olhos se fixarem num ponto ao meu lado.

"Você sabe que Jacob foi com a classe dele a Amsterdã há algum tempo", continuou ele.

Fui tomada de pânico. O que eu tinha em mente a respeito dele era nossa dissertação. Jacob, preguiçoso, mas inteligente, recebera a melhor nota da classe. O professor de holandês pedira até que ele lesse sua redação diante dos colegas e dedicou a ela a aula inteira.

Todos que o conheciam, mesmo que um pouco, sabiam perfeitamente que ele jamais poderia ter feito aquele trabalho sozinho. Mas por que só agora os pais abordam o assunto? Já fazia bem três meses que redigíramos aquela dissertação sobre a consciência deformada que as pessoas judias tinham delas mesmas. Já me ocorrera trabalhar com Jacob depois daquilo: eu resumira muitas de suas aulas, eu o ajudara a preparar a resenha da leitura de Orwell. Estudáramos e discutíramos um livro chamado *Sozinho no mundo*, de Hector Malot. Será que eu tocara, de uma maneira ou outra, uma corda sensível sem querer?

"Durante a visita guiada, Jacob e dois amigos saíram da Casa Anne Frank escondidos dos professores. Eles foram explorar Amsterdã. E compraram preservativos."

O senhor Schneider sorriu brevemente com franqueza. Era um belo homem quando ria de piadas que não fossem as dele. Ri com ele, mais de nervosismo e alívio do que por qualquer outra razão. A senhora Schneider tampouco pôde reprimir um sorriso; as comissuras dos lábios sutilmente levantadas acentuavam seus ares aristocráticos. O casal era totalmente diferente. Apesar disso, eles podiam, sob vários aspectos, se espelhar um no outro. Eu não duvidava que o casamento deles fosse feliz.

"Ficamos tranquilos em saber que nosso menino mais novo deu provas de um saudável interesse pelo outro sexo", continuou o senhor Schneider, que, pelo que se observava, apertava os ombros de sua mulher. "Mas ele está vendendo Durex escondido na *Yeshivá* e planeja ganhar dinheiro com esse comércio, pelo qual está pedindo somas exorbitantes; isso não nos agrada."

Ele riu de novo. De sua poltrona, a senhora Schneider olhou o marido de modo cúmplice e divertido. Vendo-os tão alegres, eu me perguntei como eles podiam estar tão seguros de que aqueles preservativos eram destinados à relação com o outro sexo.

O parque municipal ficava bem no coração do bairro judaico. Será que não notavam, quando passeavam no *Shabat*, aquele monte de preservativos descartados nos arbustos? Pela primeira vez, visualizei o senhor Schneider quando jovem e imaginei o físico de Jacob dentro de alguns anos.

Geralmente pai e filho usavam as mesmas roupas, como todos os judeus ortodoxos. Eles tinham, um como o outro, pernas e braços longos. E a mesma caminhada, eu já observara: cada um de seus passos parecia começar na ponta dos sapatos, como se não quisessem deixar pegadas sem terem antes traçado uma rota com os dedos do pé. Quando riam, desabrochavam da mesma maneira, liberavam uma quantidade idêntica da mesma energia, à qual quem estivesse em volta dificilmente resistiria. Eu podia imaginar a quantas ia a ambição de Jacob, que no momento germinava dolorosamente de todas as partes, como suas espinhas: bastava esperar que elas estourassem – que o pus saísse –, eis tudo.

"Não acredite que Jacob e seus colegas realmente usarão esses preservativos para a finalidade a que se destinam", disse o senhor Schneider, interrompendo meus pensamentos. "Os meninos compram preservativos por fanfarronice. E para testar quando estiverem sozinhos para ver como funcionam."

Concordei.

J. S. MARGOT

— O que vocês esperam de mim? Como isso me diz respeito?

— O que minha esposa e eu queremos saber é se você observou alguma coisa de especial em Jacob nos últimos meses.

— Não — respondi francamente.

— Tem certeza?

— O que querem dizer? — perguntei surpresa e na defensiva.

— Comparamos os seus horários dos últimos meses. Estão aqui, olhe você mesma.

Eles me mostraram um caderno que circulava na casa deles e onde eu anotava todo dia o número de horas passadas com cada filho – Jacob e Elzira e, apenas excepcionalmente, Simon e Sara. Ao lado, eu descrevia, segundo o casal Schneider me orientara, com o que eu e cada filho ocupáramos nosso tempo juntos, utilizando palavras-chave: holandês, geografia, revisões, deveres, preparações. Minhas horas de trabalho não eram limitadas. Eu poderia ir quantas vezes e por quanto tempo as crianças achassem útil. Aos domingos, que os Schneider chamavam "dia um", eu era paga como combinado. A minha remuneração era paga sobre uma base horária; nós subdividíamos a hora em quartos. Quando do pagamento, se faltassem 10 francos trocados para completar o valor e eu dizia que não tinha problema, eles não aceitavam e, no dia seguinte, os centavos faltantes me eram pagos. "Um tostão é um tostão."

— Não tenho ideia do que vocês deduziram das minhas tarefas — eu disse —, a não ser que nós não perdemos tempo.

— Muitos dias após a visita de Jacob a Amsterdã, você começou a trabalhar com ele. Desde então, você passa cada vez

MAZAL TOV

mais tempo com ele a cada semana, quando antes ele quase nunca recorria a você.

— O que vocês estão insinuando? — perguntei, sentindo-me ofendida.

— Você estava sabendo desse pequeno comércio? Você tem alguma coisa a ver com essas camisinhas?

Capítulo 25

ima não ousara informar os pais sobre a saúde de Marjane. Era difícil para ele contar-lhes o mau momento que a irmã estava passando. Nima se sentia culpado; na qualidade de irmão, não agira à altura. Ele se condenava. Como poderia ter imaginado que a irmã pudesse se virar sozinha sem ele? Que, se não houvesse notícias, tudo estava bem?

Durante dias, semanas, eu o vi várias vezes em lágrimas, ajoelhado, soluçando, projetando os braços para o alto.

Ele não dormia mais. Praticamente não comia mais e, quando se sentava à mesa, comia tanto que tinha náusea. Falava com o máximo de gente possível – mais frequentemente iranianos – que conhecia, de perto ou de longe. Todas essas pessoas ligavam, por sua vez, para outras pessoas. Sua mãe telefonou várias vezes.

Nima mentia para ela, dizia que não deveria se preocupar com Marjane, que ela estava muito ocupada com o trabalho e cursos noturnos e que lhe sobrava pouco tempo para falar com eles, mas que estava contente de receber todas as delícias de Teerã. Que se o telefone fora cortado era apenas porque ela queria se concentrar nos compromissos e não queria ser perturbada: tinha muitas amigas que não lhe davam sossego e já fizera o pedido para ter outro número, mas isso era demorado. Que os pais não se irritassem nem se preocupassem, pois logo poderiam falar com ela, tudo era só uma questão de tempo.

MAZAL TOV

Durante o período em que Marjane morou conosco e, depois, com um casal de iranianos em Bruxelas, Nima saiu aos murros, na calçada diante do café La Pleine Lune, no centro de Antuérpia, com um cliente que estava provocando seus amigos e ele com expressões de desprezo do estilo "volte para seu país". Pude reencontrar meu namorado no serviço de emergência Sainte-Élisabeth, onde suturaram com doze pontos uma ferida perto do olho e onde nos disseram que não deveríamos nos espantar se seu rosto ganhasse todas as cores do arco-íris no curso das duas semanas seguintes, uma profecia que se realizou. Durante aquele mesmo período, de uma forma ou de outra, ele perdeu os documentos, o cartão do banco e o visto de residência. Nima brigou no trabalho, um emprego temporário numa oficina de serigrafia onde estava havia alguns meses e aonde ia com prazer.

Numa segunda-feira, Nima decidiu que chamaria seus pais no mais tardar até sexta-feira da mesma semana, para lhes dizer o que estava acontecendo.

Na noite da terça-feira, no entanto, ele falou com a mãe, completamente transtornada. De todos os telefonemas trocados sobre Marjane, alguns tinham chegado a Teerã.

Os pais de Nima entraram em contato com muitos médicos de Bruxelas que examinaram Marjane. Sabiam mais do que eu e Nima sobre ela e seu estado.

Durante os três anos que morou na Bélgica, Marjane não fez amigos. Ela, que em Teerã fora uma secretária competente e a quem ofereceram em vão uma oportunidade depois da outra, aparentemente não encontrara trabalho no novo país, ao contrário do que ela afirmava aos pais e ao irmão. Da mesma forma, nem sequer esteve perto de se matricular em cursos noturnos de francês. Ela vivia já havia algum tempo de ajuda social, mas naqueles últimos meses não fora pegar o cheque. Pelo que pudemos verificar, ninguém dos serviços sociais tentou entrar em contato com ela.

Aproximadamente quatro meses depois que descobrimos Marjane no seu porão úmido, ela pegou um avião de volta para seu país às expensas de seus pais, e de posse de um certificado médico reforçando a necessidade de uma internação psicológica de urgência. O atestado de incapacitação a permitiu voltar ao Irã. A partir do momento que a irmã passou à proteção dos pais, Nima serenou. Mas nunca mais voltou a ser o mesmo homem.

Capítulo 26

epois de três anos de relacionamento, Nima e eu demos uma festa. Foi no verão, num ambiente bucólico, na casa de amigos cujo jardim se prolongava por um terreno coberto de botões-de-ouro, urtigas e alazões. No limite desses dois espaços, erguia-se uma estufa antiga de grande porte onde tomates pesados e maduros pendiam do caule das plantas. A estufa tinha janelas caiadas. Observando-se bem o vidro, parecia que datava de antes da guerra, mas, por mais que olhasse, não constatei nada que me permitisse confirmar.

Nós estávamos sentados – deve haver um vídeo daquele momento em algum lugar em Teerã –, rodeados por tábuas de madeira que instalamos de ponta a ponta no sentido do comprimento. O milho no campo vizinho começava a brotar. O sol reverberava na superfície das toalhas brancas que cobriam as mesas.

Nosso grupo de amigos, uns vinte, se compunha de uma seleção de companheiros de Nima e de pessoas de minha vida de estudante, assim como alguns membros de minha família. Mais da metade dos convivas era de flamengos ou holandeses. O resto vinha de todos os lugares, mas essencialmente do Oriente Médio: Irã, Azerbaijão, Curdistão.

Khosrow estava lá também. Quando nós o encontrávamos, ele estava sempre só, nunca acompanhado de um amigo. Ne-

J. S. Margot

nhuma palavra era pronunciada sobre sua preferência sexual. Nima e ele nem sequer brincavam sobre isso. Muito menos sobre a ironia do destino deles.

Eles se conheceram no Departamento dos Estrangeiros de Bruxelas. Nima intervinha regularmente como intérprete quando das audiências que se concluíam, no melhor dos casos, com a concessão de um visto de residência. Depois de intervir muitas vezes nessa condição, ele sabia que era mais sensato assumir-se como um refugiado para aumentar as chances de obter direito de asilo. "Ninguém, realmente ninguém, deixa seu país por puro prazer. Toda migração é uma amputação, que em si já é dolorosa." Ele sabia onde e quem imprimia falsos documentos de identidade ou carteiras de habilitação e sabia quanto custavam; na maioria das vezes, nem precisava ir longe. Às vezes, em vez de traduzir o que dizia o requerente do *status* de refugiado, Nima inventava histórias e traumas que ele tinha certeza que despertariam a benevolência dos funcionários.

Uma das táticas mais eficazes consistia em apresentar um jovem iraniano ou azeri em busca de *status* de refugiado como um homossexual ameaçado de morte em seu país natal. Na maioria das vezes, essa demanda de asilo era atendida. Esses homens, mesmo tendo obtido o visto de residência tão desejado, ficariam furiosos se soubessem o pretexto invocado por Nima para aprovar seu pleito: não havia insulto maior do que ser identificado como homossexual. Como intérprete, Nima fizera de Khrosrow um homossexual ameaçado de morte. Sem saber que suas mentiras se baseavam na realidade.

Na nossa festa, a uma boa distância das mesas, voluntários robustos acenderam dois braseiros para grelhar berinjelas, cebolas, abobrinhas, pimentões, carneiro e frango. Nas mesi-

Mazal Tov

nhas dobráveis, estavam belamente dispostas travessas e pratos transbordando com saladas de legumes e de frutas: tabule, melancia, pistache e queijo de cabra, uvas e funcho, e cenouras no cominho – uma ideia inspirada numa receita de madame Schneider.

Nima começara a estudar engenharia; quanto a mim, estava no último ano da graduação de tradutora intérprete. Nós tínhamos só o suficiente para pagar as contas.

Por essa razão e também pelo prazer que nos proporcionava, nós mesmos havíamos preparado a maioria dos pratos com ingredientes do jardim e produtos comprados na feira. O vinho era em caixa de papelão. A cerveja e os sucos de fruta corriam à vontade. Nima não bebia álcool, assim como alguns de seus amigos.

Muitos dos convivas se encarregaram das sobremesas – vários doces do Irã e do resto do Oriente Médio. O caviar do mar Cáspio, que vinha, como sempre, dos pais de Nima, foi servido com batatas e uma ponta de creme fresco.

Não acreditávamos na fábula do amor perfeito. Por outro lado, estávamos ambos convencidos de poder, juntos, encarar o mundo inteiro, o futuro e mesmo a eternidade. Nossos amigos que compartilhavam esse sentimento, nosso amor e nossa vida tinham se multiplicado.

O único elemento "formal" da festa foi um discurso inflamado feito por uma amiga eloquente. Um amigo o traduziu simultaneamente para o inglês. Um terceiro convidado tentou rebater o discurso em farsi.

Permitiram-me ser a cereja do bolo.

Nosso amigo Behrouz transcreveu foneticamente para mim um famoso poema de amor, "Hafez". Eu o li. Treinei longa e cuidadosamente a pronúncia para torná-la compreensível. Diriam que eu dominava a língua melodiosa com perfeição.

Enquanto eu ainda recitava o poema, uma parte de meu espírito se perguntou como poderíamos nos virar a longo prazo sem uma língua materna comum. Não tive como reprimir esses pensamentos. Eles pareciam nascer da minha recitação. Será que poderíamos, Nima e eu, quando os momentos assim se apresentassem, encontrar as palavras exatas para nos consolar ou nos fazer rir? A língua materna não se constituía numa sociedade secreta no seio da qual um não iniciado jamais poderia entrar?

A festa foi até tarde, sob um céu de rara claridade, ornamentado por estrelas. Comíamos, bebíamos, dançávamos, cantávamos, contávamos e escutávamos histórias, ríamos e chorávamos, fazíamos projetos. Tudo naquela noite era muito caloroso.

Até o momento em que um amigo passou seu braço em torno de meu cotovelo e sussurrou à minha orelha:

— Quer saber o que penso disso de verdade? Esses estrangeiros nos roubam tudo. Até nossas mulheres.

Capítulo 27

*E*lzira continuou com suas súplicas para ter um cachorro e ganhou um bassê. Ela chamou aquele salsicha vermelho de pelo curto de Monsieur, embora Jacob insistisse que fosse *Mazal Tov*, o que Elzira achou bom, mas que o pai preferiu evitar.

Monsieur era um cachorrinho de quatro meses quando saiu do canil para o domicílio dos Schneider. Exalava à distância um cheiro de cachorro molhado à décima potência, e Elzira não dava a mínima para isso. Ela carregava o animal como um urso de pelúcia e enfiava o nariz nos pelos dele.

Ela me chamou para anunciar a boa nova.

— Eu pensava que os cachorros fossem impuros — eu disse.

Muçulmanos radicais pensavam assim, isso eu sabia, daí que parti do princípio de que judeus ortodoxos compartilhassem a opinião. Afinal, ambas as religiões conservavam seus rituais de abate, que eram similares. E mais: elas baniam as salsichas, as costeletas e toda carne de porco do cardápio.

— Você sabe como se diz cachorro em hebraico? — perguntou ela para me sondar, apesar de saber perfeitamente que eu não conhecia a língua. — *Kelev*, e você sabe o que *kelev* quer dizer? *Comme le coeur!* Como o coração! Nós, os judeus, gostamos de cachorros, eles são como nosso coração, nós devemos nos ocupar deles, é o que dizem o Talmude e a Torá.

Elzira tinha um jeito especial de pronunciar as palavras "Talmude" e "Torá", com um vago sotaque francês, como se esses textos caminhassem de salto alto.

Compartilhava a alegria dela ao telefone. Mas, interiormente, eu me dizia: "Eis mais um cachorro que logo será abandonado". Ainda que não fosse por causa do luxuoso carpete branco, os Schneider não tinham ideia do que os esperava pela frente.

Na escola, Elzira se virava bastante bem: suas notas oscilavam acima da média da classe. Quando recebia uma nota insuficiente, tinha a ver com a dispraxia. Ela continuava como uma disléxica, confundindo as letras. Quando precisava fazer desenhos na aula de matemática, com a ajuda de um compasso, os riscos iam em todas as direções. Mas, em biologia, um curso em que o lugar reservado à educação sexual era gritantemente limitado, ela tirava 10. Pude constatar que as ilustrações das aulas de Jacob eram diferentes das de Elzira: nos livros de Jacob, não havia vista frontal da vagina.

"Amando um cachorro, ela vai aprender a gostar mais de si mesma", foi mais ou menos o que me confidenciou um dia a senhora Schneider quando me servia chá acompanhado de pão ázimo com manteiga, salpicado de açúcar.

Desde a história dos preservativos de Jacob, ela adotou o hábito de trazer toda noite até os quartos um docinho: pão ázimo ou ainda uma metade de abacate com óleo de oliva e sal grosso que ela tirava de um tonel enorme; biscoito de amêndoas ou bolo de queijo ou de chocolate; aspargos à moda flamenga ou sorvete de baunilha com morangos.

— E seu carpete magnífico? — perguntei a Elzira.

MAZAL TOV

— Vou ensinar Monsieur a limpar as patas.

— Nunca vi judeus passearem com cachorro por aqui.

— É verdade — disse ela, sorrindo. — A minha avó diz, no seu iídiche: *Az a Jiid hot a hund, iz der jid kein Jid oder der hund kein hund*, ou seja, "se um judeu tem um cachorro, é porque o judeu não é um judeu ou o cachorro não é um cachorro". Eu sei. É uma exceção. Mas eu sou assim.

Ouvindo-a falar iídiche, fui tomada por uma espécie de nostalgia, como se a sonoridade, o ritmo, a música dessa língua me levassem até uma época longínqua na região do Limburgo, que me ligava às pessoas de inúmeras gerações antes de mim.

"Em Israel, especialmente em Tel Aviv, muitos judeus têm um cachorro. Mas não em Antuérpia, *je sais*. Sou uma exceção. Não sei de onde isso vem. Os hassidim não estão autorizados a ter um cachorro, eu creio. *J'sais pas*, penso que os animais domésticos de pelo são impuros e os hassidim só podem ter peixinhos vermelhos. Ou carpas."

Ela deu uma risadinha esperta que lhe ficava bem.

O cômodo do térreo se tornou o nicho de Monsieur. Desde que ele chegou, as portas que davam para o jardim interno passaram a ficar abertas todo o ano. Mesmo assim, Monsieur precisou de seis meses, graças ao amor e à paciência de sua jovem dona, para fazer espontaneamente suas necessidades na grama. Elzira limpava tudo, até os pequenos acidentes acontecidos no quarto. Opris, a ajudante doméstica romena, se virava para que as pegadas deixadas pelas patas sujas de Monsieur no tapete desaparecessem. Mas foi Elzira que treinou Monsieur a usar o tapete especial para cachorro antes de ele se aliviar no corredor. Quando Elzira estava na escola, Opris cuidava de Monsieur.

153

Ela levava o cachorro de ônibus aos grandes parques e para os passeios longos. Quando Opris estava muito ocupada, pedia ajuda à filha, que tinha mais ou menos minha idade.

Foi Elzira, e ninguém mais, que, ao cabo de uns meses, ensinou o seu bassê a não mais mordiscar os pés da estante e das cadeiras, e a não tocar nas solas dos sapatos ou nos cadarços, que o pai exigira que ela aprendesse a amarrar, muitas vezes de cronômetro na mão. Um dia, Monsieur, sem que ninguém compreenda como ele pôde se aproximar de um livro sagrado, mordeu e destruiu todas as bordas. Foi o único dia que ninguém riu dele.

Elzira se ocupava de fazer Monsieur comer e beber, salpicava de água morna o canto dos olhos que o sono tinha secado, inspecionava-lhe as patas e a barriga para ver se não tinha carrapatos ou outros insetos, lavava o cachorro salsicha quando ele estava precisando de uma boa limpeza e o colocava em uma banheira plástica até quando ele não precisava. Monsieur acabou indo ele mesmo, quando fazia calor, sentar-se na bacia; isso lhe valia quase sempre um banho de espuma. O chão da casinha do cachorro era cheio de pequenas bolas e por todo o lado, até atrás das cortinas, havia brinquedos de mastigar, a maior parte em forma de sapato com cadarços.

Como Elzira temia que Monsieur caísse no tanque, ela pediu aos pais que o jardineiro temporário guarnecesse as bordas com caixas de flores baixas em terracota. Naquela época as carpas já haviam morrido, devoradas ou não por uma garça.

A partir do dia em que Monsieur chegou à sua vida, a menininha se levantava precisamente 15 minutos mais cedo a cada manhã. À tarde, regressava o mais rápido possível de bicicleta, em todas as estações do ano: "Oh, como me deixa contente po-

Mazal Tov

der andar de bicicleta!"'. Ela não tomava mais o café da manhã na mesa da cozinha, preferia passar aquele tempo com Monsieur no jardim. Mikaela, uma colega de classe que vinha com Elzira na hora do almoço ou depois da escola, se tornou sua melhor amiga. As meninas brincavam e conversavam muito. Quando iam passear, eram escoltadas por Opris, pela filha de Opris ou por mim. Mikaela e Elzira não estavam autorizadas a ir sozinhas além de dois quarteirões de casa.

Ao fim de alguns meses, o bassê se acostumou a andar ao lado de sua dona. Ela dominava perfeitamente o uso da coleira retrátil, que representava para Elzira um exercício de motricidade. Eu jamais a vira tão descontraída e feliz como quando arremessava as bolas – os exercícios de coordenação para os olhos e as mãos que normalmente ela detestava – na presença saltitante do primeiro homem de sua vida, Monsieur.

Capítulo 28

Os pais de Jacob acreditaram no filho quando ele lhes disse que eu não tinha nada a ver com seu negócio de preservativos.

O caso teve até consequências produtivas na relação dele comigo: Jacob me pedia cada vez mais ajuda, porém jamais sem deixar, antes que nós começássemos o trabalho, de passar um momento implicando com a língua holandesa.

— Por que preciso perder meu tempo e minha energia com esse castigo que é o holandês?

— Eu não o obrigo a nada. Mas você tem um problema de aprendizado com o holandês. Se você detesta tanto o idioma, faria melhor negócio se fosse para uma escola francesa em Bruxelas.

— Quantas pessoas falam o holandês?

Ele o dizia com ar de zombaria, mexendo no seu *talit katan*, que deixava escapar da malha displicentemente.

Esse tipo de *talit* pequeno é uma espécie de colete salva-vidas, não me vem ao espírito melhor descrição para os judeus praticantes. Eles o vestem todo dia. Enquanto os coletes salva-vidas infláveis têm sobre um lado uma pequena bomba de ar e do outro um apito de socorro, o *talit* tem oito fios que pendem de cada um dos quatro cantos, ou seja, um total de 32 fios amarrados cinco vezes. Nada no judaísmo é deixado ao acaso: segundo a doutrina mística da Cabala, 32 é o valor numérico

MAZAL TOV

da palavra *Leev*, "coração", e 600, o valor numérico da palavra hebraica *tsitsit*. Na soma, 600 mais 8 fios e 5 nós é igual a 613: o número total de mandamentos e de proibições da Torá, e é a isso que essas franjas rituais remetem precisamente. Graças a esse colete salva-vidas, que não pode ser vestido diretamente sobre a pele, os religiosos não podem cair na futilidade.

Jacob já me mostrara as tiras de couro preto que ele amarrava para as orações da manhã, usadas por todos os observantes, para a reza a partir dos 13 anos. Ele enrolava uma dessas tiras várias vezes em torno do braço esquerdo – do cotovelo até a palma da mão – e fixava outra, segundo regras específicas, em volta da cabeça. Cada tira – chamada filactério – é fixada numa pequena caixa preta de couro. Ela contém, assim como nas *mezuzot*[26] na soleira das portas, uma passagem da Bíblia. A tira amarrada à cabeça deve ser estendida de maneira que a caixa se situe no meio da testa; para o braço, a caixinha deve ficar acima do cotovelo. O texto em todos os filactérios do mundo é mais ou menos o mesmo.

Cada vez que via Jacob usar esses acessórios, eu não podia deixar de pensar na moda lançada por Ann Demeulemeester. Aquela maneira que o rapaz tinha de enrolar o braço esquerdo com couro preto bem poderia ser uma peça da estilista e eu não precisava de muita imaginação para visualizar essas tiras num desfile.

Aquelas vestimentas religiosas tinham alguma coisa de atemporal e muito atual. Alguma coisa poderosa que não se deixava substituir facilmente.

---

[26] Plural de *mezuzah*, símbolo religioso judaico que consiste num pergaminho com uma oração, colocado num estojo de metal, madeira ou vidro, pregado nos umbrais das portas, à direita.

— Aí você faz uma pergunta difícil, Jacob. Quantas pessoas falam holandês no mundo? Mais de 20 milhões, eu penso, mas talvez esteja enganada.

— Você gosta de uma piada, não? Flandres e os Países Baixos! Você chama isso de "mundo"?

— Suriname, Curaçao... Nesses países também se fala holandês.

— Ao menos o iídiche é uma língua mundial. É falado em todos os continentes! Nós, os judeus, somos um povo internacional! Não há precedente de outro. Sempre estivemos em todos os lugares.

Ele olhou de novo de forma arrogante, até superior. Nima também assumia em certas ocasiões esse ar fanfarrão.

— Dá um tempo, Jacob. Quantas pessoas falam iídiche? Uma pequena proporção da comunidade judaica, e isso é tudo. E qual é a população judaica, numa escala mundial?

— Uns 20 milhões também, admito. Há, portanto, tantos judeus quanto pessoas que falam holandês no mundo! E só se ouve holandês nesse pedacinho da Bélgica, nos Países Baixos e nos dois países africanos que você citou.

— O Suriname e Curaçao não ficam na África.

— Que diferença isso pode fazer?

— Sobre esses 20 milhões de judeus, quantos falam e escrevem iídiche? Você mesmo não fala. De vez em quando diz uma palavra e uma frase, sim. Você não conhece a gramática. Não domina essa língua como sua avó.

— Somos talvez pouco numerosos, mas somos inteligentes, representamos apenas 0,5% da população mundial. Entretanto,

MAZAL TOV

você observou quantos judeus já ganharam o prêmio Nobel? Mais de 20% de todos os prêmios outorgados!

— Parabéns!

— Sem falar das posições de alta responsabilidade que ocupamos em todos os setores: bancos, universidades, cinema, ciências exatas, diamantes, artes, literatura... Ninguém pode negar que somos mais criativos do que qualquer outra minoria e mesmo do que a maioria das pessoas.

— Sim, vocês são os eleitos.

Tinha de chegar a isso. O tema voltava constantemente. Para mim tanto fazia.

— O que você sabe da elegibilidade?

— A eleição. Se você acredita que é um eleito, usemos a palavra correta.

— A elegibilidade.

— Não sei nada de eleição, Jacob. Como é que eu estaria a par da aliança especial que Deus concluiu com os seus? São vocês o povo eleito. Não eu ou os meus.

— *Bendito sejas Tu, ó senhor, que nos escolheste entre os povos.*

— Vocês são superiores e nós somos a plebe.

— O que é a plebe?

— Nada, para os eleitos. Não se preocupe.

— Todo mundo nasce mais ou menos com o mesmo cérebro. Mas nós vamos além. Ninguém pode negar isso.

— Eu redijo suas dissertações e eu faço os teus resumos.

— Eis aí a prova de que eu sou mais inteligente que você.

Nós rimos. Isso fazia bem.

J. S. Margot

— Os católicos não creem em um Messias, mas em alguém, num judeu que ainda por cima foi crucificado. É realmente ridículo.

— Não sou crente, já expliquei isso a você mil vezes: há uma diferença entre um católico crente e quem é católico num plano cultural. Podemos começar a fazer sua lição de casa agora?

Ele me lançou um olhar cheio de desafio em total contradição com suas espinhas e seus óculos.

— Nós não vemos televisão — disse ele de chofre.

— Eu sei. Vamos lá, pegue seus livros.

— Tenho amigos que têm televisão na casa deles. Eles veem televisão como vocês. Alguns assistem a canais israelenses, pelo satélite europeu KingOfSat, você sabia? *Dingue* [27]. Mas nós não. Nós só vamos ao cinema se houver um filme em cartaz que mamãe e papai aprovem.

— Você vai muito ao cinema?

— Fui três ou quatro vezes. A última vez foi para ver "Rain Man".

— Você vai ver televisão na casa de seus amigos?

— Às vezes.

— O que vocês veem?

Ele corou.

— Você é enervante. Seu namorado nunca lhe disse isso, que você é enervante?

Jacob e eu acabamos adquirindo certo traquejo de tanto que fazíamos dissertações, resumos e exposições. Adotávamos sempre o mesmo método de trabalho.

---

[27] Do francês, "maluquice".

MAZAL TOV

A primeira etapa consistia em analisar os diferentes temas dados pelos professores. Escolhíamos o tema ou o livro que melhor correspondia a nossos dois mundos: eu deveria poder ter alguma coisa a dizer sobre o tema e ele deveria poder se situar. Em holandês, por exemplo, Jacob recebeu os três temas seguintes: "A vida depois de Chernobyl", "Um mundo sem trabalho infantil é uma utopia?" e "As explorações contemporâneas do ser humano".

A televisão, o vídeo e a telefonia móvel nascente formavam as descobertas do novo mundo. Mas, em se tratando desses meios de comunicação, eu assumiria posições que Jacob, ortodoxo, não se sentiria jamais tentado a adotar e, sem dúvida, eu mal poderia me conter para não divagar sobre esse fosso doloroso ao qual estavam relegados os judeus ortodoxos modernos: essa luta para ajustar suas tradições seculares aos ditames de uma sociedade moderna. O judeu religioso que se deslocava em cadeira de rodas elétrica ia bater à porta de dois grandes rabinos de Antuérpia para pedir conselhos: "Será que é *treif*[28] tocar, durante o *Shabat* ou *Pessach*, os botões de meu controle? Será que eu deveria, durante os dias de repouso, ir de um lugar ao outro manualmente com minha cadeira usando minhas próprias forças?". Outro queria saber: "O que devo fazer com o elevador? Será que estou respeitando as regras de nossa religião se, durante o *Shabat*, eu entrar num elevador e um *goy* tocar os botões? Como em Manhattan, onde os elevadores de certos arranha-céus param em todos os andares nos dias de festa e repouso judaicos porque eles são programados para permitir aos

---

[28] Do hebraico, por extensão do sentido e no contexto em que a narradora usou, faz referência a alimentos que não se enquadram nas regras *kasher* e a atitudes ou comportamentos que não se enquadram nas regras para o *Shabat*.

moradores judeus entrar e sair sem terem que transgredir suas regras. Ou seria sempre melhor pedir a um *goy* que apertasse o botão do 23º andar para que nós, os praticantes, não tenhamos de parar em todos os andares que os outros usuários apertaram até o 23º, perdendo incontáveis minutos do nosso tempo?".

Foi Jacob que me contou a história dos elevadores: ele tinha um monte de outros exemplos.

Quando pegávamos o último trem de Bruxelas para Antuérpia na sexta-feira à noite – o que nos acontecia algumas vezes, a Nima e a mim –, assistíamos a cenas bastante ambíguas. Todas as lâmpadas entre Berchem e a estação central de Antuérpia ficavam acesas a noite inteira nas casas ou apartamentos onde viviam os hassidim, frequentemente pobres. Não porque os habitantes estivessem ainda acordados àquela hora. Segundo as regras, os judeus, durante o *Shabat*, não podiam se dedicar a nenhuma atividade, nada conceber ou criar, não acionar eletricidade nem acender o fogo. Naquela época anterior à automação, as luzes e mesmo os fogões ficavam constantemente ligados do começo ao final do *Shabat*, em média 24 horas seguidas.

Dos três assuntos propostos pelo professor, eu teria escolhido o tema do trabalho infantil, mas Jacob descartou essa proposta e fez uma defesa em favor de Chernobyl. O tema do reator nuclear ucraniano que explodira permitia ao jovem integrar seus conhecimentos de física à sua argumentação, e ele achava ciências exatas assunto bem mais palpitante do que crianças exploradas. Portanto, preocupada em colocar em prática o método de trabalho mais eficaz, não me restou alternativa senão aceitar o tema que lhe convinha.

A segunda etapa consistia em reunir os elementos.

MAZAL TOV

Eu ia à biblioteca e encorajava Jacob, que geralmente tinha uns dez dias para realizar esse tipo de trabalho, a ir por iniciativa própria, na falta da grande biblioteca municipal, ao menos a uma das pequenas bibliotecas locais do bairro judaico. Ele não via a utilidade disso e achava que eu deveria levar em conta todas as horas que dedicava a esse trabalho de pesquisa nos meus horários, o que eu fazia sem protestar. Quando encontrava por acaso um artigo pertinente, Jacob arrancava a respectiva página e a colocava na cesta de vime azul sob sua mesa, mesa que ficava cheia de histórias em quadrinhos. Ele guardava algumas histórias em hebraico do *Tintin*. Quando perguntei se o antissemitismo de Hergé, o autor, não era um problema para ele, deu de ombros: "Eu amo *Tintin*".

— Será que Tintin tem o mesmo nome em hebraico?

— Sim.

— E Milu?

— Zacki.

— Você sabe como é *Tintin* em persa?

— Tintin, não?

— Tan Tan.

A terceira e a quarta etapas eram as mais interessantes para ele: colocávamos juntas todas as informações que reuníramos, falávamos e discutíamos durante horas, tentávamos examinar o tema sob diferentes perspectivas e escolhíamos um ângulo adequado. Em seguida, preparávamos um plano de argumentação: introdução, parte principal e conclusão.

A partir da quinta etapa, tudo ficava somente nas minhas mãos.

163

Eu tentava tricotar o conjunto dos dados num todo coerente. Se fosse o caso, ia atrás de informações complementares. Eu fazia isso na minha casa. Sozinha.

Anotava os horários de trabalho, igualmente as horas que eu passava datilografando o texto no primeiro computador, um IBM de letras verdes sobre o fundo preto. Eu levava tudo em conta, como se estivesse executando aquelas atividades no domicílio dos Schneider. Nós estudávamos atentamente o resultado juntos. Introduzíamos modificações, se necessário.

Esse método de trabalho, injustificável do ponto de vista pedagógico, não era problema para mim.

Eu precisava daquele dinheiro. E mais: eu achava especialmente agradável fazer esses deveres escolares. Quanto mais me envolvia naquele tipo de missão com Jacob, mais sentia uma nova forma de liberdade que me lembrava o dia em que, depois de ter afinal conseguido sair da casa dos meus pais e ter ido morar sozinha, eu circulara pela primeira vez com meu carrinho entre as gôndolas do supermercado sem lista de compras. Comprei o que quis, mesmo as maçãs Granny Smith ("Nós não compramos maçãs importadas, ainda tem muita maçã no Limburgo!", é como se ouvisse um eco de censura do passado), imensos pacotes de batatas *chips*, vinho e cigarros.

Capítulo 29

Um ano depois, Jacob começou um negócio de dissertações, exposições e resumos de leitura.

Com minha ajuda e cumplicidade, ele vendia os textos aos alunos do mesmo ano que ele; embolsava um terço do preço de venda e me dava o resto. Não sei mais o quanto ele pedia por dissertação ou o que eu recebia por um resumo de leitura ou pela preparação de uma apresentação. Mas nosso acordo era inegavelmente lucrativo.

Concretamente, nossa colaboração me levava a que eu escrevesse, para a mesma tarefa, seis ou sete dissertações diferentes. Os alunos se inscreviam antecipadamente para comprar minhas contribuições. Como seus professores lhes permitiam escolher entre vários temas e títulos, eu nunca precisava inventar seis ou sete versões sobre o mesmo assunto ou livro. Normalmente, dedicava a cada tema ou obra duas redações, o que limitava o risco de que fôssemos descobertos: não era necessário que eu fizesse muito malabarismo para introduzir variantes suficientes, mas discretas.

Simplesmente me recusava a dar um grande salto de consciência: numa dissertação "a favor ou contra a pena de morte", por convicção eu ficava contra; não que eu não estivesse à altura de fazer uma sustentação convincente a favor da pena capital, mas porque eu não tinha nenhuma vontade de propagar uma mensagem contrária aos meus princípios.

O mesmo era válido para as resenhas de leitura. A lista de obras literárias da *Yeshivá* era diferente daquela distribuída nos estabelecimentos de ensino secundário que eu frequentara, incluindo o internato católico. A lista da *Yeshivá* de Jacob não comportava nem romance, em que se tratava desse catolicismo característico de Flandres, nem livro com passagens de cunho sexual. Nada de Klaus, Boon, Geeraerts ou de Wolkers. Nada de Willem Frederik Hermans, à exceção de *La Chambre Noire de Damoclès*. E, seguramente, nada de Reve, com seu erotismo homossexual. Por outro lado, permitiam-se *Fromage* e *Le Feu Follet*, de Elsschot, desde que suprimidas, no segundo, as passagens em que Laarmans, durante sua busca por Maria Van Dam, fala de prostitutas: cortava-se a palavra com um traço grosso de tinta preta. Mulisch era permitido. Assim como, se não me engano, *Kaplan*, de Leon de Winter; *Mendels Erfenis*, de Marcel Möring; *De Kip Over de Soep Vloog*, de Frans Poitl; ou ainda Anton Koolhaas e Frederik van Eeden.

— Como você explica tudo isso, Jacob: vemos o tempo todo surgirem autores judeus, homens e mulheres, nos Países Baixos, enquanto aqui, em Flandres, afora nosso formidável Erik Verpale, não há outro até onde eu sei? Onde estão vocês na nossa literatura?

— Vocês, os flamengos, não gostam de sua própria língua. — Foi a resposta dele, sem muito refletir. — Vocês não gostam do holandês e, logo, não gostam de si mesmos; então, como poderiam gostar de nós e esperar reciprocidade?

As palavras dele tiveram o efeito de um tapa. Nima e seus amigos iranianos já chegaram a essa mesma conclusão linguística. Sempre refutei esse ponto de vista simplista. Como se nossa língua fosse responsabilidade nossa e os falantes de outros idiomas não tivessem responsabilidade de conhecê-la também por intermédio de nossa cultura. De participar dela.

— Na Argentina, Suécia, Moldávia, na Austrália: em todo lugar alguém diz *Gutn Tog,* "olá", em iídiche — disse Jacob, virando a faca na ferida.

— *Gutn Tog* se parece com dialeto do Limburgo, Jacob, ou com o flamengo ocidental — eu disse, cansada dessas discussões intermináveis.

— Quando falamos iídiche, gostamos da língua.

— Você repete 100 vezes as mesmas coisas. Qual é a sua língua materna? — perguntei.

— O francês, talvez. O hebraico moderno, em certo sentido. E, depois, minha língua materna será o inglês ou o americano. Eu farei MBA nos Estados Unidos. Não ficarei na Bélgica.

— Sua língua materna é aquela em que você nasceu. Você sabe muito bem.

— Nasci no judaísmo.

Nossa prática fraudulenta com os trabalhos acadêmicos foi um sucesso. Como todos os cúmplices entendiam que era do interesse deles guardar para si próprios a existência daquele circuito subterrâneo, nosso negócio permaneceu secreto durante anos.

Não tive peso de consciência, nem no começo.

— Você é pior do que a gente — disse Jacob.

— Como assim?

— Você faz trapaça com tudo. Você é uma judia trambiqueira.

Capítulo 30

*E*u disse a ela:

— Venha, vamos pegar o bonde uma vez na vida até a praça Verte e passear com Monsieur até o rio.

Entretanto, não tomamos o bonde. A senhora Schneider nos deixou – Elzira, Monsieur e eu – diante do castelo, o mais antigo edifício da cidade, situado à beira do Escaut, ali onde o rio forma um cotovelo depois do centro histórico. Ela voltaria para nos apanhar uma hora e meia mais tarde diante da entrada daquele mesmo castelo.

— Só para deixarmos mais claro: vocês passeiam se afastando da cidade, em direção à Scheldebocht, e não no outro sentido, *n'est-ce pas?*

Monsieur estava encantado com a descoberta daquele novo ambiente. Ele farejava os aromas no calçamento do cais e levantava sem parar a cabeça para o céu, enquanto o odor do Escaut se espalhava.

No estuário, um navio de bandeira panamenha com motores vibrantes estava atracado, deixando escapar vapores de combustível. Um dos membros da tripulação deu um salto e aterrissou depois de um movimento elegante na passarela.

— Tenho um cachorro igual a esse em casa, minha mulher cuida dele. Ah, ele é uma gracinha — disse em inglês enquanto acariciava Monsieur, que adorou.

Passeávamos rumo ao norte ao longo dos velhos entrepostos. Elzira me indicou um cabo suspenso no ar perto do antigo pedágio.

— Isso é o *eruv* — disse Elzira.

— Como?

— Está vendo esse fio?

— Estou vendo um cabo.

— Ele está estendido a seis metros de altura. É o *eruv*.

Eu a interrompi.

— Isso é chinês para mim — eu disse.

Ela riu. Segurou Monsieur. Pela sua maneira de segurá-lo contra o peito, já poderia imaginá-la, no futuro, colocando os filhos para dormir.

Ela me explicou que Antuérpia era a única cidade no mundo que formava, na sua totalidade, um *eruv*. Esse *eruv* era uma cerca delimitando sem interrupção um território específico. Cidades como Paris, Londres, Amsterdã e Nova York também tinham um *eruv*, mas sem delimitar totalmente cada uma dessas cidades.

O *eruv*, contou-me ela aos pedaços, podia se constituir de paredes, de muralhas, trilhos de trem e cursos d´água. Nas regiões desprovidas dessas cercas naturais ou arquitetônicas, um fio sagrado era estendido à altura de uma árvore sob a supervisão de rabinos.

— O *eruv* representa uma casa, *an imaginary house*, ficcional, entende?

Ela amontoou as almofadas de Monsieur no chão e colocou o cãozinho ao lado delas. Ele latiu na direção das gaivotas estridentes. Tenso, curvava o rabo. Eu não compreendia nada do que ela me explicava.

— Nossas leis nos autorizam a fazer muito mais em casa do que fora dela. Esse *eruv* faz do *espace publique* também nosso *espace privé.*

Explodi numa gargalhada. Ela estava me gozando. Precisei de um momento antes de compreender mais ou menos do que se tratava.

Tudo se relacionava, como sempre, aos cinco livros da Torá e com o Talmude. Não havia nada de novo. Eu entendera havia muito tempo que, no modo de vida dos judeus ortodoxos, não existia lugar para o descompromisso ou a casualidade, para coisas que não tivessem um propósito mínimo, e que cada faceta da vida era formalizada pela religião.

— "Durante seis dias, tu trabalharás e tu farás toda a tua obra. Mas o sétimo dia é o *Shabat*, consagrado ao Senhor, teu Deus. Tu não farás trabalho algum."

Elzira, que citava a Bíblia, explicou logo essa citação. O Eterno decretou uma proibição para 39 tipos de atividades, por exemplo, cozinhar, escrever, viajar, construir, tocar instrumento, criar qualquer coisa...

Ela me deu por fim, sem perceber, uma explicação para os sacos plásticos transparentes com os quais muitos homens casados e rabinos, antes de começar o *Shabat*, cobriam seu *schtreimel*[29] ou *spodik*, mesmo quando não chovia. Abrir um guarda-

---

[29] Chapéu de pele usado por judeus ultraortodoxos casados, particularmente (embora não exclusivamente) membros do Judaísmo hassídico, no S*habat*, em feriados judaicos e em outras ocasiões festivas.

-chuva sobre a cabeça equivale a colocar um telhado sobre ela, e isso é proibido no *Shabat*.

Disse a ela que agora isso estava claro.

— Além do mais, esses chapéus são extremamente caros, você sabe. Podem custar até 20 mil francos. E, frequentemente, integram o patrimônio da família, são passados de pai para filho. Portanto, é bastante *logique* que eles os protejam da água sob o plástico. Você compreende agora por que nossas sinagogas são o mais perto possível umas das outras? Não estamos autorizados a utilizar nenhum meio de transporte durante o *Shabat*. E só podemos dar um número determinado de passos. É por isso que todos os observantes devem viver perto de uma sinagoga para poderem ir a pé. E é por isso que temos muitos *shuls*.

Assim, no interior do *eruv*, dessas paredes imaginárias simbólicas, construídas em volta de Antuérpia, a cidade se transformava em um paraíso de ficção. E autorizavam-se, no interior dessa casa fictícia, em conformidade com as leis do *Shabat*, atividades bem determinadas: carregar um bebê, levantar sacola de compras, empurrar um carrinho... Nas cidades sem *eruv*, tudo seria proibido.

— Você pode passear com Monsieur durante o *Shabat*?

— Perguntamos ao rabino. Papai telefonou para ele. O rabino achou engraçado termos um cachorro, mas ele diz que passear não é nenhum problema. Isso não quer dizer que eu possa sair com Monsieur no sábado. Mamãe e papai acham que não devemos exibir nosso *chien*. Opris pode, até muito mais do que eu.

— Isso não a incomoda?

J. S. Margot

— Por que incomodaria?

— Vocês telefonam sempre para o rabino?

— Quando não sabemos como interpretar certa lei. Quando temos um problema e precisamos de um conselho. Um rabino é bem mais que um professor de religião, você já sabe disso, é evidente; ele é muito inteligente, *sage*[30], antenado, é uma autoridade que consultamos inclusive para questões familiares, mas também se quisermos ter sua opinião para minha dispraxia, por exemplo. Mamãe e papai foram lhe pedir conselho.

— É verdade que o rabino os proíbe de viver na mesma casa com pessoas de outra religião?

Não sei por que perguntei isso. Milena, a amiga de Serge, que trabalhava na loja e tudo sabia sobre as verdadeiras judias, cochichara essa informação havia pouco tempo. Ela até acrescentara que os judeus ortodoxos modernos se viravam para se instalarem em imóveis onde só viviam judeus de longo passado na Bélgica – "porque os novos que chegam do bloco do Leste não são como nós, temos problemas com eles".

Elzira balançou a cabeça.

— Quer dizer que não é verdade?

— É um mito. Como outros tantos sobre nós.

Eu não sabia bem o que pensar do *eruv*.

Eu não compreendia essa atração por costumes bíblicos. Não entendia por que as pessoas dificultavam tanto a vida. Quem elas tentavam atrair com isso? Como pertencer a uma época observando escrupulosamente todo esse conjunto de regras, de leis e de religião judaica, da identidade judaica, que re-

---

[30] Do francês, "sábio".

monta a épocas tão longínquas? Ao menos os Amish eram mais consequentes na sua forma de ser: eles se deslocavam ainda a cavalo e em charretes e dedicavam-se à produção de legumes, e não à lapidação de diamantes.

Continuamos o nosso passeio em silêncio por certo tempo. Monsieur se encarregou de nos distrair. Ele achou no cais peixes mortos que tentava engolir inteiros. Elzira o puxou para si com cara de nojo. Na grama atrás dos galpões, o bassê descobriu uma rã. Colocou o focinho contra o animal, que saltou coaxando, o que incitou Monsieur a se precipitar de novo sobre ele várias vezes. Então, o cachorro excitado saiu em perseguição a um grande zangão. Elzira fez o que pôde para, com sua saia longa, correr com elegância atrás dele. Nós nos dobramos de rir.

Uma boa hora e meia mais tarde, não era a senhora, mas o senhor Schneider que nos esperava na área de lazer do estacionamento. Elzira e Monsieur escalaram o banco da frente do veículo; fui convidada a me sentar atrás.

— Os *marit ayin* contam muito para nós — cochichou Elzira.

— Os o quê? — perguntei.

— As aparências — respondeu o senhor Schneider no lugar dela. — Um ortodoxo nunca deixará uma mulher, que não a sua, sentar ao seu lado. Para não induzir as pessoas ao erro.

Murmurei uma resposta vaga batendo no couro branco do banco traseiro, rasgado em alguns lugares.

A música clássica soava no interior do carro.

— "Lohengrin", a ópera de Richard Wagner, se desenrola aqui, neste castelo — disse ele.

— Ah — fiz eu.

— Lohengrin é um cavaleiro. A ópera se passa em Antuérpia em torno do duque de Brabant.

— Ah! — me fiz de ignorante mais uma vez. — Então essa música deve ser aquela de Wagner.

— Não, ela é de Daniel Sternefeld, um excelente compositor de Antuérpia que morreu há alguns anos. Não escuto Wagner. Era o compositor favorito de Hitler. E, pior, era um antissemita notório.

— Ah — repeti, completando minha tríplice coroa de ignorância.

Capítulo 31

Então, é assim? Você agora está lendo propaganda esquerdista?

— O que o senhor quer dizer?

— É um jornal de extrema esquerda, o PVDA, o partido do Trabalho, nesta pequena Flandres.

Elzira e eu estudávamos no quarto dela. Diante de nós, estavam espalhados exercícios de gramática francesa sobre o subjuntivo. O senhor Schneider apontou para um exemplar do *Solidaire* que saía de um bolso lateral da minha mochila, com a foto de Yasser Arafat estampada na primeira página.

Eu confirmei. Quando Marjane precisou de cuidados médicos com urgência, Nima descobriu o programa "Medicina para o Povo do PVDA", um partido que em Flandres estava mais à esquerda que aquele, já à esquerda, do mesmo nome nos Países Baixos.

Sem aqueles médicos, Marjane, que perdera todos os papéis que atestavam sua condição de refugiada e de quem não encontráramos nenhum documento de identidade, jamais teria sido admitida nas emergências, muito menos poderia ter sido tratada a um preço viável. E sem a ajuda empenhada de um militante do PVDA, Ludo, um homem prestativo que parecia ter nascido com um *keffiyeh* à la Arafat em volta do pescoço, Marjane talvez teria sido presa ou levada por força da lei ao

J. S. MARGOT

Petit-Château, o centro de acolhimento de Bruxelas para quem está pedindo asilo.

Ludo passou várias tardes em todas as repartições das instâncias burocráticas. O caso Marjane, especialmente complexo, era jogado de um lado para o outro mais do que o normal. Ele aguentou firme até que a papelada estivesse em ordem.

Em todo lugar aonde ia, Ludo carregava o jornal do partido. Nós comprávamos um exemplar de vez em quando em agradecimento aos seus esforços e por simpatia a ele. Um dia, conseguiu nos convencer a fazer uma assinatura anual. Foi em 1990, ano marcado pela violência, com a não reeleição do dirigente sandinista Daniel Ortega na Nicarágua, a primeira Intifada em plena vigência e a invasão do Kuwait por Sadam Hussein.

Para os iranianos e outros egressos do Oriente Médio, a primeira Guerra do Golfo, que acompanhávamos em casa de olho na recém-inaugurada rede americana CNN, não era um *videogame*, mas uma realidade cruel e próxima. Eles a viviam ao mesmo tempo que a gente de sua região e desconfiavam dos interesses do Ocidente.

O Kuwait, um Estado petroleiro, podia contar com o apoio do Ocidente. Israel também fazia parte do Ocidente, mas sem os palestinos. A Europa e os Estados Unidos apoiavam o Kuwait contra o Iraque. Naturalmente a estatura de líder palestino de Arafat saía fortalecida. O medo de que o Irã e todo o Oriente Médio se envolvessem num conflito militar era real. Todos os imigrantes políticos e econômicos provenientes do Golfo e das redondezas acompanhavam as reportagens ao vivo na CNN e vociferavam contra os americanos e os sauditas. Todas as noites, pessoas do mesmo país e da mesma região que Nima iam ver televisão lá em casa. Havia até um iraquiano. O vizinho

Iraque, inimigo jurado do Irã e vice-versa, na sua luta contra os americanos, estava do mesmo lado que o oponente. Que, não por acaso, era o de Arafat e da Organização de Libertação da Palestina, a OLP. Eles viam as tropas americanas e os exércitos da OTAN reduzir o Iraque a frangalhos sob seu poderio bélico. Viam comboios inteiros abaterem sob bombas os soldados iraquianos que batiam em retirada e o presidente Bush anunciar orgulhosamente o número de mortos. Sentiam aumentarem a emoção e a cólera. Eles telefonavam o tempo todo para os familiares. Achavam que os americanos não tinham que se meter naquela região.

— Você é até assinante, pelo que estou vendo. Seu nome está na etiqueta do jornal...

— Ops!

— Esses militantes do PVDA enforcariam Rabin facilmente, nosso ministro da Defesa. Ao passo que, paralelamente, pregam a supressão da pena de morte. Eu só lhe pediria para não doutrinar as crianças com esse tipo de ideia.

O senhor Schneider tinha dito "nosso" ministro da Defesa.

— Vou guardar o jornal dentro da mochila.

— O que deve fazer Rabin diante da Intifada?

— Eu não sei. Mas a violência do Exército dele não é proporcional à violência dos jovens que jogam pedras e que em nome do seu povo se defendem contra a ocupação. Já são milhares de mortos do lado palestino...

Parei no meio da frase. Não que ele tenha me cortado, mas porque eu não queria embarcar nesse tipo de discussão. Não lá. Não na presença de Elzira, que se mantinha em silêncio. Ela tinha 15 anos.

— Quando a gente dorme com o cachorro, a gente pega as pulgas — disse ele.

Tive um sobressalto.

"Sim, conheço o provérbio. Conheço muitos provérbios flamengos", confirmou o senhor Schneider.

Quando ele disse "flamengo", eu sabia que ele queria dizer "holandês".

Eu preferia suas piadas a seus provérbios. Não havíamos jamais falado de política, fora as notícias locais de Antuérpia. E as conversas que tínhamos sobre esse tema se desenrolavam frequentemente numa atmosfera divertida e enfocavam temas triviais: as ruas mal conservadas da cidade, as exposições dos museus do Diamante ou da Prata, o bonde que passava pela estreita rua Lange Leem e apavorava as mães cujas crianças passavam de bicicleta sobre os trilhos; a falta de vagas no estacionamento no bairro do Diamante.

— Não estou aqui para dar aula sobre ideologia política, senhor Schneider, o senhor sabe.

Fiz um sinal de cabeça na direção de Elzira, cujo espírito parecia totalmente alheio. Acabara de lavar os cabelos; ela os secava com uma toalha rosa que aprendera a enrolar elegantemente.

— Mexeram com Jacob na semana passada.

Fiquei chocada.

— Eu não sabia.

— Não, você não tinha como saber. Não falamos nada para você. Estou falando agora.

— O que aconteceu?

— O de sempre. Jacob veio falar comigo no meu escritório; você já esteve lá, sabe onde fica. Ele tomou um táxi até o parque municipal, antes do bairro do Diamante, onde o trânsito estava totalmente bloqueado. Quatro jovens, que seguramente não tinham nem sequer 16 anos, começaram a atacá-lo. "Judeu nojento", "pena que teus pais, que teus avós não tenham ficado nas câmaras de gás", "morte para Israel e para todos os sionistas." Tentaram cercá-lo. Ele escapou entrando num hotel. Foi de lá que me telefonou.

— Ele chamou a polícia?

— Os caras já haviam fugido havia muito tempo. Gritaram que vingariam seus irmãos palestinos.

— Lamento muito. Estou consternada de saber disso...

Compreendi de repente por que ele não estava lá muito contente de me ver com Arafat na mochila.

— Você sabe que Simon está fazendo o Serviço Militar em Israel.

Eu assenti.

Simon era a última pessoa em quem eu poderia pensar que se apresentaria como voluntário ao Exército de Israel depois de terminado o Liceu na Bélgica. Magro como um prego e ossudo, era o tipo de jovem que parecia pedir desculpas por existir. Eu não conseguia imaginá-lo em combate. Mas já havia visto fotos em que, de uniforme e com uma metralhadora cruzada no peito, ele olhava direto para a objetiva com um orgulho que remetia à majestade, apesar dos ombros caídos.

— Estamos com medo — prosseguiu o senhor Schneider. — Medo por Simon, pelos outros três, por nós, por nós todos. Simon está no alto do Golã, perto da Síria. Minha esposa e eu não fechamos o olho já há um ano. Sara diz que também quer ir para o Exército mais tarde. Conheço Sara. Ela fará isso.

— Por que eles vão? Por que eles não ficam aqui?

— Nove anos atrás, eu estava em meu escritório quando uma bomba explodiu no bairro do Diamante. Três pessoas foram mortas e houve vários feridos. Vi as vítimas com meus próprios olhos e uma delas muito de perto.

Balancei a cabeça. Lembrava-me do atentado, embora vagamente. Eu sabia que as medidas de segurança no bairro do Diamante foram reforçadas desde então. Barreiras foram instaladas nas principais ruas do bairro. As escolas judaicas e as sinagogas passaram a ter vigilância mais severa. Elzira e Sara conheciam os agentes de plantão diante da escola e das sinagogas; elas lhes levavam *pretzels*.

— Uma guerra é uma coisa diferente — retomou ele —, não vá interpretar mal meus propósitos. É simplesmente que nós estamos sentindo o vento dessa loucura nos soprar na nuca. E confio na nossa intuição. Nós, os judeus, somos como canários numa mina de carvão. Todos os nossos sentidos são aguçados. Farejamos as mudanças sociais anos antes que os outros mortais se deem conta. Sabemos quando o perigo se aproxima. Essa intuição está nos nossos genes. Como poderia ser diferente, depois de uma história cheia de perseguições?

— O que o senhor quer me dizer?

— Você sabe que os judeus flamengos sonham em votar no próximo ano nas eleições municipais no Vlaams Blok?

Eu olhei para ele incrédula. O Vlaams Blok era um partido fascista que defendia fazer de Flandres um Estado autônomo e decretar a dissolução da Bélgica. Os partidários eram contra

Mazal Tov

tudo que fosse estrangeiro. Alguns de seus dirigentes não escondiam sua admiração pelo nazismo. Seu eleitorado e representantes se compunham em parte de antigos colaboracionistas.

— Não estou acreditando — eu disse.

Naquele momento, lugar nenhum era bom para eu enfiar o meu exemplar do *Solidaire*.

— Estamos sentindo de novo o ódio aos judeus — disse o senhor Schneider tocando na *kipá*.

As marcas de suor nas axilas pareciam maiores que costumeiramente.

— Você é muito jovem para se lembrar, mas, desde a gafe do burgomestre Craeybeckx, a tradição que sugeria que a maioria dos judeus de Antuérpia votasse no Partido Socialista acabou.

Como eu deveria reagir a essa informação? Eu nem sequer sabia que Craeybeckx fora burgomestre. Tudo o que eu conhecia era um túnel com o nome dele.

— Um dia, o burgomestre socialista Craeybeckx se instalou diante de um café em frente da prefeitura, Den Engel ou Den Bengel, não sei mais qual. Alguns judeus ortodoxos caminhavam na praça. Ele lhes disse que era uma pena que os alemães não tivessem enfiado mais gente de sua espécie nos crematórios...

Eu me calei. Depois lhe perguntei:

— Não era só uma piada de mau gosto?

O que eu podia dizer fora isso?

Ele alisou a barba com ar sonhador.

— Só os judeus podem fazer brincadeiras com judeus. Da mesma forma que só os pretos podem rir de pretos. É preci-

J. S. Margot

so conhecer o sofrimento da comunidade desde o interior dela para poder fazer graça.

— O senhor tem medo do aumento do antissemitismo?

— O medo do ódio aos judeus. Uso de propósito essa expressão. O ódio aos judeus é um vírus em mutação. Ele se apresenta de forma diferente a cada vez. Agora, mais uma vez, ele começou uma nova vida.

— E atualmente ele vem dos muçulmanos?

— O seu namorado sabe por que ele fugiu do país dele.

— Nima jamais votaria no Vlaams Blok.

— Você gosta da esquerda. Pois bem, quando é que seu bem amado campo político fala de nós, os judeus? É isso. Unicamente quando se trata de Israel e da Palestina. E tudo o que dizem a respeito são clichês. Eles não sabem nem a história nem as origens do país. Você não está pensando que, apesar de tudo, todos os judeus estão satisfeitos com o que se passa hoje em Israel, com a radicalização e a direitização em curso? Não me diga que você pensa que nós apoiamos os assentamentos ilegais! Será que você também pensa como seus amigos de esquerda, para os quais o sionismo é um palavrão? O que você sabe de sionismo? Sobre a evolução desse conceito? O que você sabe da OLP? Aposto qualquer coisa que três quartos das pessoas que têm uma opinião sobre nosso país não sabem nem sequer achar Israel no mapa, nem como esse país viu a luz do dia. As pessoas não sabem onde ficam os Territórios Ocupados, o que não as impede de abordar o tema e despejar opiniões. Ninguém dialoga conosco. Dialogar no sentido de escutar.

— Sim, os Estados Unidos.

— Estou falando da Bélgica.

— Vocês podem apertar o botão de alarme e fazerem-se escutar?

— Junto a seus amigos da esquerda? Eles têm opiniões prontas. Mas não têm nenhuma ideia do perigo que podem representar a longo prazo as informações unilaterais que eles propagam, informações enviesadas que disseminam certo clima. Nesses 30 últimos anos, senti esse clima mudar, creia-me. Não estou dizendo que todo mundo deva ser a favor de Israel. Mas eu desejaria que as pessoas não imaginassem o mundo árabe como um viveiro de santos. Não que os árabes detenham o monopólio de ódio aos judeus, creia-me. A gente o encontra na polícia. A gente percebe nos funcionários da municipalidade, na Previdência Social, em agentes de todo tipo de instituição. Ele brota o tempo todo e em todos os lugares: onde quer que a prosperidade geral recue, as minorias serão visadas. Isso não vale só para os judeus. Seu namorado iraniano sentirá isso aqui.

— Nesse caso, por que o senhor fala de ódio aos judeus se esse ódio pode ter todo mundo como alvo?

— O ódio aos judeus é a forma mais aceita de ódio contra os seres humanos.

Houve um longo silêncio. Elzira tirou a toalha dos cabelos, que liberou balançando a cabeça. O senhor Schneider foi o primeiro a retomar a palavra:

— Toda a minha geração, a primeira depois do Holocausto, serviu ao Exército belga. É claro que desejávamos fazer o serviço militar. Nós nos sentíamos belgas. Éramos, somos agradecidos a esse país por todas as oportunidades que nos foram oferecidas, nós nos sentíamos também verdadeiramente flamengos. Eu tinha orgulho de ser flamengo. Já nossas crianças manifestam nitidamente menos esse engajamento.

— E, no entanto, vocês falam francês em casa. — Não consegui me conter.

— Você é tão ingênua quanto ela.

Ele suspirou. Olhei para Elzira, esperando que viesse em meu socorro.

— Você sabe por que tantos judeus de Antuérpia falam francês? — perguntou ele, encadeando a resposta imediatamente num só fôlego cansado. — Não somente porque alguns dentre eles são egressos da burguesia, se é isso o que você está pensando. Quando os sobreviventes do Holocausto tentaram retomar o curso de suas vidas em Antuérpia, não tinham mais vontade de falar uma língua de poucos falantes. Eles queriam estar sempre preparados para ir para outro país, distante, caso tais atrocidades se repetissem. É por isso que escolheram o francês. Teriam feito melhor negócio se tivessem escolhido o inglês, é claro, agora. Também por isso sempre agiram de forma a ter ao alcance da mão passaportes válidos. Da mesma maneira que agora, inclusive, nossos passaportes estão prontos, tudo em ordem para partirmos repentinamente. Você nunca encontrará neste país um judeu ortodoxo, e talvez mesmo liberal, cujo passaporte esteja vencido. Estamos sempre a postos para partir a qualquer momento.

Concordei. Estava arrepiada.

— O senhor seria capaz um dia de votar no Vlaams Blok?

— O que fazer quando estamos apreensivos e não se pode mais confiar nos partidos políticos clássicos?

— Esconder-se. Ir embora. Unir-se a outros também apreensivos. Rebelar-se contra o que provoca medo.

— Você está bem segura de si mesma.

— Um judeu não pode votar na extrema direita.

— A história nos ensinou que nada é impossível.

Capítulo 32

Tudo o que um cachorro pode lhe dizer: primeira parte. Era um dia de julho, em pleno verão. Eu corria no parque municipal: estava dando uma volta em torno da lagoa e aguardava na ponte metálica suspensa que os cisnes passassem pelo lago, depois me sentaria por meia hora para ler um jornal, sonhar, meditar. Às vezes, quando havia muita coisa a observar, a meia hora se transformava em uma hora.

Naquele dia, havia muita coisa para ver. Sobre o gramado da esplanada do parque, ao abrigo das amplas ramagens de folhas de árvores seculares, mais de 60 meninas judias brincavam. O jogo do lenço. Corrida de saco. Espécie de jogo do gato cujas regras eu não entendia bem.

As meninas pertenciam a uma organização de juventude ou a alguma coisa parecida. Elas deviam ter seis ou sete, oito anos no máximo. Todas vestiam saias longas escuras, *collants* e camisas ou camisetas de mangas longas escuras ou em tom pastel. No entanto, não era apenas em razão das vestimentas peculiares que eu observara que eram judias aquelas crianças. Não sei precisar se, e qual, outro elemento me levou àquela conclusão. Provavelmente alguma coisa difusa que, tive a impressão, viesse do grupo. Elas se pareciam muito. Se eu as tivesse visto separadas, talvez não concluísse que eram judias.

Aparentemente, eu me debatia ainda com essa tendência tão minha de querer definir um povo. Por que não me ocorria enumerar as características comuns do meu próprio povo? Estava convencida de que podia reconhecer à distância os holandeses – numerosos em Antuérpia. Podia determinar – pelo olhar alegre, estatura, corte de cabelo, posição do colarinho, a cor de um cachecol ou de um batom... – se alguém era de nacionalidade holandesa ou não e gostava de fazer desse jogo de adivinhação um concurso que valia ao ganhador uma pequena recompensa: em 90% dos casos, eu acertava.

As menininhas judias não eram todas da mesma classe social. Algumas usavam roupas que, visivelmente, estavam longe de serem baratas. Outras tinham enfiado saias ou vestidos vendidos de baciada em pontas de estoque, em brechós. Isso valia também para seus sapatos.

As menininhas estavam totalmente absorvidas pelo jogo. Estouravam de rir, formavam pequenos grupos unidos se divertindo. Duas delas tentavam fazer uma acrobacia e conseguiam no máximo levantar as pernas no ar. Eu me lembrei de que o senhor Schneider me falara de exercícios de ginástica pouco desejáveis para Sara e fiquei aliviada ao constatar que o movimento da estrela não fazia parte da lista. Não para meninas daquela idade, em todo caso.

De repente, percebi Elzira no grupo. Era uma das monitoras. Enquadrava o pequeno grupo que fazia corrida de saco. Eu me segurei a tempo antes de pular em sua direção e acenar para ela. Não queria interromper o jogo e, sobretudo, não queria deixá-la encabulada. Elzira não me via, estava concentrada nas crianças. Como estava muito perto, me escondi um pouco atrás do jornal. Surpreendi-me ao vê-la como se eu fosse uma especialista examinando seu trabalho com um terno interesse, constatando o aperfeiçoamento alcançado. Cheia de orgulho.

Qualquer mãe diria que eu transbordava de instinto materno. Ao meu lado, corredores passavam ofegantes. Noutra parte do gramado, um grupo de indianos jogavam críquete. Um homem de pernas cruzadas meditava sentado no chão. Os moradores do bairro saíam com seus cachorros. Transeuntes e entregadores atravessavam o parque com pressa, da estátua do Rei Albert até o espaço de jogos que bordejava o bairro do Diamante. Três indianos o faziam descalços. O pessoal de zeladoria do parque municipal se reunira sob uma árvore com as mãos apoiadas numa pá.

Uma senhora passeando com um cachorrinho caminhou sobre a grama onde as meninas brincavam. Ela carregava pela coleira seu bichon frisé: uma bola de lã branca de quatro patas.

Uma das monitoras avançou, com as mãos nos quadris e o peito estufado em direção à mulher do cachorrinho.

— Saia daqui! — explodiu ela. — Saia daqui!

A mulher a encarou com ar incrédulo.

A monitora fez um movimento de cabeça vigoroso para o pequeno cachorro que, vendo que sua dona parara de andar, se sentou espertamente ao lado dela. Curioso, inofensivo, o animal olhava as garotas.

— O que é que você está dizendo?

— A senhora entendeu muito bem o que eu disse. Vá embora daqui — respondeu a monitora.

A garota devia ter mais ou menos a mesma idade que Elzira. Falava com a voz esganiçada, furiosa, e tudo em seus gestos e no resto de sua atitude denotavam mau humor. Plantando-se diante da mulher, de novo apontou com a cabeça para o cachorro. A cena se desenrolava à minha frente. Naquele ínterim, algumas meninas interromperam seus jogos. Notadamente aquelas que estavam fazendo corrida de saco sob a supervisão de Elzira. Correram até a monitora, postaram-se atrás dela, formando todas juntas uma frente contra a mulher do bichon.

Hesitante, Elzira se juntou ao grupo. Eu estava convencida, ela serenaria os espíritos, saberia, com a discrição que a caracterizava, moderar as reações exageradas da outra monitora. Ela era bem capaz disso. Gostava dos cachorros. Já passeáramos as duas com Monsieur muitas vezes naquela relva.

— Tenho tanto direito de estar aqui quanto vocês — disse a mulher tomada de perplexidade. — Não as estou incomodando. Vocês não estão me incomodando. Estou só passando. Vocês estão brincando. E tudo isso está dentro da lei.

Muitas meninas bufaram. Outras se aproximaram a um metro do cachorro, depois se distanciaram correndo, fazendo de conta que estavam com medo, e então explodiram numa gargalhada. Duas meninas deram prova de curiosidade. Quiseram acariciar o animal, abaixaram-se, olharam a mulher e o cachorro alternadamente e perguntaram se podiam tocá-lo, como ele se chamava, se era macho ou fêmea. Se havia um ser que devia ter medo nessa história, era o bichon, me pareceu. Seriam necessários quatro como ele para encher uma das mochilas que se empilhavam sobre a grama.

A monitora se sentiu legitimada pelo apoio que recebeu do grupo.

— Vá embora com esse animal! Este não é um gramado reservado para cães. Seu cachorro é sujo. Nós brincamos aqui.

A senhora não soube o que dizer.

MAZAL TOV

A atitude das crianças começou a mudar. As meninas pararam de rir. Algumas lançavam olhares furiosos, quase hostis. Elas não corriam mais em direção ao cachorro, não queriam mais acariciá-lo. Observavam sua monitora e algumas fizeram coro com ela: "Vá embora".

Elzira não fez nada. Nem sequer se agachou, como eu a vira fazer milhares de vezes com Monsieur, para se dirigir ao cachorro. Ela não brigou com a mulher como a outra monitora, ficou em silêncio.

Capítulo 33

Tudo o que um cachorro pode lhe dizer: segunda parte. Elzira e eu fazíamos um pequeno passeio invernal com Monsieur. Na minha companhia, era-lhe até permitido atravessar as grandes avenidas, com a condição de que comunicássemos explicitamente nossa intenção de nos lançar nessa empreitada e de que respeitássemos o horário combinado da volta.

Esclareço, em benefício da transparência, que eu não era remunerada por essas excursões totalmente descontraídas. Elas me davam prazer. E elas davam prazer a Elzira e a Monsieur.

Não sei mais que dia foi. Não foi um domingo, em todo caso. E muito menos um sábado. Sem dúvida era uma manhã de dia de semana quando a escola judaica estava fechada para os preparativos de uma festa religiosa.

As duas, bem agasalhadas dos pés à cabeça, saímos da casa dos Schneider para alcançar a avenida de Belgique, depois ir na direção do parque da rua Lange Leem, que, como o nome indica, é longa. Nós conversávamos. Elzira segurava Monsieur na coleira; uma hora ele trotava diante da gente; outra, ele caminhava bem comportado à direita dela.

De repente, uma mulher começou a correr atrás de nós. Ela puxou Elzira pelo casaco e agarrou-me pelo ombro. Senti meu coração disparar. Nunca vira semelhante expressão no olhar de Elzira.

Mazal Tov

— Espere um pouco, você! — disse a mulher com um tom agressivo.

Eu me virei para afastá-la. Ela vestia um avental com o nome de uma lanchonete bordada em amarelo no peito. Acabáramos de passar em frente ao estabelecimento.

— Espere, estou dizendo! — ela berrou. — Vou trazer um balde com água sanitária para que vocês limpem suas porcarias. É, não adianta fazerem essa carinha idiota, vocês duas. Conheço o golpe. Eu os conheço, e os iguais a vocês, comigo não. Vocês acham que eu é que tenho de limpar sua sujeira. Pois fiquem sabendo que não! Ao menos desta vez, vocês mesmas vão limpar. Não somos seus escravos!

Eu não tinha ideia do que ela falava.

Elzira, mais pálida do que o normal, me cutucou:

— Venha, *s'il te plaît*[31], vamos embora, on *devrait déguerpir*[32], eu não quero saber disso, *elle me fait peur, tout cela me fait peur*[33].

— Não — eu disse secamente —, a gente não vai se mexer!

Eu não podia ir embora. Não sem antes saber do que se tratava.

— Senhora, eu lhe peço para não nos importunar, senão chamarei a polícia.

E eu estava pronta para fazê-lo. Até mesmo me ouvir dizendo aquilo me dava aquela certeza. Então ela vomitou tudo.

---

[31] Do francês, "por favor".

[32] Do francês, "devemos sair daqui".

[33] Do francês, "ela me assusta, tudo isso me assusta".

Monsieur fizera xixi no cartaz publicitário da lanchonete. Sem que percebêssemos, ele levantara a pata bem em cima da promoção do dia: "Clube sanduíche – 20 francos; sanduíche de caranguejo com salada – 25 francos".

Monsieur levantava a pata em todas as árvores e postes. Ele marcava o território mais do que urinava. Com frequência, só fazia uma gota de urina, os bassês não são especialmente conhecidos por terem uma grande bexiga. Elzira fazia o que dava para que ele sujasse as fachadas o mínimo possível ou nada. Quando ele tinha vontade de urinar na calçada, ela o puxava até a árvore ou até o poste mais próximo. Nós o educamos dessa maneira. Incomodar o menos possível, passar o mais despercebido possível.

— *On y va*[34] — suplicou Elzira.

— Não — eu disse —, ainda não.

— Não responda a essa mulher. *Il vaut mieux se taire*[35].

Mas eu me recusei. Eu me virei calmamente para a mulher da lanchonete.

— Se nosso cachorro urinou no cartaz que a senhora colocou na calçada, estamos prontas a lhe pedir desculpas. Nós não percebemos. Tomaremos cuidado para que ele não faça isso de novo.

Elzira me beliscou o braço. Monsieur queria saltar sobre as panturrilhas da mulher. Elzira segurava a coleira. Eu sentia a tensão dela.

A mulher não considerou em nada nossas desculpas.

---

[34] Do francês, "temos de ir".

[35] Do francês, "é melhor não dizer nada".

MAZAL TOV

— As pessoas de sua espécie acham isso completamente normal. Vocês só têm uma vontade, a de que nós lhes façamos reverências e que recolhamos suas sujeiras. Mas cuidado: não podemos garantir que vocês sejam bem-vindos ao nosso estabelecimento porque ele não é bom para vocês. Vocês se sentem acima disso.

As frustrações daquela mulher estouravam como um furúnculo. Eu estava temerosa com toda aquela raiva que ela liberava, eu que, no entanto, adquirira, vivendo com Nima, certa experiência nesse domínio.

Eu disse à mulher que prestaríamos queixa contra ela na delegacia.

— Eu é que deveria prestar queixa contra as pessoas de sua espécie! — gritou.

— Guarde bem o nome da lanchonete — eu disse em voz alta para Elzira. Dirigindo-me à mulher, continuei: — A senhora é a gerente do local? Pode me dar seu nome?

— Você e os seus, vocês nos desprezam, todo dia. E prestará queixa por que motivo? Por discriminação? Mas a discriminação é seu esporte favorito, seu e de seus semelhantes!

Ela se recusou a dar o nome. Entrei na lanchonete para perguntar. O rapaz que trabalhava atrás do balcão me disse sem hesitar.

Não fomos prestar queixa. Da mesma forma que Nima jamais prestava. Não queríamos que os policiais perdessem tempo. E ninguém levava a sério a discriminação por causa da nacionalidade, da religião, da raça, da preferência sexual ou de gênero.

Todavia, Elzira e eu conversamos em detalhes sobre o incidente. E a história do bichon frisé do parque foi abordada também. A escolha de Elzira de se calar. De deixar sua voz se derreter na da massa. A diferença entre calar e insurgir-se, por si ou por qualquer outra pessoa. Elzira soube, no entanto, pinçar, a partir daquele incidente da mulher da lanchonete, um fato inesperado. A mulher me tratara como uma judia e não como *goya*.

Escondidas nas vestimentas escuras de inverno, as pessoas se parecem.

Capítulo 34

Chamei os Schneider uma noite para pedir demissão. "Meus estudos em primeiro lugar." Foi a desculpa que aleguei por analogia com o *slogan* do Vlaams Blok. Mas eu tinha também outras motivações. Não sabia mais o que priorizar. Meus estudos, meu trabalho na casa dos Schneider. Meu casamento. A guerra do Golfo. A religiosidade dos Schneider, que impregnava todas as facetas da vida cotidiana da família. A alienação deles com relação ao mundo exterior. E, ao mesmo tempo, a soberba deles com relação a este mundo. A atitude de Israel quanto aos palestinos. A Intifada. A influência dessas tensões sobre Nima e os seus. O nervosismo que suscitava a palavra "muçulmano".

Trop bon, trop con[36], dissera Jacob recentemente. Ele fizera a observação para me provocar, mas eu imediatamente o puxei para o chão obrigando-o a esclarecer a fala sem a ladainha de sempre. Logo ficou evidente que ele tinha uma opinião muito crítica sobre minha vida.

Jacob não compreendia que eu vivesse com um homem de religião diferente. Ele dissera que o ateísmo era uma expressão de covardia: "É preciso coragem para ter fé nos dias de hoje. O ateísmo é prova de falta de coragem. Não é nada, nem carne

---

[36] Do francês, "muito bom, muito estúpido"; expressão irônica para dizer que uma pessoa ou atitude não é inteligente.

nem peixe." Contra-argumentei. Ele me deixou falar sem me escutar. Meus protestos caíram na indiferença total.

Ele não entendia que eu morasse com um homem sem ser casada com ele, e que meus pais não somente soubessem, mas tolerassem isso. Ele não entendia que eu tivesse escolhido um homem de uma cultura estrangeira, uma pessoa cuja família eu jamais conhecera, uma pessoa sobre quem eu não tinha nenhuma referência, uma pessoa sem emprego fixo. Como eu poderia me contentar em ter alguém que trabalhasse meio período, que estudava ao mesmo tempo e que não me oferecia nenhuma perspectiva clara de futuro? Convenhamos, era preciso mesmo que eu fosse *trop con*, não?

Eu o chamava de pirralho e mandava-o pastar. Criticava-o por ter espírito provinciano, por não ter nunca deixado a comunidade. E que tal se ele e os seus se fizessem um bom questionamento, ao menos uma vez na vida? Ninguém era obrigado a viver numa camisa de força. As pessoas podiam lutar para se libertar dela, e o processo de cair e levantar-se sucessivamente, por si só, valia a pena. "Você vive numa redoma e nem sequer se dá conta. Isso não é ser limitado?"

O senhor Schneider me irritava também. Como ele ousava criticar os jornais que eu lia? Misturar Nima na mesma discussão? Quem ele pensava que era para julgar minhas preferências políticas, que estavam longe de serem tão radicais quanto ele achava? O que sabia ele de mim? Não foi esse Schneider que me pediu, há três anos, o sobrenome de Nima para em seguida mandar verificar seus dados e posições? Não seria o dogmatismo político dele mais digno de atenção do que o meu? Quem sabe? Talvez o casal Schneider votasse no Vlaams Blok, o que significava indiretamente votar contra mim.

Mazal Tov

Depois de uma overdose de catolicismo e de toda a hipocrisia a ele associado, conscientemente escolhi estudar numa universidade laica. Nima era foragido de um regime religioso. E eis que eu estava mergulhada até o pescoço nas leis do judaísmo. Elzira não tinha permissão de ir com os meninos à piscina. Quando ousava dar um mergulho com outras garotas judias numa piscina alugada para a ocasião, não usava maiô de uma peça ou biquíni, mas um traje com uma espécie de saia digna da Batwoman. As escolas dos garotos e das meninas funcionavam em horários diferentes para evitar todas as travessuras entre ambos os sexos perto da entrada da instituição. Por que é que eu nunca ouvi na casa deles *punk*, *pop* ou *rock*, ou mesmo Bob Dylan ou Leonard Cohen, também judeus? A juventude judia ortodoxa, ao menos na sua faixa moderna, será que não flertava com uma ponta de anarquia? A bicicleta e o bassê de Elzira eram os únicos elementos subversivos no universo sufocante em que ela nasceu. Mesmo Monsieur não me enternecia mais. Antes eu o acariciava sob o queixo quando ele esperava com entusiasmo que eu fosse dar bom dia. Agora eu me desviava dele.

As diferenças entre o mundo dos Schneider e o meu haviam se acentuado, como o gosto do peixe na salmoura que de repente não mais me apetecia, bem como as pequenas cebolas no vinagre, os pepinos e a raiz forte, mesmo num *bagel* [37] com sementes de papoula preparados pela senhora Schneider. E depois havia Nima. No sono, ele murmurava frases que se pareciam com rezas, mas que eram aparentemente melodias populares que ele escutara na infância.

---

[37] *Bagel* ou *beiguel* é um pão em forma de rosca, originário das comunidades judaicas da Polônia.

Quando ele estudava ou simplesmente estava comigo à mesa, parecia distante com seus pensamentos.

— O que o está atormentando desse jeito?

— Nada, me deixe.

De vez em quando permitia entrever, por um acaso, o que estava acontecendo com ele.

Quando alguns dos meus amigos colocavam Mikhail Gorbachev nas nuvens, por exemplo, eles não conseguiam se conter. "Vocês não entendem nunca que, para todos os não ocidentais, esse governante é, na verdade, um grande traidor", ele dizia, cansado. "Eis o verdadeiro muro que separa o mundo, a verdadeira tragédia que nos divide: vocês se recusam a reconhecer que não podemos aprovar os Estados Unidos, que só têm um objetivo: promover a guerra."

Quando Sadat, o presidente egípcio assassinado, foi apresentado como o herói árabe que apertou a mão de Menachen Begin, a reação dele foi tão viva quanto. "Sadat rebaixou o orgulhoso espírito independente de Nasser e de todo o Egito. Vocês se prostram em admiração diante dessa marionete do Ocidente que negociou a honra de seu povo e de toda a África do Norte e o Oriente Médio."

Quando as pessoas de nosso círculo defendiam e apoiavam a guerra do Golfo: "Por que o Ocidente teria direito sobre o petróleo do Irã, do Iraque, do Kuwait? Os americanos nunca se lançaram numa guerra sem que fosse por interesse próprio. No entanto, vocês acham que eles podem dar lição de moral ao mundo inteiro e vocês a acatam". Felizmente ele passava mais tempo do que o normal no ginásio esportivo da rua Kammen. O proprietário se chamava Benny ou Eddy ou alguma coisa do gênero. Era um verdadeiro touro, conhecia o nome e o passado de todos os clientes. A academia de ginástica de Benny desapareceu há muito tempo, naquele ângulo obtuso da rua, mas esse homem deveria receber uma medalha: só mesmo ele, em tempos de crises nacionais e internacionais, para transformar em esporte, em perseverança e em *fair play* muito da agressividade latente ou à flor da pele.

Na janela de nosso apartamento, colocamos um pôster:

"Não à Guerra do Golfo"

Capítulo 35

urante dois meses, suspendi minhas idas aos Schneider.

Um dia, o senhor Schneider foi bater à nossa porta, sob a janela onde estava afixado o pôster "Não à Guerra do Golfo".

Nima abriu.

— Ela não está, ainda está na biblioteca. O senhor quer entrar?

Eu estava no último ano da graduação de intérprete. A repetência fazia parte da minha vida. Nima pegou o longo casaco e o chapéu da visita. Fez chá de menta fresca e cobriu a mesa com potinhos de pistaches, amêndoas, tâmaras, frutas frescas e torrone de Isfahan. O senhor Schneider comeu de tudo, mesmo o torrone extremamente açucarado não *kasher*.

Nima nunca me disse exatamente o que conversaram. "Falamos um pouco de tudo." Foi a resposta que me deram, tanto Nima como o senhor Schneider, quando eu quis saber.

"Ele é OK", reconheceu, apesar de tudo, meu namorado. "O pai é OK." Ele perguntou ao senhor Schneider o que fizera, depois de minha entrevista para o emprego na casa dele, com o pedaço de papel em que escrevi seu nome. "Eu o joguei na máquina de triturar", respondeu, e quando Nima rebateu que era difícil acreditar, o senhor Schneider começou a contar algumas piadas bufando de rir.

O senhor Schneider deixou para mim um bilhetinho de Elzira.

Foi uma das cartas mais belas e mais sinceras que eu recebera até então na minha vida, mesmo considerando os três anos de internato no meu currículo, ocasião em que recebera uma montanha de cartas.

Depois dessa pausa de dois meses, retomei meu trabalho com os Schneider.

Eles me fizeram mais falta do que eu gostaria de admitir.

Capítulo 36

ntão Elzira me perguntou se eu queria ajudá-la numa sexta-feira à tarde nos preparativos do *Shabat* e se nós, Nima e eu, gostaríamos de celebrar a noite com eles.

— Claro — eu disse, curiosa, encantada, e sem hesitar um segundo. Imediatamente, tive uma dúvida: — Mas é permitido?

— É permitido se você fizer o que eu disser — ela respondeu num tom decidido e com seu olhar doce, que, com o passar dos anos, vinha adquirindo mais segurança.

Seus movimentos não traíam mais aquele perfil claramente desengonçado. Sua mão também estava mais firme.

— A que horas você quer que eu venha?

Claro, eu sabia que, para as crianças judias, a tarde da sexta-feira correspondia à tarde de quarta-feira livre dos não judeus. Mas eu não tinha nenhuma ideia de que horas a aula terminava.

— Venha logo depois do meio-dia, se puder. Assim, teremos bastante tempo para cozinhar e tudo o mais. O *Shabat* começa 18 minutos antes do pôr do sol, no momento de *Hadlakat Nerot*, quando acendemos as velas. E o dia de repouso acaba no dia seguinte, na noite do sábado, quando houver três estrelas no céu.

— Como você sabe que há três estrelas no céu? Isso deve ser diferente no mundo todo, dependendo do fuso.

MAZAL TOV

Mais uma vez eu tinha ali estampado um daqueles contos de fadas em que a gente gosta de acreditar.

— O calendário! Nosso calendário está afixado em todas as cozinhas de lares judaicos. Você ainda não observou aqui em casa? Todas as horas do *Shabat* estão indicadas lá. E todas as festas. Lá consta tudo o que a gente tem de saber e não pode esquecer. Não vivemos na época de vocês. Vivemos em anos completamente diferentes.

A primeira coisa que Elzira me mostrou quando me levou à cozinha em forma de L foi o calendário, um caderno espesso de capa violeta colocado num canto o mais distante possível da área de trabalho, ao lado do telefone.

Fazia já quase quatro anos que eu ia em média cinco vezes por semana à casa dos Schneider. Havia me familiarizado com a prudência religiosa que eles praticavam em sua vida e conhecia mais ou menos suas festas, especialmente porque elas correspondiam a quase todos os dias de folga na escola e porque eu não precisava ir naquelas ocasiões. Mas ninguém me dissera que existia um calendário hebraico. E eu mesma jamais sonhara com isso, o que não somente era curioso, mas atestava também uma falta de perspicácia de minha parte, levando em conta que iranianos, curdos e afegãos tinham também conservado o calendário persa, do qual havia uma réplica fixada com ímã na porta da geladeira de minha casa.

Como o calendário persa não coincidia em absoluto com o calendário gregoriano ou muçulmano, eu me perguntara frequentemente como era possível que a humanidade ainda não houvesse chegado a um acordo sobre a contagem dos anos. Esse fato não seria por si só revelador?

J. S. Margot

Norouz, o ano novo persa, era comemorado na primavera, em torno de 21 de março. Já *Rosh Hashaná*, o ano novo judaico, caía no outono, nos meses de setembro ou outubro. Em pleno inverno, deixávamos para trás nosso ano velho para substituí-lo pelo novo. O ano novo muçulmano, o *Muharram*, era festejado em outro dia e seguia outro calendário.

— Nós vivemos já em 5752 — disse Jacob, fanfarrão.

Enquanto fuçava a geladeira, ele bateu por brincadeira o ombro no meu, um gesto de camaradagem a que ele não teria se permitido antes, sobretudo na presença da mãe, que, com o olhar aveludado e seus olhos sombrios afundados, parecia sondar em profundidade todas as relações na cozinha.

— Sim, vocês estão na nossa frente — brinquei.

A senhora Schneider sorriu. Ela foi até uma espécie de sacada que dava sobre o jardim, na outra extremidade da cozinha. Ao lado dela, Sara terminava de comer com uma colher. A cozinha era branca, as esquadrias das janelas, as paredes, o chão, os armários, as pias, os fogões, a mesa, as cadeiras, as banquetas modernas em couro dispostas em torno da mesa – tudo era branco, branco, branco.

Krystina encheu um balde com água, acrescentando detergente. Ela trabalharia para que tudo ficasse impecável para dali a pouco. Usava luvas de plástico, que também eram brancas.

Elzira me atou a um avental branco recém-engomado e vestiu seu corpo frágil com um parecido. Na minha casa, eu nunca usava avental; nos meios estudantis que eu frequentava, não cultivávamos hábitos burgueses. Elzira tinha nos cabelos uma tiara de veludo preto. Ela estava de sapatilhas. Com meu *scarpin* de salto bem alto, eu a ultrapassava em duas cabeças, o

MAZAL TOV

cocuruto dela chegando ao meu busto. Quando estávamos sentadas em seu quarto de estudo, a diferença não era tão visível. E quando saíamos para passear com Monsieur, o bassê brincalhão apagava a cada passo que dava todo o senso de proporção. Elzira deveria sem dúvida entender que essa diferença de altura me deixava pouco à vontade. Ela desapareceu, sem dizer nada, em direção ao seu quarto, voltou calçando tênis e trouxe seus sapatos de ginástica para eu calçar; eles eram do meu tamanho.

— Este lado é reservado para todo tipo de carne que temos permissão de comer, a carne dos mamíferos de sapatos fendidos.

— "Sapatos"?

— Como os de uma vaca.

— De cascos fendidos, você quer dizer.

— E é preciso que sejam ruminantes. A gente só come mamíferos que sejam ruminantes. Aqui deste lado, nós só nos ocupamos de tudo que tenha relação com laticínios.

— Mamíferos, nós chamamos de *zoogdieren*; e laticínios, de *zuivil* — cochichei para melhorar seu holandês.

Eu não tinha intenção de brincar de professora na cozinha. Elzira manuseava panelas e frigideiras. Deixou cair uma tampa.

— Não se preocupe — disse ela, rindo. — *Lady Dyspraxia is assisting me*[38].

Foi a primeira vez que estive "realmente" na cozinha deles. Realmente no sentido de além da soleira da porta, onde já ocorrera várias vezes de eu esperar Elzira, Jacob e, ocasionalmente, Sara, que se apressavam para terminar de comer ou que me preparavam alguma coisa.

---

[38] Do inglês, "*Lady* Dispraxia está me auxiliando".

— O azul é para laticínios, o vermelho para a carne.

Elzira me deu explicações mostrando as tábuas de corte, esfregões, paninhos, esponjas e facas; tudo em dobro, em vermelho e azul. Ela me disse que todos os ingredientes eram *kasher*, de acordo com as regras alimentares. A menina me mostrou o certificado do rabinato sobre a embalagem de certos produtos – da louça às esponjas. Ela sabia que o rabino declarara *kasher* a cozinha da casa. Ele havia "kasherizado" – se ao menos esse termo existisse – certos objetos; tornara-os virgens de alguma maneira, benzidos, limpos, mergulhando todos eles num banho especial de água fervente, enterrando-os no solo, tudo isso para que eles, os judeus observantes, pudessem cozinhar e comer *kasher*. Um pensamento me veio ao espírito: "Entre raiva e rabinato, não há grande diferença"[39], mas me contive para não contar essa piada tão a minha cara. Estava claro que os judeus, considerados os primeiros capitalistas no mundo, praticavam sua própria forma de economia protecionista, notadamente no âmbito de suas prescrições alimentares. Descobri uma discrepância a mais em seu modo de vida: de um lado, havia a vocação para os negócios; de outro, a produção de uma indústria, de uma economia paralela, de um comércio que lhes pertencia.

— Não é por acaso que nossa geladeira tem duas portas, você sabe — disse Jacob de boca cheia.

Desde que ele começara a usar óculos novos, não somente houve um benefício estético, como também Jacob estava enxergando com mais clareza. Aparentemente, usara durante anos lentes que só corrigiam a hipermetropia, mas não o astigmatismo.

— Você não se esquecerá de explicar a ela, Elzira?

---

[39] Em holandês, as palavras *rabiaat* (furioso, raivoso) e *rabbinaat* (rabinato) soam parecidas.

MAZAL TOV

A geladeira deles era um exemplar americano de duas portas, uma ao lado da outra, tendo no meio uma torneirinha para água e uma máquina que cuspia cubos de gelo. A carne ficava à esquerda, os laticínios e similares do lado direito. De repente, olhando a geladeira, compreendi a arquitetura do conjunto: a parte prolongada da peça em forma de L era, na verdade, uma cozinha dupla: um lado da parede era a imagem inversa do outro. Os Schneider tinham dois fogões, duas pias, duas lava-louças, duas áreas de trabalho. Exatamente como Elzira me explicara um dia.

— Quando não se têm duas pias, nós usamos, por exemplo, saladeiras vermelhas e azuis de plástico, e quando não se tem uma geladeira dupla, podemos dividir o congelador em prateleiras ou gavetas para carne ou laticínios. Nada pode pegar o sabor um do outro: nem a carne do queijo, nem o leite do peru, etc. Jamais guardamos algo quente numa geladeira simples: tudo o que é quente respira e esse ar quente pode tornar todo o conteúdo da geladeira não *kasher*.

Cada lado da cozinha tinha a sua própria louça, seus talheres, seus utensílios, suas batedeiras, seus panos e tudo o que devia permanecer separado. Os utensílios que não traziam os mesmos sinais azuis ou vermelhos eram marcados por um adesivo da cor correspondente. A carne era cozida numa frigideira diferente daquela das panquecas. Um bife era servido numa travessa e com talheres que não eram os mesmos que os dos aspargos à moda flamenga. Nunca se comia sobre a mesma toalha, ou com o mesmo serviço americano, turnedô e queijos, por exemplo.

— Então, com que vocês fazem um frango? — perguntei.

J. S. MARGOT

Logo eu que, como Nima, tinha o hábito de cozinhar a ave simplesmente na manteiga porque a manteiga dá todo o sabor à carne.

— Na banha de ganso, evidentemente — respondeu Elzira. Tive a impressão de ter feito uma pergunta idiota.

— E a tábua de queijos do fim do jantar?

— Judeus ortodoxos jamais pedirão uma tábua de queijos ao fim da refeição, nem café, nem chá com leite. Isso é impossível quando comemos carne. Enfim, na verdade, pode, mas primeiro é preciso esperar seis horas. Ou três. Os judeus observantes que vêm dos Países Baixos, o reino dos laticínios, esperam só uma hora. Tudo é relativo, não posso fazer nada a respeito. Mas, vendo por outro lado, tudo é perfeitamente possível. Depois do leite, podemos comer carne, sem ter de esperar. Isso tem uma relação com a mastigação. É complicado, eu sei.

Nós nos preparávamos, pelo que entendi, para fazer não somente o jantar da noite de sexta-feira, mas também vários elementos do café da manhã e do almoço de sábado.

— Comemos coisas quentes no sábado. Programamos nossos fogões; eles desligam automaticamente numa determinada hora. Mas não é todo mundo que faz dessa forma. Em muitas famílias tradicionais, os fornos e as bocas de fogão são acesos antes do começo do *Shabat* e ficam acesos até a noite do sábado. Você conhece o prato judaico típico, o *tchulent*?

— Chulé, o quê?

— Nós o chamamos *tchulent*. Um prato tradicional que deixamos em banho-maria da sexta-feira até o sábado à tarde e cujos principais ingredientes são, na nossa versão, cevadinha, ossobuco e feijão branco.

— *Gerst. Mergpijp* — disse eu para que ela conhecesse as respectivas palavras em holandês. — Você gosta de ossobuco?

— Ossobuco? Eu, não; mas papai, sim. A mãe dele faz um *tchulent d*elicioso, com batatas raladas, tripa recheada, salsicha, *saucisson.*

— De boi?

— Claro, nunca vem nada de porco. É por isso que você pode comer muitos bombons, mas não a gente. E é por isso que só compramos geleia aprovada pelo rabino. Nas de vocês, tem gelatina. Extraída dos ossos dos animais. Logo, de ossos de porcos também.

— E o peixe?

— O peixe é *parve.* Não é nem carne nem laticínio. Podemos comer peixe de escamas com um ou outro.

— O que as pessoas fazem quando só podem ter um fogão por falta de espaço ou de dinheiro?

— A gente constrói uma espécie de pequena parede entre as bocas de fogo. Não uma paredinha, claro. Uma em papel alumínio, por exemplo. O melhor é nunca ter ao mesmo tempo carne e um laticínio sobre o mesmo fogão. Mas quando não tem realmente alternativa, a gente deve se virar para evitar toda projeção de uma panela sobre a outra. E se a gente levanta uma tampa, as gotas de uma panela não devem respingar na outra.

— Pelo amor de Deus, Elzira! — brinquei, já exausta antes de ter tocado o que quer que fosse e antes que começássemos qualquer preparação, mesmo a da "penicilina", termo empregado na linguagem popular holandesa para o caldo de galinha judaico com bolinhas de farinha de pão ázimo.

— Estou impura. Esta tarde, comi uma pizza com salame e queijo derretido! — acrescentei.

À vontade no seu elemento, ela colocou nas minhas mãos um batedor de cabo vermelho e uma saladeira de aço inoxidável com borda vermelha. A saladeira estava cheia de claras de ovo:

— É preciso batê-las, por favor, para fazer as bolinhas de pão ázimo. Nossa receita aqui é mais moderna, mais leve do que a tradicional.

Capítulo 37

Por volta das oito horas, Nima e eu fomos de bicicleta à casa dos Schneider. As calçadas, onde normalmente os judeus formavam uma boa parte da paisagem, estavam desertas, assim como as ruas. Praticamente não havia tráfego. O serviço da sinagoga já havia terminado. No interior das casas para onde a gente podia espichar um olhar, as pessoas se agrupavam, e lamparinas a óleo estavam acesas, não somente as da *menorá*. Tinham-nos pedido que não tocássemos a campainha para não acionar o circuito elétrico. A porta de entrada estava entreaberta e, de conformidade com as restrições, Nima e eu a fechamos; três travas deslizantes em três fechaduras.

No interior, poderíamos tomar o elevador – "os *goym* podem fazer tudo, mesmo durante o *Shabat*" –, mas nos abstivemos. Levando os sapatos nas mãos, subimos os degraus sem fazer barulho.

Eu achava que o *Shabat* se desenrolasse num silêncio solene – um pouco como na igreja, onde, durante a celebração da Eucaristia, todos os sons e movimentos só podiam vir do altar, com os fiéis à espera da autorização do sacristão para falar ou cantar. Eu estava enganada. Antes mesmo que chegássemos ao andar de cima, escutamos sons emocionantes, cantados por homens de voz grave e modulada, seguidos de explosões de risos também das mulheres.

O casal nos esperava no alto da escada. Fomos acolhidos calorosamente, o senhor Schneider abraçou meu namorado, como fazem os homens do Oriente Médio: cada um com o queixo no ombro do outro, dando tapinhas com as duas mãos nas costas. A senhora Schneider e eu trocamos um olhar. Ela me beijou duas vezes. Nunca me beijara antes. Estendi o buquê de flores que compráramos para a ocasião. Ela o pegou com gratidão, quase com timidez. Fez um cumprimento de cabeça para Nima com a expressão doce e amigável.

— Falamos para não trazer nada além do seu esposo! — disse o senhor Schneider.

Depois, estourou numa gargalhada e nós também, embora menos forte. A mini Sara, agora mais alta do que a irmã primogênita, zanzava com ar ocupado entre a cozinha, a sala de jantar e o mezanino, e acenou para nós várias vezes, agitando a mão num *Shabat Shalom*[40] sem olhar para nós.

Jacob, o mais velho, agora que Simon lutava no Exército israelense, foi ficar ao lado do pai no mezanino. Atrás dos óculos novos, observava atentamente Nima. Enquanto os dois homens apertavam as mãos, avaliou meu namorado como fazem no mundo inteiro os pais que examinam seus futuros genros ou noras: com espírito crítico, coração inquieto e curiosidade. Ele me acenou com a cabeça: "Então é ele?".

Nima deu uns tapinhas nos ombros de Jacob como forma de lhe dizer "estamos entre homens", um comportamento amistoso que desarmou Jacob porque, para dissimular o rubor que lhe subia às bochechas, ele estendeu o braço diante do rosto e

---

[40] Saudação alusiva ao *Shabat*.

começou a tatear com a mão espalmada sua *kipá*, como se quisesse verificar se ainda estava em seu lugar.

Elzira, discretamente maquiada, com um vestido azul-marinho levemente acinturado e gola alta de renda, parecia uma versão muito jovem de uma mistura de Cindy Crawford e Julia Roberts. Não tentou evitar o olhar de Nima e, quando ele lhe estendeu a mão – embora eu o tivesse prevenido com insistência para que não fizesse aquilo –, ela a apertou gentilmente: *Enchantée de vous connaître*[41].

Vivi aquela celebração do *Shabat* como se estivesse num estado de embriaguez. Tudo o que aconteceu antes do jantar ficou mais claramente no meu espírito do que o próprio jantar, que, depois de certo número de bênçãos solenes, transcorreu como uma festa de família animada, com ares mediterrâneos, em que as crianças, pequenas e grandes, ocupavam um lugar central; não somente as crianças dos Schneider, mas também quatro de uma família convidada. Elas sumiram embaixo da mesa. Brincavam de esconde-esconde. Podiam comer com os cotovelos na toalha.

A mesa da sala de jantar, prolongada de cada lado por uma extensão retrátil, parecia gigantesca. Os convivas, vestidos à maneira de judeus ortodoxos, todos desconhecidos para mim, ocupavam suas posições. À nossa chegada, o rosto de pelo menos três deles se congelou de um só golpe, como um pêndulo que tivesse parado subitamente. Eu me alegrei com a ideia de rever a avó Schneider, mas ela não estava. "Minha venerável mãe foi visitar a irmã em Amsterdã." A mesa, generosamente

---

[41] Do francês, "Encantada em conhecê-lo".

abastecida, estava coberta de especialidades que não conhecia ou cujo nome esquecera, da mesma forma que não me lembrava de sequer ter ajudado a preparar ou presenciado a respectiva decoração. Os pães trançados feitos por Elzira e Irma naquela tarde nos aguardavam numa travessa de prata; ao lado havia um pote de mel e um saleiro. Onde estavam as ajudantes? Será que se ocupavam com a louça na cozinha? De onde vinham todos aqueles pratos deliciosos?

Por outro lado, eu me lembro bem de algumas coisas.

As pessoas envolvidas em discussões que às vezes pareciam mais uma briga do que uma conversa, em que se misturavam todas as línguas: hebraico, iídiche, holandês, inglês, francês.

Que praticamente nada nos perguntaram. Todo mundo falava ao mesmo tempo, o jantar era uma cacofonia fenomenal. Não somente as palavras se chocavam, mas os gestos também. Quando um gesticulava, o outro replicava. Todo mundo passava os pratos de mão em mão, de uma extremidade a outra da mesa. Durante o jantar, as pessoas colocavam as crianças nos joelhos.

Que o senhor Schneider e Jacob leram em voz alta passagem do *Sidur*, um livro de preces em hebraico que pai e filho leem frequentemente juntos numa sintonia que reforça a relação deles. Que, quando da leitura, eles eram assistidos por um primo de Jacob seis anos mais velho, capaz de ler o hebraico a toda a velocidade e que, acompanhando as palavras com o índex, não parava de beliscar com a outra mão as coxas da irmã sentada ao lado dele. Lembro também, mas posso estar enganada, que o senhor Schneider não usava seu índex para ajudar a leitura, mas acompanhava o texto com a ajuda de um marcador de prata, cuja ponta imitava a mão com o indicador apontado, que ele fazia correr sob as letras das rezas.

MAZAL TOV

Que Nima chamou várias vezes minha atenção fazendo uma pequena pressão na minha perna sob a mesa. Quando o senhor Schneider quis contar a história do moribundo e seu associado. Quando Elzira deixou cair o garfo. Quando a senhora Schneider o observava estreitando os olhos. Quando eu me detive por tempo demais olhando uma tia das crianças.

Que desfrutamos seguramente de uma refeição deliciosa, mesmo que não me restasse, além do gosto de nozes, um pouco açucaradas, o de um caldo de frango. Nem sequer me lembro do gosto ou da textura das bolinhas de pão ázimo que eu enrolara.

Que os homens entoaram a plenos pulmões as *Zemirot*, cantos do *Shabat*, e que eu mantivera os olhos baixos durante aquela cantoria entusiasmada porque, sem dúvida, eu não me sentia à altura de afrontar a intimidade dessa exuberância. Assistia à cena atentamente com as pálpebras semifechadas, tomada pela impressão de ser uma intrusa.

Que eu senti inveja da naturalidade com a qual as pessoas cantavam juntas e que não fiquei insensível à forte convicção delas sobre a necessidade daquele canto coletivo. Que eu as invejava pela solidariedade que se desprendia dos cânticos. Os homens escreviam juntos, sem restrição, uma história que se elevava bem acima de suas histórias individuais. Era uma força que eu não conhecia e, sentada ali a escutá-los, me senti convencida de que os povos que cantam juntos são mais solidários do que os outros; eu lamentei.

Não pude deixar de pensar nas festas de aniversário da minha infância. Naquelas ocasiões, convidava meus colegas de classe preferidos para irem à nossa casa. Minhas amigas marroquinas, turcas e gregas não aceitavam o convite. Os pais delas ignoravam essa tradição de festas de aniversário e, como não conheciam nem a língua nem os rituais do país anfitrião, não se sentiam seguros o bastante para mandar as filhas a uma festa de família flamenga, sobretudo uma cuja mãe era professora. Sempre uma espécie de vergonha separava nossos mundos. A filha de imigrantes que, excepcionalmente, tinha permissão para ir não participava nunca plenamente das brincadeiras, ela não estava ali à vontade porque a única língua utilizada era o holandês, porque se sentia observada, porque não conhecia aqueles costumes, porque éramos mais ricos do que ela, porque ela sabia que seus pais nunca dariam uma festa daquelas. A menina era deixada de lado. Assim como eu estava ali para aquela celebração do *Shabat*. Eu considerara o convite uma deferência, mas, na sala de jantar dos Schneider, não pude me desvencilhar da sensação de que Nima e eu entráramos num quadro muito antigo, um quadro vivo onde não havia lugar para nós. E onde talvez não tivéssemos nada a procurar.

Capítulo 38

Em 1991, tudo deu errado.

Em primeiro lugar.

O Vlaams Blok, o partido de extrema direita, riscou do mapa todos os partidos políticos tradicionais nas eleições federais, pela primeira vez na história da Bélgica. A cidade de Antuérpia se revelou um lar daquele partido. Aquele domingo não poderia ter sido mais sombrio.

Em segundo lugar.

Jacob e seu melhor amigo Jack provocaram um acidente dirigindo um carro do pai de Jack: teve perda total, bom para virar sucata. Os meninos, que tinham idade para tirar carta de motorista nos Estados Unidos, acharam-se tão bons quanto os adolescentes americanos. Nem um nem outro jamais havia tocado num volante; não sabiam nem passar a marcha nem onde estavam o acelerador e o pedal do freio. Mas tendo o pai de Jack viajado a negócios, o rapaz pegou as chaves e os dois quiseram dirigir. Não foram muito longe: manobrando o carro, eles o enfiaram no portão da garagem do vizinho da frente, transformando numa sanfona a traseira do Jaguar. Jacob e Jack ficaram em estado de choque. Esbravejando, o vizinho que sofrera o prejuízo, e não era judeu, chamou a polícia.

Tomados pelo pânico, os rapazes não acharam nada melhor a fazer do que dizer ao policial que Jack estava no volante. Isso lhes pareceu mais aceitável e prático para o seguro. Mas o seguro do pai de Jack não cobria esse gênero de idiotice. Pediram ao senhor Schneider que participasse das despesas. Ele se recusou. Estava convencido de que o filho se contentara com o papel inofensivo de passageiro.

Jack foi o primeiro a fraquejar. Revelou ao pai que Jacob dirigia o carro. Jacob acusou seu melhor amigo de mentir. A tensão entre os pais e os filhos se acentuou. Sem falar do descontentamento crescente do proprietário do portão destruído.

Eu fui a única pessoa a quem Jacob contou a mentira que o manteve acordado noites inteiras. Ele não sabia o que fazer. Eu o aconselhei a dizer a verdade ao pai. O que ele terminou fazendo, duas semanas depois dos fatos. Havia já àquela altura, afora o carro e a garagem, inúmeras perdas colaterais.

A terceira notícia ruim, da qual o próprio Jacob foi também a causa, veio em junho daquele ano catastrófico.

Jacob, que devia ser aprovado em holandês no exame de estudos secundários, fazia questão de redigir uma excelente dissertação. Uma que pudesse superar aquelas que ele e seus amigos entregaram ao longo dos anos.

O trabalho tinha de ser redigido na sala de exame, na escola. Cada série escolar deveria escolher um entre cinco temas. Em três horas, das nove da manhã ao meio-dia, os estudantes deveriam escrever uma dissertação coerente.

Jacob se traiu. Resolveu, com dois cúmplices que há anos compravam minhas redações, não assumir nenhum risco. No fim, assumiram um que lhes custou a cabeça. Certa tarde, eles entraram discretamente na sala dos professores. Procuraram, encontraram e copiaram os temas da prova do professor de holandês. Estavam tão nervosos que deixaram os originais embaixo da tampa da fotocopiadora. O professor percebeu. A classe toda

Mazal Tov

teve de prestar contas. Sob pressão dos outros, os três admitiram a culpa. Felizmente, foram bastante espertos e precavidos de não confessar a fraude que cometiam havia anos. Ao menos não à escola. Todavia, Jacob não escondeu nada de seu pai, quando este exigiu explicações. Contou tudo sobre nossas traquinagens. *T'es un con!*, exclamou o senhor Schneider. "Como você pode ser tão burro?!"

Aparentemente, o que provocou a cólera do senhor Schneider não foi nem tanto a malícia de seu jovem filho, que tinha, com minha colaboração, torpedeado o sistema educacional, mas o amadorismo dele. O que o exasperava era a estupidez de Jacob. "Se você quiser enganar alguém, faça corretamente, ou então não o faça de jeito nenhum."

Em todo aquele caso das dissertações e dos resumos fraudulentos, nem um só membro da família colocou em questão minha integridade pedagógica. Para todos os efeitos, eu nunca fui pessoalmente questionada.

Jacob e seus amigos foram severamente repreendidos pela direção e pelo professor de holandês, mas não foram expulsos da escola. Eles foram reprovados na dissertação.

Em quarto lugar.

Como se o céu de 1991 já não estivesse suficientemente sombrio, Elzira me informou acidentalmente, numa das noites em que estávamos debruçadas sobre seus livros, que um *shadchen*[42] os visitara.

— Isso quer dizer o que, um *shadchen*?

— É um casamenteiro. Ou, nesse caso, uma casamenteira.

---

[42] Do iídiche, "mediador de casamentos", "casamenteiro".

J. S. MARGOT

— Você quer dizer alguém que arranja casamentos?

— Sim, isso mesmo.

Em seguida, ela me explicou que, na comunidade ortodoxa, os *shadchen* gozavam de grande consideração, que conheciam todas as famílias judias, numa escala internacional, e que, em seus arquivos, havia todas as informações genealógicas sobre os antecedentes familiares, os traços de temperamento e os dados genéticos necessários.

— Isso não a incomoda?

— O quê?

— Que essa pessoa saiba tanta coisa sobre você?

— É nossa tradição.

— Quer dizer que vão casar você?

— Há alguém que deseja se casar comigo.

— Quer dizer que vão casar? — repeti.

Meu coração batia muito rápido.

— Os homens que demonstrarem interesse por mim se apresentam a mim e à minha família por intermédio da casamenteira.

— Então vão casar você, é isso?

— Não, eu posso escolher.

— Escolher entre dois homens.

— Sim. Não. Posso também eu mesma apresentar candidatos. E meus irmãos também. Todo mundo pode.

— E se um candidato não lhe agradar, você pode mandá-lo passear?

— Posso.

— Quantas vezes você quiser, mesmo mil?

MAZAL TOV

— Isso não vai acontecer.

— E se você se apaixonar por outro homem? Por alguém que encontre por acaso.

— Isso não vai acontecer.

Depois, houve um quinto golpe.

Esse aconteceu no meu próprio campo.

Marjane fora internada numa clínica psiquiátrica em Teerã. Pensávamos, no começo, que uma estada de alguns meses seria o bastante para colocar a cabeça dela em ordem. Finalmente, passou mais de ano até ela se sentir minimamente humana de novo.

E por quê? Ora, ao cabo de muitas sessões de terapia, ficaram sabendo que Marjane tinha sido abusada sexualmente várias vezes em Bruxelas.

Quando Nima soube disso, quebrou o punho, em silêncio total, batendo-o no espelho do banheiro, que se desfez em mil pedaços. Nima deixou o sangue escorrer até o chão.

O mesmo Nima esteve na origem da boa notícia daquele ano sombrio.

— É preciso que eu saia melhor do que ela — ele decidiu.

— Que eu *me* saia melhor do que ela — eu o corrigi.

Ele concluiu o segundo ano de engenharia e recebeu uma proposta de emprego temporário como engenheiro de som.

Quanto a mim, que, naquele ínterim, concluíra meus estudos, continuei encadeando trabalhos temporários, um depois do outro, com meu emprego nos Schneider.

Raramente, quase nunca, me contentava com aqueles trabalhos temporários.

221

Capítulo 39

Jacob foi morar no exterior. Primeiro, foi estudar em Israel; depois, em Nova York e em Boston; depois, de novo em Israel. Ele queria ser, oficialmente agora, mestre em administração de empresas.

Nos primeiros anos depois de sua partida, ele me enviava um cartão-postal periodicamente: "Como você vê, eu ainda sei holandês", escreveu desajeitadamente, e "eu até li neste mês um livro de literatura, de um autor judeu, aliás, Philip Roth, que não me entusiasmou".

Então, éramos só três, sem contar Monsieur: Sara, Elzira e eu.

Às vezes, eu ajudava Sara a se preparar para as provas. Mas nossa parceria nunca teve um caráter íntimo nem jamais se instaurou ou se desenvolveu entre nós a cumplicidade que reinava entre Jacob, Elzira e eu. Como Sara obtinha excelentes notas, nunca tive com ela o menor problema.

Eu via Elzira ainda mais do que antes.

Não diria que tínhamos uma relação de amizade, mas, incontestavelmente, nos aproximávamos uma da outra. Ela abordava comigo assuntos que jamais evocaria quando Jacob e Simon ainda estavam em casa. Talvez seus arroubos de sinceridade se devessem à idade.

— Terça-feira, depois da escola, fui com mamãe de carro a Bruxelas.

MAZAL TOV

— Ah, para fazer compras?

— Fui me pintar.

— Como? — perguntei, olhando-a espantada.

— *Je me suis fait maquiller.*

— E agora já saiu tudo?

— Terça-feira à noite, antes de me deitar, removi toda a maquiagem.

— Você foi a uma festa?

— Era só para treinar. Iremos em breve a um casamento de uma prima. Vai se casar em Amsterdã. Com um holandês. Ela vai morar nos Países Baixos.

— E você ficou bonita?

— Mamãe achou que estava tão bonito. E papai também. Mas Sara diz que eu sou mais bonita sem toda aquela *peinture*.

Ela me olhou com um ar interrogador.

— Você deve ter ficado muito linda — disse-lhe, estudando o rosto e imaginando como ela teria ficado maquiada por uma profissional. — Você tirou fotos maquiada?

— Tirei. Ainda não foram reveladas. Fomos ao estúdio de Roger. E voltaremos lá no dia do casamento.

— Quem é Roger?

— Você não conhece a Casa Roger? Na avenida Louise, de Bruxelas?

Eu conhecia a avenida Louise. A mais cara de Bruxelas. As lojas vendiam vestidos cujos preços correspondiam em média a 10 meses do meu aluguel.

— A rainha Fabíola e todas as princesas o frequentam. É o melhor cabeleireiro e visagista do país. Mamãe se penteia lá às vezes. Mamãe não usa peruca...

— Você já viu o penteado da rainha Fabíola? — brinquei.

— Eu sei. Mas Roger é muito bom.

— Você vai usar peruca quando for mais velha?

— Eu vou usar se meu marido quiser. Tem algumas lindíssimas.

— Você tem cabelos tão bonitos. Por que escondê-los debaixo de uma peruca? Você consegue me imaginar usando peruca?

— Você não é *juive*[43]. Não é obrigada — disse ela ofegante pelo riso. — O homem que me maquiou parecia uma moça.

Houve um silêncio. Divertida, inflei as bochechas.

— Se você está entendendo o que quero dizer — disse ela para tatear o terreno, fixando em mim um olhar interrogador, como se estivesse à espera de uma resposta circunstancial ou uma explicação detalhada.

— Ele era *gay*? — perguntei.

— Chiu! — Ela fez preocupada, encostando o dedo indicador nos lábios me pedindo para falar baixo e vigiando a porta do quarto. De novo "Chiu!"...

— Não posso dizer a palavra *gay*? — perguntei para provocar.

— Psiu!

— Como é que eu digo, então?

Ela hesitou.

---

[43] Do francês, "judia".

MAZAL TOV

— Sim, acho que você tem permissão para pronunciá-la.

— Você sabe o que é um *gay*?

— Chiiiiu! Acho que sei. *Oui*. Um homem que quer ser mulher.

— Essa não é a definição real de um *gay*. Um *gay* é um homem que se apaixona por outros homens e que tem relações sexuais com eles.

Essa referência ao sexo, uma palavra tabu, realmente a perturbou. Suas mãos começaram a tremer um pouco e, quando me dei conta, senti, curiosamente, uma satisfação egoísta por constatar que aspectos, a nossos olhos triviais, nem sempre o são para todo mundo. Os olhos de Elzira brilhavam, suas sobrancelhas levantadas denotavam ao mesmo tempo pudor e curiosidade.

— Ele era legal? — perguntei.

— Muito. E tinha *mains très fines*[44].

— O que é que a faz pensar que ele era *gay*?

— Ele tinha trejeitos que *les hommes de chez nous*[45] não têm. Balançava as mãos bizarramente. E quando caminhava, era *comme s'il faisait du patin à glace, quoi*[46].

Eu ri. Achei a imagem do patinador artístico tão divertida quanto apropriada. No entanto, pensei também em *My Own Private Idaho*, um filme que Nima e eu acabáramos de ver no Cartoons Cinema e no qual dois *gays* – River Phoenix e Keanu

---

[44] Do francês, "maõs muito delicadas".

[45] Do francês, "os homens entre nós"; no contexto, Elzira se refere aos homens que pertencem à comunidade de judeus ortodoxos.

[46] Do francês, "era como se patinasse no gelo".

Reeves – interpretavam os papéis principais e desejavam-se explicitamente. Nima saiu da sala no meio do filme.

— Mas ele maquia muito bem. *Il comprend les femmes*[47], segundo mamãe, e é verdade. É por isso que trabalha lá. E, quanto a ele não ser judeu, tem judeus como ele, imagino. Mas não aqui. Não no nosso meio, o dos judeus observantes.

— Tenho amigos que são homossexuais. Há também mulheres que são homossexuais. Mulheres que se apaixonam por mulheres. Você sabe como nós as chamamos?

Disse a mim mesma que Elzira não tem televisão, raramente, quase nunca, vai ao cinema e, nos filmes da Disney que ela viu, não há *gays*. É privada de toda a literatura suscetível de instruí-la nesse domínio: romances, jornais, revistas – ainda que eu já tenha visto na casa deles um exemplar da *Paris Match*. Então, quem, além de mim, poderia ensiná-la a diversidade e a complexidade da sexualidade humana?

— *Lesbiennes* — ela respondeu.

Ela pronunciou a palavra como em holandês, e não em francês.

Apesar da existência de relações lésbicas parecer não incomodar, ela não continuou aquele assunto. Eu já lhe havia apresentado Andreas Burnier, é claro. Eu disse:

— Meus amigos homossexuais não ousam dizer aos pais que se apaixonam por homens. Os pais pensam que esses meus amigos se casarão com uma mulher e terão filhos. Esses pais também juram que não há homossexuais na família.

---

[47] Do francês, "ele compreende as mulheres".

— Não acho grave que aquele senhor que se parece com uma moça tenha tocado no meu rosto.

— Acho que você devia escutar o que eu digo — insisti.

— *J'écoute!*

— Não é porque a gente silencia sobre um fato que ele deixa de existir.

— Não é um problema que aquele maquiador tenha tocado o meu rosto.

— E por que seria um problema? Você acaba de dizer que ele a maquiou magnificamente.

— Ouvi dizer.

— O que você ouviu dizer?

— Ouvi falar disso.

— Do que você está falando? É bastante enigmático seu modo de falar, Elzira!

— Dessa doença.

Fiquei chocada. Comecei a entender. Ainda assim, perguntei:

— Que doença?

— Aquela que tem quatro palavras, um nomezinho encolhido.

— Uma sigla, você quer dizer.

— Você sabe de que doença estou falando. *Tu me taquines.*

— Não estou pegando no seu pé. Você quer dizer HIV e aids?

Olhou para o chão e fez um meneio afirmativo com a cabeça.

— Dizem que todos esses homens estão doentes. Mas mamãe diz que não é verdade.

— Sua mãe tem razão.

— E será que posso ficar doente?

— Não se pega HIV ou aids por simples contato, Elzira. Para isso, é preciso ter relações sexuais com alguém infectado.

— Chiu!

— Ou receber transfusão de sangue infectado. E os *gays* não estão todos doentes, longe disso! Portanto, não se pode afirmar uma coisa dessas...

— Em Antuérpia, há salões de cabeleireiro que garantem a seus clientes que todos os seus instrumentos são desinfetados a cada utilização: as tesouras, os pentes, tudo. Para que os clientes não fiquem doentes.

— Onde ficam esses salões?

— Não sei. Já ouvi mamãe falar deles. Eles colocam um cartaz na vitrine: "Desinfetamos todos os nossos instrumentos".

— Queria só ver isso. É a primeira vez que ouço falar disso. É ridículo. Não se pode ficar soropositivo num salão de cabeleireiro. Tentarei obter mais informações sobre essa doença amanhã ou nos próximos dias. Informações científicas e também testemunhos. Posso lhe sugerir vários livros.

— Mas não se aplica a nenhum dos nossos cabeleireiros.

— Ah é? Por quê?

— *Gays*, nós não temos.

Dei um suspiro. Ao menos, Elzira pronunciara a palavra, e no plural.

Capítulo 40

Você pode me dar sua opinião: qual é a mais bonita? Sentada no quarto, eu esperava Elzira quando a senhora Schneider entrou segurando uma sacolinha de uma loja de *lingerie*, The Short Way, da rua Mechelsesteen, em Antuérpia. Eu conhecia a vitrine como conhecia as vitrines de várias lojas proibitivas para os meus ganhos.

Ela colocou sobre a mesa quatro conjuntos de renda, cetim ou seda. Dois *bodies* sem mangas e dois de mangas longas, percorridos por finas linhas de renda transparente. *Lingerie* de refinamento e luxo extremos.

— Quero escolher dois. São para Elzira. Logo ela completará 17 anos — disse a senhora Schneider.

Eu, 25. Jamais usei um *body* tão sexy, de marca tão luxuosa. Os sutiãs já eram bastante caros, especialmente os de boa qualidade. Cresci com a loja Damart. Em casa, as palavras mágicas quando se tratava de roupa de baixo e de vestimentas de noite eram durabilidade e conforto. E embora não morasse com meus pais desde os 18 anos, ainda usava pijamas do papai, com listras, de algodão ou flanela. Quando queria ficar *sexy* à mesa do café da manhã, desabotoava a parte de cima e a deixava entreaberta. Isso devia bastar. No calor, um macaquinho resolvia a parada.

— O que você acha? O branco é mais bonito ou você prefere o modelo cinza, ou cor de salmão é mais do seu gosto?

Ela segurou cuidadosamente os *bodies* diante do próprio corpo com a lentidão e a elegância que caracterizavam seus movimentos. Cada peça tinha seu penhoar combinando, liso e suave como um quimono. Ela expôs as combinações preciosas – Chantal Thomas e La Perla – sobre a mesa e deu alguns passos para trás para observar simultaneamente o resultado e minha fisionomia.

— Acho o branco com mangas muito bonito.

— Mais o branco do que o salmão?

— O salmão é bonito também.

— Qual dos dois você escolheria?

— O preto sem mangas com o zíper, ou esse branco de mangas longas — respondi num tom decidido, e ela concordou. Retomou tudo lentamente e me perguntou quando eu tinha a intenção de ser mãe, "porque não é bom esperar muito tempo".

Sem me deixar perturbar pela pergunta brusca, respondi que não queria ter filhos por enquanto.

Ela me disse:

— Isso vai chegar.

Eu lhe disse:

— Não tenho certeza disso. Se eu quiser ter um filho, vou pensar com atenção. Mas não me deixarei convencer por terceiros para ser mãe. Acho que serei mais feliz sem descendentes.

Ela olhou para mim, arregalando os olhos.

— Você tem algum problema?

Eu discerni na voz um tom intrigado que já ouvira quando jovens mulheres diziam que não queriam ter filhos.

MAZAL TOV

— A senhora quer dizer um problema ginecológico? Não que eu saiba.

— Não compreendo por que não quer ter filhos. Acho que você seria uma boa mãe. E seu marido, Nima?

Eu nunca a ouvira pronunciar o nome dele, salvo em raras ocasiões. Fiquei tocada.

— Nima tem a mesma opinião sobre o assunto.

— Talvez porque ele esteja longe da família — ela disse ao cabo de um momento. — Mas é justamente por essa razão que ele deveria construir sua própria família aqui. Isso é sempre bom para todo mundo. Nós sabemos. Nós, os judeus, sempre vimos desaparecer no curso da história numerosos membros da nossa família. Mas continuamos nossa vida, *notre existence. Nous avons resisté, toujours* [48]. Construímos novas famílias. Demos vida aos nossos valores e nossas práticas, mesmo nos períodos que nos obrigam *à nous convetir* [49], sim, *siècle après siècle* [50]; no entanto, mantivemos sempre a escolha de fundar novas famílias.

Sem dúvida, aquela conversa tinha algum propósito.

De repente ela me falou de seus partos e do ginecologista que trouxera ao mundo seus quatro filhos: Simon, Jacob, Elzira e Sara. Nasceram os quatro pela via natural e os partos se desenrolaram todos normalmente, sem complicações. Ainda que Simon tenha custado a vir, que alegria a do casal quando soube que o primeiro filho era um menino, e o segundo também! E ela seria eternamente grata a esse ginecologista porque, no judaís-

---

[48]   Do francês, "nós resistimos sempre".

[49]   Do francês, "nos converter".

[50]   Do francês, "século após século".

J. S. MARGOT

mo, é preciso manifestar reconhecimento eterno a todos que são bons com crianças.

O ginecologista era aparentemente um especialista não judeu, e fiquei mais uma vez surpresa ao constatar esse toque de modernidade na ortodoxia, o fato de que a Bíblia ou o rabino desse ao médico de mãos competentes, porém impuras, a permissão de tocar as partes íntimas de uma judia ortodoxa casada.

Ela me informou o nome dele e o endereço do consultório: "Quando for o momento para você".

Uma semana depois daquela conversa, Elzira me deu um pequeno presente, muito mole ao toque e embrulhado em várias folhas de fino papel de seda branco ligeiramente amassado, preso por um laço branco.

Naquela noite, usei, na minha casa, o *body* preto sem mangas com zíper.

A senhora Schneider adivinhou meu tamanho. Para ter maior segurança, um pequeno cartão veio anexado, especificando as condições para uma eventual troca do presente.

Num outro cartão, entre as dobras da *lingerie* na embalagem, estava escrito: "Com todos os nossos agradecimentos pelo que você fez por Elzira". Assinado: Aaron e Moriel Schneider.

O ginecologista da senhora Schneider – nesse ínterim, o filho assumiu o consultório do pai – é hoje o meu.

Capítulo 41

Um dia, na esquina da rua Simons com a rua Mercatore, onde acabara de comprar legumes, carne e suas palavras cruzadas em francês, a avó Pappenheim caiu sem motivo aparente.

A atendente da loja de roupa de cama, diante da qual ela desabara, acorreu imediatamente e, vendo que Gabriella não estava mais em condições de se levantar sozinha ou mesmo com a ajuda de vários passantes, logo chamou uma ambulância. Depois ligou para a casa dos Schneider e para o escritório do filho, porque aquela pequena comunidade fechada tinha ao menos a vantagem de, ainda que nela ocorressem também inconvenientes, todo mundo se conhecer e todo mundo saber de que família fazia parte tal e tal pessoa. A Hatzala, o serviço de urgência oficialmente reconhecido que a comunidade judaica instituíra em vários lugares do mundo e agora também em Antuérpia, ainda não existia naquela época; se existisse, a acidentada poderia contar com a intervenção ultrarrápida de jovens voluntários judeus que prestam os primeiros cuidados. Acelerando na sua *scooter* amarela fosforescente, esses socorristas, com mochila nas costas, voam para ajudar todos os cidadãos em perigo, é claro, mas nós os vemos, sobretudo, se enfiarem no trânsito denso do bairro judaico: "Chegamos em quatro minutos".

Gabriella Pappenheim precisou esperar 15 minutos para ser transportada numa ambulância clássica ao hospital católico Saint-Vincent, no bairro judaico.

Foi Jacob que me informou a respeito, dando detalhes. Mas não foi ele que me informou que o irmão e ele próprio não foram circuncidados naquele mesmo hospital no oitavo dia de vida pelos *mohelim*, os circuncidadores oficiais. Eu soube pelo senhor Schneider que retiraram o prepúcio de seus filhos numa suíte especial de uma clínica de Antuérpia; essa informação tão ligeira me foi transmitida depois de uma "enorme piada". A de um coletor de impostos que destrincha as contas de uma sinagoga e que, ávido para provocar os judeus, pergunta ao rabino o que ele fazia dos restos de cera de todas as velas queimadas. "Eu as envio ao fabricante que, como agradecimento, me manda todo ano gratuitamente uma caixa de velas." "E o que você faz das migalhas de pão ázimo?", pergunta o inspetor. "Eu as envio à fábrica, da qual recebo de vez em quando, em agradecimento, uma caixa de cortesia de pão ázimo." "Que é que você faz com o que resta das circuncisões?", continua o inspetor. "Oh", diz o rabino, "conservamos todos os pedaços e, quando se juntam muitos, nós os enviamos ao departamento de finanças públicas, que nos manda, de vez em quando, em sinal de agradecimento, a cabeça de um pau."

Gabriella Pappenheim fraturara o quadril direito e precisou implantar uma prótese. A fisioterapia dela durou vários meses e, um dia, Elzira, em vez de levar unicamente Monsieur para passear, resolveu levar a avó, acompanhada de uma doméstica e de Sara, empurrando sua cadeira de rodas pelas ruas do bairro judaico.

A avó Pappenheim se instalou temporariamente na casa do filho. O quarto de Simon, que começara os estudos de medicina depois do serviço militar voluntário, foi reformado por inteiro num amarelo elegante, suavizado com toques de verde. No entanto, eu via tão raramente a senhora Pappenheim que tinha notícias suas só por Elzira. Segundo ela, não havia nenhuma razão para eu me preocupar. O restabelecimento era lento, mas satisfatório.

— Ela não se sente sozinha às vezes, sua avó? — perguntei.

— Sempre tem alguém junto dela na cozinha, no quarto ou no fisioterapeuta. Quando não é alguém da família, é a enfermeira. Vovó não gosta de falar. Quando a levo para passear, ela cantarola refrões e trechos de canções, e eu a acompanho porque conheço essas melodias desde minha infância, e Monsieur se diverte como um louco, percebo pela cauda, que se mexe *comme une pendule qui a perdu le sens du temps*[51].

Numa tarde de quarta-feira, a avó Pappenheim entrou de cadeira de rodas em casa no exato momento em que saí.

— Bom dia, senhora — eu disse.

— *Shalom*.

— Fico contente em saber que a senhora está bem.

— Para uma pessoa da minha idade, ir bem é um conceito muito relativo — ela disse, com um sorriso amargo.

— Em alguns meses, a senhora poderá recomeçar a andar.

Foi a primeira resposta que me ocorreu.

— Antigamente, durante a guerra, eu era só pele e osso. Agora, só tenho a pele.

Fiquei desconcertada pela dureza de suas palavras, que evocavam bruscamente todo outro mundo. Ela deve ter percebido.

---

[51] Do francês, "como um pêndulo que perdeu a noção do tempo". A referência é ao pêndulo de um relógio que, por metonímia, é associado à passagem do tempo.

— Não faça essa cara tão preocupada, menina. Tenho uma osteoporose muito avançada, uma descalcificação óssea, quase não tenho mais ossos.

— É preciso comer e beber muito leite — eu disse, mostrando evidente falta de experiência naquele tipo de conversa.

— São as crianças que devem comer e beber bem porque elas precisam crescer — respondeu. Com seu dedo indicador magrinho, brincava com o laço de cetim que fechava o colarinho do vestido, sobre o qual usava um colar de madrepérolas e continuou: — Não é porque a enfermeira me trata como uma criança que eu tenha me tornado uma: "Como vai a senhoria hoje?" e "será que senhorinha Gabriella foi desobediente esta noite?". Morrer é a única tarefa que me resta resolver adequadamente. — Ela me pegou a mão e examinou meus dedos. — Por que você não usa anel?

— Não uso joias.

— Nenhuma?

— Sou alérgica a certos materiais.

— Alérgica a ouro?

— A todos os metais.

— Então, você deveria usar diamantes — disse ela, apontando o queixo para a frente.

Ela me olhou severamente, aquela mulher que já comparei a um vulcão. Seu fogo parecia ter se temperado, depois do choque físico e da pesada operação subsequente. Ou não teria sido só o quadril que a senhora Pappenheim fraturara, como ela parecia insinuar, mas também sua vontade de viver estava comprometida?

MAZAL TOV

— Preciso ir, senhora — eu disse sem saber como continuar.

— Venha me ver no quarto — ela pediu —, venha tomar um chá comigo.

A cadeira dela entrava na medida no elevador. Eu mal cabia em pé ao seu lado.

Capítulo 42

No quarto de Simon, a senhora Pappenheim chamou a cozinha.

— *A yid hot lib dem geshmak fun a yiídiche vort in zayin moyl* — disse ela depois de desligar.

E quando Krystina nos serviu pouco depois um chá e uns docinhos, ela repetiu aquelas palavras duas vezes e Krystina, saindo do quarto, aprovou com um sinal de cabeça.

A senhora Pappenheim me perguntou o que ela dissera. Incapaz de responder, eu disse supor que se tratava de um velho provérbio, de uma espécie de adágio popular. Ela escreveu a frase foneticamente, em letras latinas, nas páginas de uma velha *Paris Match*. A caligrafia toda enfeitada contrastava com a sobriedade de sua aparência. Era justamente por essa razão que lhe caía bem.

— Vamos lá, tente traduzir. Você estudou isso.

Passei para o lado dela. Ela me entregou o papel, enfiando-o embaixo do meu nariz. Não protestei, nada disse sobre as línguas germânicas e romanas, e nada sobre Jacob, que também tinha esse cacoete de querer jogar com as palavras antes de chegar à essência do tema. Levei tempo para encontrar uma tradução, mesmo aproximada, que parecesse plausível. Quase me senti mal.

MAZAL TOV

— *Um judeu aprecia o gosto de uma palavra iídiche na boca* — disse a avó Pappenheim, como se tivesse ganhado na loteria.

Aliviada, expliquei que o dialeto do Limburgo me propiciava a mesma sensação que ela experimentava com o iídiche. Era mais do que a modalidade regional de uma língua. Era como estar em casa.

Ela assumiu um ar grave:

— O iídiche era proibido nos campos. A língua de comunicação tinha de ser o alemão. Quando falávamos iídiche, íamos direto para os banhos de desinfecção, logo para as câmaras de gás...

Eu me agitei na cadeira. Concordei com a cabeça. Pensei e torci para que ela começasse a falar da guerra, mas senti ao mesmo tempo que seria inconveniente eu encorajá-la a isso; então falei do tempo, que estava muito ruim para a estação do ano, o que era, aliás, uma verdade.

Pelo canto do olho, observava a senhora Pappenheim. Anne Frank era a única pessoa judia que a maioria dos não-judeus do meu país conhecia, e eles a conheciam de maneira póstuma, pelo seu *Diário*, pelo Anexo, por todas as histórias que se contam sobre ela, pela castanheira branca de seu jardim, talvez.

A mulher ao lado de quem eu estava sentada foi, durante a guerra, uma menina parecida com Anne. Gabriella. Um pouco mais velha que Anne. Quem sabe, talvez seu nome de solteira fosse Frank? Eu não sabia nada sobre ela.

— Minha nora é uma exímia cozinheira — continuou a avó que, de novo, esqueceu as câmaras de gás, ou quis que eu esquecesse. Ela indicou com o queixo os barquetes de maçã e

239

queijo servidos com o chá: — Prove esses docinhos como saboreio o iídiche. Coma. Gosto de ver as pessoas comerem.

Não tive dificuldade em obedecer.

A senhora Pappenheim só falou de um tema: do segundo marido, que, ao que tudo indicava, morrera havia três anos, fato que reforçou o quão os Schneider eram discretos, para além de minha astúcia, visto que não somente ninguém me informou de uma morte tão relevante na época, como nem eu própria observara qualquer anomalia.

Bem entendido, aquela abertura e aquele recuo seletivos sempre existiram entre nós, mas ali eu me senti direta e especialmente atingida. Fui severa comigo mesma. Por que eu não detectara nenhuma dor entre os membros daquela família, como se explicava eu não ter me apercebido do luto de Elzira?

A senhora Pappenheim me contou como seu querido esposo ficou doente: um câncer que começou no intestino e que se generalizou. Como cuidou dele o melhor que pôde, até o fim e além. Como aprendeu a conhecê-lo; não, como ele a ensinou a conhecê-lo. Como ele, Levi Pappenheim, se apresentou a ela por intermédio da família. Como os rabinos aprovaram o casamento e como suas famílias – os raros membros que sobreviveram ao Holocausto – consentiram a boda.

O casamento de Gabriella e Levi Pappenheim durou 42 anos e gerou três crianças. E segundo ela, o amor deles amadureceu como o corpo de um bom vinho tinto, um Château Mouton-Rothschild, se lhe fosse dada a escolha da garrafa.

— Meu marido viajava muito. Idas e vindas à Índia, a Israel e aos Estados Unidos. Às vezes, ele se ausentava durante meses.

Dessa vez, ele se ausentou por alguns anos. Eis como vejo as coisas. Só pensando assim, posso suportar a ausência dele.

Ela falou de seu apartamento. O marido lhe fazia falta lá. O que ela lamentava mais eram justamente os pequenos detalhes que mais a irritavam. O barulho que ele fazia quando tomava café. A porta que ele deixava aberta quando ia ao banheiro. A barba que alcançava o caldo de frango com bolas de pão ázimo que ele mesmo preparava: "Minha nora usa a receita até hoje". O torso magro, encurvado, quando ele se voltava na direção de Jerusalém para rezar.

Eu assentia balançando a cabeça. Não sabia como reagir àquelas confissões. Acho que ela deveria ter me falado da guerra mais que daquela história de amor da qual havia treze por dúzia: todas as viúvas eram tristes e todos os viúvos queriam casar de novo.

Disse a ela:

— A senhora sobreviveu ao horror de Auschwitz.

— Sim.

Ela disse com uma voz grave e, pela careta que fez, vi que o quadril lhe pregava uma peça. As visitas a Marjane me ensinaram que o rosto da dor física é reconhecível, sempre e em todo lugar, e que o sofrimento psíquico pode assumir todas as formas possíveis.

A voz cantarolante de seu marido quando recitava a reza antes das refeições, continuou ela. Ele era desafinado, mas ela sentia falta agora, dia e noite, daquela voz incapaz de se manter no tom.

Os convidados que ele levava para casa nas noites de sexta-feira depois do *shul* lhe faziam falta. O silêncio que ela compartilhava com o marido lhe fazia falta porque, contrariamente ao dos últimos anos, nele excediam-se em compreensão mútua e em pensamentos cruzados; nada superava esse tipo de comunicação implícita. Às vezes, ela ainda falava com ele. Ela sabia que ele a escutava e que ele respondia mergulhado em silêncio. Contou que as três crianças que tiveram juntos se pareciam com o pai. Mesmo Aaron e as irmãs, de quem seu falecido marido não era pai biológico, tinham os traços dos Pappenheim: "Como esse prazer em contar piadas, eles não se cansam nunca".

Durante o relato, não continha os soluços. Ela enxugava as lágrimas com os lencinhos que estavam sobre os joelhos; minha mãe tinha sempre uma caixa da mesma marca no painel do carro – nunca se sabia quando seriam necessários. A avó Pappenheim fazia bolinhas de lencinhos impregnados do choro. Como uma menina travessa, ela os escondia entre as coxas e o descanso da cadeira de rodas. Às vezes, ela se balançava suavemente para frente e para trás, com os olhos baixos ou com o olhar fixo.

— A senhora gostaria que fôssemos juntas até o túmulo dele?

Eu sabia que minha própria avó se sentia reconfortada após uma visita ao cemitério. Ela cuidava toda semana do túmulo do marido como se fosse a casa deles, esfregando toda a superfície da laje sepulcral.

— Meu querido esposo está enterrado na Holanda.

— Podemos ir à Holanda.

— Você tem carteira de motorista?

— Ainda não.

— Não tem trem que pare em Putte.

— Onde é Putte?

MAZAL TOV

— Na fronteira com a Bélgica. Quando não tem muito tráfego, chega-se lá em 40 minutos.

— Seu marido é nascido em Putte?

— Não.

— E, no entanto, ele está enterrado lá?

— Muitos judeus belgas estão enterrados em Putte, nos Países Baixos. Ou, então, compram uma última viagem, só de ida, para Israel com a ajuda da Chevra Kadisha, uma associação de voluntários que se ocupa da repatriação de judeus mortos. Não há cemitério judaico em Antuérpia.

Não captei essa informação. Ela me explicou. Não fiquei menos surpresa. Como entender que a comunidade judaica ortodoxa, sem dúvida a mais numerosa da Europa, a de Antuérpia, fosse bem-vinda a esta cidade e em todo o país, enquanto tudo estivesse bem, mas que seus membros, depois de mortos, não pudessem ser enterrados na terra que escolheram para viver?

— Apenas um pequeno número de judeus liberais, como os Tolkowsky, descansa na parte judaica do cemitério de Hoboken[52]. Como é mesmo o nome desse lugar? Schoonhof? Nesse Schoonhof descansam também as vítimas do Holocausto.

Concordei. O cemitério se chamava Schoonselhof, mas o que isso muda? Elsschot estava enterrado lá. Conscience, Van Ostaijen e muitos outros.

— Você conhece os Tolkowsky?

Balancei a cabeça negativamente.

— Os Tolkowsky vieram da Polônia. Há muitas gerações, eles fizeram de Antuérpia a cidade do diamante que é hoje.

---

[52] Hoboken é um vilarejo situado na região de Antuérpia.

J. S. Margot

Uma família muito talentosa. Sem eles, Aaron não faria o que faz.

Eu não a escutava.

— Vocês não podem, como comunidade judaica, comprar um pedaço de terreno em Antuérpia para fazer o cemitério judaico? Quando é que um cemitério se torna judaico? Quando um rabino abençoa a localização?

— Você me pergunta muita coisa. Não tenho todas as respostas. Mas os direitos de concessão dos Países Baixos não são os mesmos que na Bélgica. Nós, os judeus, não queremos nunca ser exumados. Tudo que resta de nós deve ficar no mesmo lugar até a chegada do Messias.

Eu só conhecia um cemitério judaico: o velho cemitério de Praga. Onde pensava que Kafka estava enterrado. Eu não estava bem informada na época.

— Não posso me impedir de pensar nas vítimas do Holocausto — eu disse um pouco nervosa. — Isso deve ser para os parentes próximos ainda mais terrível do que já é. Eles não foram enterrados, eles foram para as câmaras de...

Eu me calei.

Ela apertou o nariz entre o polegar e o indicador manchado. Eu me dei conta só naquele momento de que ela não usava óculos e que eu nunca a tinha visto usá-los.

— Meu marido e eu decidimos, depois do nosso primeiro aniversário de casamento, nunca mais falar da guerra e dos campos. Responderíamos apenas às perguntas que as crianças nos fizessem sobre isso. Elas nunca nos perguntaram nada; se o fizeram, foi raramente.

— Talvez a senhora quisesse falar disso comigo?

— Gostaria de falar disso? — Ela quase pulou da cadeira de tão indignada. — Você não encontrará ninguém que goste de falar da guerra! E se encontrar tal pessoa, deveria desconfiar dela. O silêncio é o remédio. É por isso que me calo também.

Ela tirou de baixo do vestido uma correntinha com um medalhão. Levava no peito seus dois maridos ortodoxos: um retrato em preto em branco e outro colorido, o que, segundo a cultura judaica tradicional, dava no mesmo. Ela acariciou os rostos com os dedos enrugados.

Fiquei morta de vergonha.

Capítulo 43

Elzira concluiu os estudos secundários com louvor. O final letivo do Liceu assinalava o fim da nossa parceria e, como Sara sabia se virar sozinha, aquele diploma significava também que acabariam as minhas visitas quase cotidianas aos Schneider depois de seis anos ininterruptos.

Elzira insistiu para que eu fosse à festa de formatura.

Eu ainda não visitara a escola Iavne, ao menos não no "interior"; esperei muitas vezes Elzira no portão com Monsieur, que a acolhia saltitando assim que a via e, enquanto ela se debruçava para afagá-lo e enrolá-lo em volta do pescoço como um xale de pelo, emitia grunhidos carinhosos, que reservava exclusivamente à dona para testemunhar o seu amor, e que eu jamais o escutei dirigi-los a outra pessoa.

Eu sabia por Elzira que a escola logo seria transferida para um local menor. O senhor Schneider também tinha expressado muitas vezes essa preocupação. O número de judeus ortodoxos em Antuérpia vinha diminuindo, ao passo que os ultraortodoxos, os hassidim, eram cada vez mais numerosos. "Seria triste se nós, os ortodoxos modernos, terminássemos reduzidos a uma minoria na comunidade judaica de Antuérpia", disse o senhor Schneider. "Mas temo o pior. Nossas crianças não ficarão aqui, vocês já devem imaginar por quê. No âmbito da economia, a situação não é mais a mesma para nós, os ortodoxos modernos. Em cinco, seis anos, as cartas terão sido redistribuídas no

Mazal Tov

setor de diamantes. Os indianos, os libaneses e os cidadãos da URSS[53] agora são nossos concorrentes. Eles sabem muito bem o que fazem, não é? Mas eles o fazem sem respeitar a tradição do ofício nem a história de Antuérpia. Não que eu reprove a atitude deles. Mas essa evolução é lamentável. E, o que é pior, o começo do fim você sabe qual é? A *expertise* de nossos especialistas antuerpenses do corte da lapidação, os melhores do mundo, se perderá. Não se formam mais novos cuteleiros e lapidadores. Ao cabo de algumas gerações, não haverá mais classe média judaica. Consequentemente, as boas escolas ortodoxas modernas desaparecerão também."

A entrega dos diplomas parecia a todas as entregas de diplomas do mundo. Um lero-lero tedioso. O grande pátio do recreio estava decorado de guirlandas e bexigas. Contra o painel no fundo do palco, hastearam uma grande bandeira israelense e, no momento que foi cantado o Hino de Israel, todo mundo assumiu uma expressão muito solene. O senhor e a senhora Schneider estavam sentados na primeira fila, como os demais membros da comissão de pais e do conselho de administração. Eles me fizeram um breve sinal com a mão, indicando que iriam me ver depois da cerimônia oficial.

Sentada entre as mães, notei aqui e acolá um figurino que nada tinha de clássico, entre curto e meio longo. Vários homens falavam ao celular: modelos pesados e volumosos de onde brotava uma antena. Tiravam-se fotos uma atrás da outra: olha o passarinho!

---

[53] Sigla para, em português, União das Repúblicas Socialistas Soviéticas, ou União Soviética, que reunia 15 repúblicas comunistas na Europa, instituída oficialmente em 1924 e que se diluiu em 1991, com o fim do comunismo.

J. S. MARGOT

Tentei, para suportar melhor os inevitáveis discursos, observar em que detalhes as crianças se diferenciavam umas das outras, como acontece com as crianças das escolas católicas onde o uso de uniforme é obrigatório: a despeito da pouca liberdade que lhes era dada, as estudantes encontravam um meio de se exprimirem individualmente. Até a marca das meias podia assinalar o status de seu grupo social. Eu não reconhecia os códigos de vestuário judaicos. Jacob me dissera que as *kipot* e os chapéus acompanhavam a moda e estavam associados a alguns códigos: os judeus podiam saber, em função do fabricante de um *schtreimel*, de onde vinha aquele que o usava e a quais tendências e comunidade ele pertencia. Alguns judeus hassídicos deixavam pender os *peyot* a partir das têmporas, outros escondiam seus cachinhos laterais atrás das orelhas. Cada detalhe tinha um significado. As meias pretas ou brancas, sob a calça bufante dos homens ultraortodoxos: a escolha dizia muito sobre a vida deles e a fé. O tamanho da *kipá*: podíamos saber a que partido político estava ligado aquele que a usava. Algum tempo atrás, havia *kipot* que não eram feitas de tecido, mas de cabelos artificiais. Assim, os judeus ortodoxos podiam, de acordo com a lei religiosa, cobrir a cabeça, sem que o mundo exterior, do qual se podia esperar a qualquer momento vivas reações antissemitas, reconhecesse necessariamente naquele adereço um sinal de religiosidade. "Só mesmo um judeu para inventar essa miniperuca", comentou Elzira, explodindo de rir depois de me contar a piada.

— *Shalom* — disse a mulher que veio se sentar ao meu lado.

— *Shalom* — respondi.

Ela me fez uma pergunta em hebraico. Distingui as palavras *ata bishvil shelcha*.

— Lamento, mas não falo hebraico.

Ela se virou totalmente na minha direção, me encarando.

— Ah sim, claro, agora estou vendo — disse ela.

Sem querer, dei uma gargalhada e ela começou a rir também, divertida, desculpando-se de certo modo.

— Minha filha terminou o Liceu — disse ela um instante depois, num holandês aparentemente limpo de sotaque francês.

— Ela vai em férias na próxima semana para Israel, trabalhar num *kibutz*. Depois, vai estudar na Inglaterra.

Ela citou um instituto em Newcastle. Falou de moças *frum*.

Aquiesci. *Frum* significava "piedoso" em iídiche; uma garota *frum* era uma jovem que conhecia as regras religiosas com ainda mais rigor do que Elzira. Não havia moças hassídicas naquela escola.

Sara veio na minha direção e me deu uma garrafa de água com gás:

— *Shalom. Erev tov*[54], você deve estar com sede, tenho sede o tempo todo. *Soif, à tantôt*[55], minhas amigas estão à minha espera.

— Você conhece a família Schneider? — perguntou-me a mulher ao lado depois de falar com Sara.

Eu confirmei.

— Somos amigos.

— Elzira estudará com minha filha na Inglaterra.

Eu olhei para ela.

---

[54] Do hebraico, "boa tarde".

[55] Do francês, "Estou com sede, vejo você mais tarde".

— Em férias?

— Não. Nessa escola de moças. Uma formação de dois anos.

Ela espichou o pescoço para ver e escutar o rabino no palco. Ele devia estar falando coisas engraçadas em hebraico porque a assistência riu várias vezes. Ele viera de Israel e estava associado à escola temporariamente. Para que os dirigentes religiosos não pegassem muito gosto pela atmosfera liberal de Antuérpia, em dois anos achava-se um substituto. Antigamente, esse também foi o caso dos professores que ministravam cursos sobre o Islã em Meulenberg. Soube por Elzira que um rabino podia ser mais rigoroso do que outro. Um dia, ela me falou de um rabino inflexível que se revoltou contra os trajes de várias mães na porta da escola. Até entre as mulheres ortodoxas modernas havia mães que achavam ter o direito de usar uma calça larga. Quando o rabino repreendeu o seu estilo moderninho, elas terminaram acatando-o, apesar dos protestos iniciais. No dia seguinte, elas foram esperar diante do portão vestindo saias curtas acima dos joelhos.

— Elzira Schneider no instituto de moças? — perguntei.

Eu não podia acreditar.

A mulher confirmou.

— Ela quer estudar para ser professora — eu disse, informação que ela me confiara. — Prestará para biologia. Em Antuérpia.

A mulher não me olhava mais. Ela aplaudia. Todo mundo aplaudia. As meninas foram chamadas uma após a outra ao palco para receber o diploma. Quando chegou a vez de Elzira, tive por ela um sentimento de orgulho e também aplaudi. Ela segurava o boletim aberto diante de si. Não era mais a garotinha que estava ali, em pé, mas uma jovem mulher de atitude, que não tremia mais.

Eu precisava com toda a urgência falar com o casal Schneider.

Capítulo 44

O corre que a mulher que encontrei na festa da graduação estava errada: Elzira foi estudar em Israel, e não em Newcastle ou em Londres, ainda que os Schneider quase a tenham inscrito numa seleta escola superior para meninas judias de Stamford Hill. Mas "excessivamente religiosa e iídiche para nós". Elzira ia para o instituto de meninas ortodoxas em Israel, uma escola onde não somente se ministrava um ensino geral, mas também o papel delas no judaísmo. "De mais a mais, essa escola é sensivelmente mais em conta do que a do Reino Unido", acrescentou num tom entusiasta o senhor Schneider, que, depois de anunciar a notícia, emendou com uma piada sobre o leão de chácara que segura a porta para um cliente ortodoxo que saía do hotel arrumadinho, com os cabelos molhados: "O senhor veio levar uma ducha?", perguntou o porteiro para cumprimentá-lo. "Não, por quê?", perguntou o judeu. "Desapareceu alguma?".

Algumas semanas antes da partida de Elzira, fui me despedir.

— Monsieur está com Opris — disse Elzira.

Estávamos sentadas no seu quarto, que parecia ainda mais arrumado do que normalmente. A mesa estava quase vazia.

— Monsieur ficará em definitivo na casa de Opris com a filha dela.

Ela segurava na mão um lenço e no outro uma pequena bola azul-escura que rangia quando a gente apertava. O brinquedo favorito do seu cachorrinho. O pai o havia transformado num porta-chave.

— Papai e mamãe não podem ficar com Monsieur. Ficarei fora ao menos dois anos. E Sara não tem tempo para cuidar dele. Monsieur será feliz na casa de Opris e da filha Leila, *n'est-ce pas?*

— Claro, Elzira. Opris e Leila são muito amáveis com Monsieur. Elas conhecem o jeitinho dele, sabem do que ele gosta, onde prefere passear, com que cachorros gosta de brincar. Ele logo se sentirá em casa, mesmo sentindo uma falta tremenda de você, isso é certo!

Enquanto a confortava, as pontadas no coração não davam trégua. Era uma pena que Monsieur tivesse de se privar de sua pequena dona e vice-versa. Os pais Schneider não haviam se ligado suficientemente ao animal para cercá-lo com seu amor até a volta de Elzira. Como se dizia mesmo "cachorro" em hebraico? Sim, eu tinha consciência de que os Schneider não eram o tipo de casal de sair com cachorro várias vezes ao dia. Mas daí a não se sentirem obrigados, em relação à filha, a cuidar do animal, escapava à minha capacidade de compreensão. Com a cooperação de Opris e da filha, isso teria sido possível, apesar de tudo. E depois, havia o jardim. E havia Sara.

Mas eis o que me apertava o coração acima de tudo: ninguém na família, nem sequer Elzira, pensara em mim quando procuraram uma casa nova para o bassê, quando eu conhecia Monsieur e ele me conhecia desde pequenininho. Quantas horas não tínhamos passado juntos passeando? Três por semana? Durante cinco anos consecutivos! Cento e cinquenta vezes cinco!

Eu sonhara com uma forma de guarda compartilhada: Monsieur continuava sendo o cachorro dos Schneider, mas ele moraria a metade da semana comigo e Nima, até que Elzira voltasse para Antuérpia depois da etapa em Israel. Quando abordei o assunto com Nima, ele respondeu num tom firme: "Poderíamos trazer Monsieur para cá". De certa maneira, havíamos nos preparado para uma companhia de quatro patas.

Presenteei Elzira com um livro: *La Cuisine Juive à Travers le Monde*, de uma tal Sylvie Jouffa. Eu o descobrira na livraria De Slegte, um sebo conhecido pelos bons livros, enrolado num avental preto sobre o qual se lia *I love Antwerp*. Não sem antes copiar algumas receitas. *Latkes*[56]. *Levivót*. Crepes de amêndoas. Carpa recheada com cuscuz. *Tchakatchouka*[57]. Sofrito de frango.

A vida com Nima me fizera compreender a importância da cozinha para qualquer pessoa obrigada ou não a viver longos intervalos fora de seu país. Ela servia de antídoto para a nostalgia. Diante de uma mesa cheia de odores e sabores do passado, o presente ganhava cores quentes.

— Você vai me visitar, não é? — perguntou Elzira cheia de esperança. — Nós poderemos *se* ver lá?

Ela fez em holandês uma tradução desajeitada do francês, entregando um "se" para indicar a reciprocidade na terceira pessoa. Eu a corrigi:

— Sim, poderemos *nos* ver, Elzira.

— Você vai até Jerusalém?

---

[56]   Panquecas de batata ralada, tradicionalmente servidas na festa judaica de Chanucá.

[57]   Prato que consiste basicamente de ovos ao molho de tomates e pimentões frescos.

— Talvez, mas nesse período, com certeza, você virá muitas vezes à Bélgica. Para as festas, por exemplo. Você vai me informar, não é? Assim, poderemos nos encontrar.

Ela franziu a testa nua: prendera o cabelo num rabo de cavalo bem atado com uma presilha sobre a qual estava fixado um nó de veludo azul.

— Você acha que vou me virar bem? Que vou conseguir? Quero dizer, ser capaz de morar com as moças? De cozinhar com as outras meninas? De estudar em Israel? De ficar longe da minha família?

Foi somente naquela hora que, até então preocupada com a confiança que Elzira conquistara, me dei conta de seu nervosismo, de sua falta de segurança e daquela atitude quase imperceptível de autopiedade, patente na decisão dos pais de colocar o destino de Monsieur nas mãos de Opris.

— E se nós escrevêssemos uma para a outra? — propus.

Ela tirou de baixo do travesseiro, com aquele doce sorriso que tanta falta me faria, um pequeno presente. Papel e envelopes bem leves. *Par avion.*

Segunda Parte

1994-2000

Capítulo 1

Depois de uma longa viagem a Cuba, Nima e eu decidimos que cada um seguiria o próprio caminho. Nem Cuba nem Castro – nem a decepção com relação aos dois – tiveram papel algum nessa decisão. Tampouco o fato de Nima ter sido levado para um interrogatório de muitas horas pelos guardas alfandegários belgas sem que eu tivesse a mínima noção do que acontecera, depois da chegada em Zaventem, vindos de Havana. Não se podia esperar outra coisa quando um refugiado político iraniano enganava nossos serviços de segurança nacionais se recusando a colaborar com eles, ainda que esse mesmo refugiado se permitisse viajar à única ilha comunista do mundo.

Apesar de várias tentativas obstinadas de reanimação, nada mais condimentava nossa vida de casal, ao cabo de sete anos. Nima, que trocou Antuérpia por Bruxelas, me propôs que continuasse no nosso apartamento. Pareceu-me que era melhor deixar o imóvel onde as lembranças rangiam tão forte quanto o piso.

Achei, bem ao lado da nossa antiga moradia, um pequeno apartamento muito simpático, inundado de luz, de pé direito alto e até com uma minúscula vista do Escaut do telhado cujo acesso o proprietário bloqueara. Quando um grande navio porta-contêineres passava, podia-se ver, com um pouco de sorte, o alto do guindaste. Os sinais sonoros curtos e longos emitidos pelos navios evocavam cantos lânguidos.

Assinei o contrato de locação sabendo que não podia desembolsar o valor da caução. Nima e eu havíamos gastado em Cuba o último centavo das economias que conseguíramos constituir. Numa certa medida, cobríramos o déficit no retorno porque vendemos a um restaurante de renome nada menos que uns 30 charutos Cohiba, vindos diretamente de uma tabacaria cubana. Com o montante obtido, havia um motivo para me sentir nas nuvens. Minha precária situação financeira não me inquietava. Contrariamente a mim, as pessoas que me cercavam nunca precisaram contar centavos; eu não teria nenhum problema em pedir um empréstimo a algum membro de minha família.

Quando o momento da separação chegou, logo fiquei saturada de escutar todos os pontos de vista bem-intencionados, tais como "vocês formavam um casal tão bonito". Ou ainda "era o esperado, quando há duas religiões na mesma cama, o diabo se coloca entre elas". Com todas as variantes intermediárias, naquele oceano de opiniões, uma terceira religião também teve seu papel: Hollywood.

Nunca sem minha filha, um filme ultra-americano que transmitia uma percepção caricatural da cultura iraniana, fazia grande sucesso. O filme tratava de uma americana, do marido iraniano e da filha deles. De um sonho que se torna para a mulher e para a criança um pesadelo povoado por aiatolás. Todo mundo viu o filme. Quase ninguém colocava em questão o abuso dos preconceitos e estereótipos. No nosso círculo, nossa separação provocou certo alívio. Eu ouvia pessoas que pensavam: "Nima parece muito simpático e aberto, mas na realidade não é". Alguém me disse: "No final das contas, com os iranianos a gente não sabe nunca o que esperar".

Mazal Tov

Dois anos depois de ter saído da casa dos Schneider, telefonei para eles. Eram suficientemente distantes de mim para ter um ponto de vista isento e suficientemente próximos para avaliar a situação com lucidez. E: "Se algum dia pudermos ajudá-la, não hesite em nos pedir. Não se esqueça disso". Foi pronunciando essa frase que o senhor Schneider se despediu de mim na noite da comemoração da formatura de Elzira. Suas palavras me tocaram na época pelo conteúdo, mas mais ainda porque não detectei nenhuma ironia. Eu sabia perfeitamente, como ele, que nunca bateria à porta para pedir que me ajudassem. Como poderiam, no mundo deles, me ajudar no meu?

— Você está precisando de quanto? — perguntou-me o senhor Schneider quando lhe expus minha situação na mesa redonda da cozinha, alguns dias depois de nossa conversa telefônica.

Ele agora tinha mais cabelos grisalhos. Seis reproduções de obras conhecidas de Chagall e de Modigliani estavam penduradas na parede. Não estavam ali antes, foram colocadas recentemente e disse a mim mesma que faziam o que as crianças fizeram: preenchiam o cômodo vazio, dando-lhe vida.

— Quinze mil.

— Para quando?

— Para ontem, de preferência — respondi com sinceridade.

— Quando você acha que pode devolver essa soma?

Eu refleti.

— Se eu lhe der mil e quinhentos todos os primeiros dias do mês durante 10 meses consecutivos, o que o senhor acha?

— Ah! — Ele bateu na mesa com a mão. — Então você acha que aqui em casa, você pode fazer empréstimo sem juros! Você não nos conhece mesmo depois desse tempo todo!

Na sequência, uma grande gargalhada me deixou sem jeito. Pouco mais tarde, ele me deu um pequeno envelope. Um tipo de envelope que eu já vira naquela casa. Depois do acidente do carro com Jacob, vi esses envelopes pela primeira vez, sem camuflagem. Opris recebia um. Eu mesma recebera certo número deles durante meus seis anos nos Schneider: no final de cada ano letivo, quando Elzira passou de ano pela primeira vez sem nenhum problema em ir à escola de bicicleta; quando eu a ajudei a atravessar os dias difíceis e assim eu poderia citar ao menos 15 outros exemplos.

— Será que o senhor poderia recomendar os meus serviços a uma família amiga? — perguntei ao senhor Schneider antes de voltar para casa. — Agora que moro de novo sozinha, todas as receitas suplementares são bem-vindas e gostaria de voltar a dar aula para crianças; sei um pouco como fazer, depois de minha experiência nesta casa — eu disse, sorrindo.

Ele concordou fazendo um meneio de cabeça. Eu ignorava se ele escutou ou sentiu, para além do meu sorriso, a esperança impaciente que minha pergunta reverberara. Tive vergonha daquele eco.

Eu, que, no entanto, terminara meus estudos havia vários anos, ainda passava regularmente no *hall* da Escola Superior de Tradutores e Intérpretes para consultar, no cantinho do fundo à esquerda, as ofertas de empregos para estudantes no painel de avisos.

Mazal Tov

Houve uma ocasião em que um certo senhor Schwarz procurava uma pessoa confiável e experiente para dar aulas particulares a seu filho em domicílio. Fiz contato. O senhor Schwarz era um judeu divorciado com filho único, Benjamin. É raro um divórcio na comunidade ortodoxa; a família Schwarz era uma exceção à regra. Benjamin vivia com o pai. A mãe se mudara para Israel. Benjamin tinha 15 anos e se revelou um garoto gentil e engraçado, com cachinhos castanhos claros e olhos verdes que não ousavam me olhar diretamente, mas que me vigiavam de modo constante e discreto. Era um ortodoxo moderno, como os Schneider, mas um pouco mais próximo do judaísmo liberal. Ele e o pai moravam na periferia do bairro judaico; mais entre não-judeus do que entre judeus. No entanto, Benjamin frequentava uma escola religiosa.

Benjamin e eu fizemos o possível. Infelizmente não conseguimos estabelecer a mínima conexão entre nós. Eu não conseguia me apegar a ele, nem ele a mim, e, como o pai nunca estava em casa, eu também me encontrava num vazio ali, e o rapaz ainda mais. Ao final de três semanas, abandonei aquele trabalho, não sem certa amargura.

Com as crianças de uma comunidade da periferia de Antuérpia, fiz uma tentativa similar. Depois de duas visitas, me pareceu claro que essa missão me entediava e me tomava muito tempo, ainda mais do que o trajeto de ônibus para ir até eles; logo decidi encerrar aquela experiência sem a menor amargura dessa vez. Ajudei durante um período curto uma menina que morava perto de casa, filha única e irrecuperável de tão mimada. Eu já não podia mais suportá-la depois de três aulas particulares.

— Sinto falta de Jacob e Elzira — confessei ao senhor Schneider.

Ele concordou.

— Claro que eles fazem falta a você — disse ele. — A nós eles fazem falta ainda mais.

Ele me observou. Devolvi o olhar. Tive, de repente, consciência de estar pisando em terreno familiar. Eu estava ali, mas não da forma habitual. Às vezes, é preciso se distanciar para enxergar melhor. Eu não trabalhara naquela casa. Ali, eu passara um tempo da minha vida, vivera numa nova família.

Que se registre: o reembolso do empréstimo aconteceu de acordo com o planejado. Enfim, não totalmente, porque o senhor Schneider não cobrou juros. No seu velho Volvo, ele me trouxe de quebra alguns móveis dos quais ele e a mulher não tinham mais necessidade. "Agora que as crianças foram embora, estamos abrindo um pouco de espaço."

Meu pedido para ser apresentada a outra família para ajudar nos deveres não teve sequência: não se transferem crianças tão facilmente quanto centavos.

Capítulo 2

la me escreveu. Umas 30 frases em folhas finas de papel de linho. Sobre o clima, a poeira de Jerusalém, a cidade encharcada de suor e de turistas; o verão por lá, a temperatura chegando facilmente a 35 graus e, às vezes, o calor era especialmente escaldante diante do Muro das Lamentações porque as pedras que restaram do templo eram brancas e podiam se tornar tão ofuscantes no sol a ponto de doerem os olhos. Contava sobre os transportes públicos que ela descobriu e nos quais se sentia em segurança, o que não era o caso dos transportes belgas; às vezes, as pessoas levavam até máquinas de lavar no ônibus: *incroyable mais vrai*[58], eu precisava ver a vida em Jerusalém um dia, eu não acreditaria nos meus olhos! Testou, com as colegas do *campus*, várias receitas do livro de cozinha: uma delícia! Esperava que um dia, quando formasse a própria família, eu fosse comer na casa dela. Esteve no litoral norte, em Haifa, onde colheu laranjas do pé e viu no caminho tâmaras pendendo em cachos.

Descreveu suas novas amigas; vinham dos quatro cantos do mundo, entendiam-se independentemente de seus lugares de origem e, coisa formidável e nova para ela, conheceu moças que não sabiam nada a respeito dela nem da Lady Dyspraxia.

Informou sobre a escola: as aulas eram essencialmente em hebraico moderno e em inglês. Sobre Israel, onde ela poderia

---

[58] Do francês, "incrível, mas é verdade".

viver toda a sua vida, nunca se sentira tão feliz, nem sequer imaginava que fosse possível ser tão feliz, todo mundo era feliz por lá, sim, pode-se encontrar muita coisa para dizer sobre o país, em especial com relação ao trânsito e à poeira, mas era justamente isso o que havia de bonito: todo mundo dava o melhor de si para melhorar o país e era a primeira vez que ela se deixava levar por esse tipo de dinâmica. Estas foram as palavras que usou: "E eu te digo, *Mazal Tov, j'espère que tu vas aussi bien que moi!*"[59]. Ela aludiu até a uma otite recorrente, sem dúvida provocada pelos seus contatos estreitos com as outras moças. Em Antuérpia, não viviam assim tão próximas umas das outras.

Às vezes, rabiscava embaixo da carta um pequeno poema engraçado de sua autoria. Descobriu rimas das quais abusava. "PS: *Tu me manques, pétanque*". Passava do "tu" ao "você" como quem troca de meia.

Eu também escrevia. Usava finas folhas amassadas de papel azul celeste para envio aéreo. Sobre a política na Bélgica. Sobre meu trabalho, os livros que lia e que recomendava a ela, mesmo que eu duvidasse que ela os lesse um dia.

Nós duas sabíamos que protegíamos nossa amizade evitando abordar certos assuntos. Não sei se esse exercício de equilibrismo era tão difícil para ela quanto para mim. Eu me debatia às vezes com a elasticidade associada à noção de "tato". Será que era hipocrisia ou uma prova de tato não dizer a Elzira que, em sua ode a Israel, ela desconsiderava o povo palestino? Ela encontrou a felicidade em Jerusalém. Será que poderia dividi-la com uma palestina da mesma idade? Por que eu não ousava lhe dizer o quanto achava exasperante não poder nunca convidá-

---

[59] Do francês, "espero que você esteja tão bem quanto eu!".

-la para minha casa por causa das regras alimentares? Se ela se comprazia com a ideia de cozinhar para mim, por que deveria eu ser privada do mesmo prazer de acolhê-la calorosamente? Será que o acolhimento não deveria vir também da pessoa convidada? Ou seria justamente essa a finalidade do *cashrut* [60]: o reforço de uma identidade própria cuja norma era excluir o outro? Por que não pedi a Elzira para pensar seriamente a respeito?

Eu lhe escrevia sobre a avó de Nima que morava perto dele em Teerã. Quando o pequeno Nima ou a irmã tinham essa otite, ela acendia seu cachimbo de ópio e soprava-lhes o vapor no canal auditivo. Isso fazia bem às crianças. Elas gostavam muito. Nima falou com saudades dos cuidados da avó. Eu tinha certeza de que a senhora Pappenheim também mantinha um estoque de soluções domésticas para remediar certos males. Aliás, por que Elzira não ia bater à porta do seu irmão Simon quando o ouvido a incomodava? Ele sabia tudo de nariz, de garganta e de ouvidos. Era sua especialidade.

Escrevi sobre mim, minhas dúvidas e minhas ambições, sobre o combate entre o sonho e a ação. Fiz referência até à mentira que me parecia inerente à idade adulta: na aparência, mostrávamos certa maturidade; mas, no fundo, não sabíamos como abordar a vida de forma adequada, não tínhamos nem sequer uma ideia do que significava ou podia significar "a maneira correta", entrevíamos tantas possibilidades e configurações e, ao mesmo tempo, éramos prisioneiros de nossa própria conformação preestabelecida.

Eu era mais aberta no papel do que na vida real. Escrever incita à reflexão – tudo o que dizemos é sobre nós mesmos,

---

[60] O mesmo que *kasher*.

mas também sempre podemos jogar fora o que escrevemos. A correspondência com Elzira me ajudava, sem que isso fosse planejado ou desejado, a esclarecer o que eu já sabia sobre mim e que passara despercebido. Numa de minhas cartas, confiei a ela que eu gostaria de escrever todo tipo de coisa: "Porque quando construo frases, é aí que me sinto mais livre".

A resposta dela: "Você sempre me disse que eu deveria acreditar em mim. Por que você não crê em si mesma?".

Capítulo 3

Did you pack those bags yourself? Has anyone asked you to take anything onto the aircraft for them?[61] O que você vai fazer em Israel? Quem fez as reservas para sua viagem? Onde você vai se hospedar? Por quanto tempo? O que está levando na bagagem de mão?

No balcão de despacho da El Al, em Zaventem, respondi a todas essas e às demais perguntas dos serviços de segurança. Estava indo para Israel a convite dos Schneider para ver três de seus quatro filhos que moravam, trabalhavam e estudavam no país. Elzira me incentivara a fazer aquela viagem. Também veria Jacob. E poderia ficar alguns dias com Simon. Ele morava perto de Tel Aviv. E Tel Aviv era, segundo o senhor Schneider, um excelente ponto de partida para ir a Jerusalém, onde Elzira estudava. Segundo ele, o trajeto de carro para a Cidade Santa durava menos de uma hora. Em 24 horas, por ali passavam mais carros do que todas as estrelas que havia no céu, e, quando eu visse as estrelas sobre a Terra Prometida, compreenderia, afinal, o que ele queria dizer.

Elzira tinha prolongado sua estada em Israel em um ano. Meu último dia na casa dos Schneider em Antuérpia remontava a mais ou menos três anos. Desde minha visita para pedir um empréstimo, eu não fora mais ao bairro judaico. Nem sequer a

---

[61] Do inglês, "Você mesma fez suas malas? Alguém lhe pediu que trouxesse algum objeto no avião?".

J. S. Margot

uma loja judaica. Até mesmo diante da confeitaria Kleinblatt, cujas vitrines ostentavam tentações em forma de doces, eu passava de bicicleta sem me deter. Como havia agora no meu próprio bairro um pequeno e concorrido restaurante de falafel, não era mais necessário ir até a rua Lange Leem para comer meu pratinho favorito.

Aparentemente, muitos judeus hassídicos tomariam o avião para Tel Aviv e rabinos e suas esposas viajavam certamente com eles, a deduzir pela admiração extasiada com que os cercava um grupo de fiéis. Tanto no balcão de despacho como na porta de embarque, eu me encontrava num mar em preto e branco[62]. Homens barbudos falavam todos ao mesmo tempo, gritavam em enormes telefones, liam seu livro de preces e movimentavam-se para frente e para trás. As mães, com os cabelos enrolados num lenço, puxavam para perto de si as crianças e os carrinhos de bebê e, com barrigas de grávida, prole numerosa e demais parafernálias, obstruíam totalmente a passagem, sem se darem conta do transtorno que causavam. Cada vez que alguém não-judeu pedia apressado que liberassem a passagem, elas olhavam para ele como se o próprio, e não elas, estivesse incorrendo em comportamento antissocial. O que aumentava a afobação de quem só queria passar. Meninos de cachinhos brincavam de correr, e havia entre eles alguns com um ar impertinente. Garrafas plásticas de água e invólucros vazios de bolos se espalhavam pelo chão.

Fui, então, tomada pelos mesmos pensamentos que tive nos meus primeiros dias na casa dos Schneider: que espetáculo surrealista, e desagradável também, era ver essa indiferença das mães ortodoxas às regras de convívio de um aeroporto. Será que

---

[62] Em alusão às cores das vestimentas dos hassidim.

MAZAL TOV

elas não percebiam que aquela muvuca só reforçava o estereótipo a que as pessoas maledicentes reduziam seu povo? Como podiam ajudar com tanta obstinação a construir uma imagem tão deturpada e pouco honrosa de si mesmos?

A presença barulhenta e exibicionista deles me irritou. Será que eu estava tendo sentimentos negativos em relação aos judeus? Não. Será que eu tinha naquele momento sentimentos positivos em relação àqueles hassidim? Tampouco. Eu queria simplesmente que o mundo não complicasse tanto as regras da vida!

Meus pensamentos se deslocaram para os dois amigos homossexuais que me acompanharam ao aeroporto e iriam me buscar em dez dias, no regresso. Desde o dia em que Thomas fizera seu *coming out*[63], o pai rompeu com o filho. No caminho para Zaventem, Thomas contou que os pais, depois de 30 anos de casamento, divorciaram-se. A mãe decidiu pelo fim depois de descobrir que o marido, pai de Thomas, levava uma vida dupla havia décadas. Ele se sentia atraído por homens. "Aparentemente, a especialidade do velho era sexo nos estacionamentos públicos", disse ele com humor.

Era nisso que pensava, cercada de hassídicos, quando escutei pelo alto-falante o anúncio de que nosso voo teria mais de duas horas de atraso. O pai de Thomas passou a detestar o filho por este trazer em si uma coisa que ele também tinha, mas cuja existência nunca pôde ou quis assumir abertamente. Talvez houvesse um laço a nos unir, ele a mim. Talvez eu invejasse a coragem desses hassídicos mais do que queria admitir. Talvez

---

[63] Do inglês, "sair do armário".

J. S. Margot

eu tivesse ciúmes da audácia deles de se comportarem simplesmente como lhes parecia adequado.

Dentro do avião, em nada arrefeceu a agitação dos religiosos desde o portão de embarque. A todo momento, havia troca de lugares. Os homens passavam por cima das pernas uns dos outros e as mulheres se aninhavam umas nas outras. Discussões eclodiam entre hassídicos e judeus menos devotos sobre a utilização dos compartimentos de bagagem na cabine. Os hassídicos afastavam maletas, bolsas e capotes. Sem qualquer cerimonia, usavam os compartimentos alheios, sorridentes nas suas barbas fartas, sem nem sequer pedir autorização aos proprietários. Chamavam a comissária e colocavam nas mãos dela as bagagens que não lhes convinham: "Assim a gente pode guardar direito nossos chapéus". Eles cuidavam dos chapéus como se fossem elaborados bolos de chantili. Meninos agitados de todas as idades bloqueavam o corredor. "Eles acham que estão na Faixa de Gaza", teria dito Nima se estivesse comigo, mas não estava. Não pude evitar a exasperação à ideia de que não teria sido fácil ele conseguir um visto para Israel, supondo que obtivesse autorização para viajar. Israel era Israel. Assim como o Irã era o Irã: os israelenses judeus jamais poderiam entrar no Irã. Ou me equivoco?

Eu estava sentada na janela, ao lado de uma ortodoxa de expressão cativante, mas desconfiada, de mãos brancas como leite. Ainda fiz algumas tentativas de puxar conversa, mas ela não parecia a fim de papo, e isso me convinha porque, assim, eu poderia tentar me concentrar nos guias que pegara emprestados da biblioteca municipal. Mas não consegui. As campainhas de chamada do pessoal de bordo tocavam a todo instante. Eu não podia ler três frases sem que um comissário ou uma aeromoça

MAZAL TOV

fossem solicitados por um religioso. Droga, eles acreditavam mesmo ser uma divindade, foi o pensamento que me atravessou o espírito.

Minha vizinha me confidenciou, apesar do mutismo, que *El Al* não significava apenas *Every Landing Always Late*, mas também, em hebraico, "para o alto". E que eu deveria terminantemente ir a Eilat: "— É o lugar de mergulho mais belo do mundo".

Capítulo 4

O senhor Schneider me prevenira: a partir do momento que meus pés tocassem o solo de Israel, no aeroporto Ben Gurion, eu não seria mais a mesma. Quando ele o afirmou, queria dizer outra coisa diferente do que eu experimentaria.

Ele falava da imensa alegria e do orgulho incontido que sentem os judeus quando pisam naquele jovem país. Aludia às emoções profundamente enraizadas que os invadiam, a eles e aos seus, quando voltam para "casa", verdadeiramente para casa, para as raízes da árvore de sua história, para a fonte. Ele se referia ao significado da Terra Santa; o país onde é autorizado e possível para os judeus serem *just Jewish*[64]; Israel, o pequeno curativo aplicado às numerosas chagas de seu povo; Israel, a resposta veemente a uma história cheia de perseguição e de isolamento; Israel, refúgio de uma história sem pátria.

O senhor Schneider, que manifestava um firme patriotismo em relação à Bélgica, a ponto de exibir na parede do escritório um retrato oficial do casal real ultracatólico, considerava Israel uma pátria de outra ordem. Israel era ao mesmo tempo sua pátria e sua "mátria". Ele voltava lá como se estivesse com a sensação de alguém que volta para casa. *Medinat Israel*[65]: o único país do mundo onde os taxistas falam hebraico. Se esse fato

---

[64]   Do inglês, "simplesmente judeus".

[65]   Do hebraico, "Estado de Israel", termo que se distingue de *Eretz Yisrael*, "Terra de Israel".

sozinho não fosse suficiente para passar um pleno sentimento de estar casa, então realmente alguma coisa estava errada!

Conheci um desses motoristas de táxi. Ele foi correndo em minha direção quando, encurvada sob meu mochilão, eu varria o terminal com o olhar. Eu deveria passar três noites das nove na casa de Simon. No resto do tempo, incluída minha primeira noite em Tel Aviv, eu deveria me virar.

Pretendia, logo na chegada ao Ben Gurion, me dirigir ao Departamento de Turismo. Mas não havia ninguém lá. E, do lado de fora, a noite já se anunciava. Não conhecia a cidade; não podia ver nem em que direção ir nem onde me encontrava, sem contar que estava cansada, apesar do meu entusiasmo. E ainda queria comer um bom *homus*. Em suma, fazia dez horas, incluindo o trajeto de carro até Zaventem, que eu estava na estrada.

Não me preocupei em dispensá-lo quando o homem gritou "táxi, táxi!". Ele se dirigiu a mim em hebraico, num tom firme, mas amável; antes mesmo de decifrar minha atitude de arquear as sobrancelhas, já passou ao inglês: qual era o meu destino, será que podia me levar, eu já sabia onde ia passar a noite? Caso contrário, podia me ajudar; ele sabia o que jovens como eu buscavam, todo dia os deixava em hotéis limpos e simples da cidade.

— O senhor pode me deixar em frente a um albergue da juventude? — perguntei porque, mesmo me aproximando dos 30 anos, recomecei, depois que fiquei solteira novamente, a me comportar, por mero instinto de sobrevivência, como uma pessoa mais jovem.

— Muito melhor do que um albergue da juventude — disse ele.

Mal tive tempo de balançar a cabeça, dando meu acordo prudente, e ele já estava carregando o meu mochilão.

— Pelo mesmo preço de um albergue da juventude?

— *Of course!* Você está levando dinheiro?

— Prefiro um hotel à beira do mar — indiquei.

Eu tateei o envelope com os *shekels*[66] que recebera dos Schneider, guardado num compartimento da bolsa de mão.

— *No problem. Welcome to Israel!*

Viajei o bastante para saber que acreditar piamente em motoristas de táxi custa caro. Mas, diante das circunstâncias, raciocinei da seguinte forma: vamos lá! O que é que pode acontecer de mau agora, afora uma viagem de táxi a custo exorbitante? Se o hotel não me agradar, pedirei para me levar para outro, passaremos diante de outros estabelecimentos pelo caminho; é tarde, ainda quero comer alguma coisa, amanhã é outro dia.

O calor que se abateu sobre mim uma vez transpostas as portas automáticas do Ben Gurion pareceu mais pesado do que eu esperava. "Deus é uma mulher e ela precisa secar os longos cabelos", dizia Nima, imerso no calor úmido de Cuba.

O motorista era um homem grande, com um narigão, brilhantina na cabeleira abundante e uma pilosidade frondosa. Não usava *kipá*, dirigia um táxi oficial – com ar-condicionado – e acionou corretamente o taxímetro. Esse gesto, sobretudo, me tranquilizou. Já o mesmo eu não poderia dizer sobre a forma de dirigir: era um verdadeiro barbeiro. As arrancadas bruscas, as derrapadas da frenagem até fizeram surgir na minha memória

---

[66] Moeda israelense.

MAZAL TOV

os carrinhos de batida das quermesses de minha infância. E, no entanto, ele parecia saber o que estava fazendo.

A julgar pelos painéis de sinalização, pelo tráfego crescente das ruas e calçadas iluminadas de neon, nós nos aproximávamos do centro. Curiosamente, eu quase não via judeus como via em Antuérpia. Só vi um homem usando *kipá*; em nenhum lugar vi chapéus, barbas, casacos longos. Notava, sim, um número cada vez maior de shorts e de jeans. As mulheres estavam vestidas como na Bélgica: saias curtas, saltinhos, arrojadas, antenadas na moda, cheias de certeza. Para onde foram os hassidim que eu vira no aeroporto?

Fiquei quase decepcionada com aquela visão moderna. Não tive tempo para isso, no entanto, porque o corretor automático no meu espírito começou a funcionar: o que deveria me decepcionar era não encontrar nas ruas nenhum muçulmano. Onde eles estavam?

A praia estava adornada de prédios altos e feios que sediavam os hotéis. Certos imóveis davam para o mar imponente, mas muitos pareciam mal conservados, com as paredes rachadas, as fachadas cobertas por um emaranhado de fios e cabos, as sacadas caiadas e atapetadas de limo amarelo e marrom da chuva.

O Malecón de Havana era 100 vezes mais bonito. Será que Elzira apreciava aquele espetáculo?

Aparentemente as lojas estavam abertas. O barulho proveniente dos balcões lotados penetrava o táxi. "The city that never sleeps!"[67], gritou o chofer se virando para mim. É o que dizem todos os motoristas de táxi em todas as metrópoles, pensei, mas

---

[67] Do inglês, "A cidade que nunca dorme!".

277

concordei, continuando a olhar para fora para mostrar que eu não fazia questão de conversar, especialmente uma conversa em que precisava gritar para me fazer ouvir. Depois de um som agradável e sentimental, ele mudara para uma rádio tocando música Klezmer[68] em volume máximo.

Diante de vários bares e restaurantes, as pessoas faziam fila de copo na mão, esperando que uma mesa ficasse livre. Sem nunca ter colocado os pés no centro, eu já sentia a energia positiva, contagiante, da cidade. A visão dos jovens militares – homens e mulheres armados de uma M-16 – moderou de alguma maneira meu entusiasmo, mesmo que eles me parecessem de bom humor. "Será que Israel era um grande *eruv*?", perguntei-me sentada no banco traseiro. O país inteiro estaria delimitado por aquela cerca simbólica que tornava o *Shabat* mais suportável? Aliás, será que um militar podia portar uma arma durante o *Shabat*? Utilizá-la?

O motorista entrou bruscamente numa rua transversal, depois em outra e ainda em mais uma. As vias encolhiam, mas continuavam bastante animadas. No momento em que ia tocar-lhe o ombro para perguntar por que nos distanciávamos da avenida da praia, ele estacou diante de uma casa, ao lado de uma loja de móveis mal conservada, iluminada por uma luz fria, da qual não somente a vitrine não era renovada havia décadas, mas cujo mobiliário datava da época do dilúvio.

— *One moment* — ele disse.

Ele pulou para fora do carro, abriu a porta da garagem da casa, acendeu a luz interior, tirou meu mochilão do porta-malas e abriu o portão: "Venha comigo".

---

[68] Gênero de música judaica não litúrgica.

Espantada, saí com minha bolsa apertada sob o braço.

— Eis seu hotel — continuou ele, indicando o portão aberto. — Você pode passar a noite aqui por 50 *shekels.*

Foi só naquela hora que percebi o que ele me mostrava. Sobre o chão de concreto da garagem jazia um colchão cuidadosamente coberto de roupa de cama e, num canto, reinava uma cabine de chuveiro pré-fabricada.

— Eu moro em cima. Você não achará lugar mais barato nem mais seguro. Tem muitos turistas mochileiros que passam a noite aqui. Eles dormem muito bem.

Sem hesitação, pedi que ele me levasse de volta para a avenida costeira. Havíamos passado, a caminho daquele lugar duvidoso, diante de um Mercure. Trabalhei um tempo como intérprete interina no grupo hoteleiro Accor. Mercure era uma das cadeias Accor, que também tinha sob sua bandeira o Íbis e o Sofitel. Todos os colaboradores e empregados sob contrato permanente com o Accor podiam mostrar um documento e beneficiar-se de descontos importantes nos hotéis do grupo. Eu não tinha a tal carteira de redução, só trabalhara como funcionária temporária, mas à recepção do hotel contei outra história. Disse ao recepcionista que eu dirigia o escritório do grupo em Bruxelas, mas que perdera meu cartão:

— Devem tê-lo roubado no caminho para cá porque eu o trouxe comigo quando saí, não sei como isso aconteceu, não tenho a menor ideia de onde me "limparam os bolsos", espero só ter perdido isso. Saberei daqui a pouco, primeiro queria resolver a questão de hospedagem.

Citei todos os nomes, os contatos de que me lembrava e, quando percebi que impressionei o recepcionista, entrei no clima e recomendei que telefonasse para aquelas pessoas – para os homens, especialmente – no dia seguinte; eles certamente gostariam de saber como o recepcionista me tratara. Acrescentei que pediria ao meu empregador que mandasse por fax uma cópia do cartão de desconto. Deixei o recepcionista fotocopiar não somente meu passaporte, mas também minha carteira de identidade.

Por um valor ligeiramente superior ao que me pediu o motorista de táxi para a garagem, obtive um quarto luxuoso com café da manhã incluído.

Finalmente, quando meus pés pisaram no solo de Israel, tive a impressão de que me tornara outra pessoa. Com absoluta certeza, pois até ali eu ignorava ser dona de tanta *chutzpah*. Audácia, em hebraico.

Capítulo 5

Peguei o ônibus para Bnei Brak, onde Simon morava com a mulher. Agora, o primogênito dos Schneider era não somente médico especialista em nariz, garganta e ouvido, mas também o marido da jovem Abigail. O casal se mudaria no fim do ano para os Países Baixos, onde Simon exerceria a profissão num hospital. De momento, ele ainda trabalhava em uma clínica de Tel Aviv.

Mostrei ao motorista do ônibus o endereço que a senhora Schneider escrevera num pedacinho de papel. Será que ele podia me indicar o lugar onde descer?

O homem, que chupava uma laranja ao volante, me observou da cabeça aos pés e concordou. Quando, para simplificar a comunicação, eu quis me sentar na cadeira atrás dele, ele sacudiu a cabeça me fazendo sinal para sentar no fundo do ônibus.

Foi só quando me instalei na última fila que notei – e foi preciso certo tempo antes que me impregnasse dessa realidade – que todos os homens estavam sentados na parte dianteira do ônibus e todas as mulheres na parte de trás. Nas paradas, as mulheres subiam e desciam pela porta de trás; os homens usavam a porta dianteira.

Os passageiros representavam, tanto quanto pude perceber, todo o leque do judaísmo, dos seculares aos ultraortodoxos. Estes últimos eram majoritários, a julgar pelos cachinhos laterais e pelos *tsitsit*, as perucas e os meiões.

J. S. Margot

Meu humor talvez influenciasse minha intuição, mas acreditei sentir alguma tensão entre aquelas vertentes do judaísmo, como se ao longo do trajeto houvesse um nervo exposto. Estava desconcertada com o fato de que um ônibus pertencente à rede de transporte público parecesse aplicar abertamente esse sistema de segregação. Naquele ano de 1997, acaso o apartheid não já fora abolido havia cinco anos? Como o governo de um país que se pretendia democrático podia não somente tolerar passivamente uma discriminação para com um gênero, e ainda por cima autorizar a medida? Ou será que os transportes públicos naquele país estão a cargo de empresas privadas que não estão obrigadas a respeitar certos direitos humanos elementares?

Eu não pude me impedir de externar minha indignação a Simon quando o saudei à porta de seu apartamento. Ele ficou feliz de me ver, mas foi surpreendido pelo jorro de frustrações que, sem filtrar, despejei sobre ele.

— Esse tipo de ônibus foi instituído, apesar dos vivos protestos dos judeus mais modernos, a pedido da comunidade ultraortodoxa de Bnei Brak. Tem muitos haredim que vivem aqui, é um pequeno grupo dissidente entre os hassidim. Os haredim são tão observantes da doutrina que consideram que se sentar sob uma árvore sem livro religioso na mão é uma desobediência a Ele. Eles só têm uma missão sobre a Terra: rezar e estudar. Não se irrite assim, são poucos os ônibus que aplicam esse sistema. Você também poderia ter tomado outro ônibus, um em que você pudesse se sentar onde quisesse. Você não teve sorte ao ser vítima dessa segregação.

Ele sorriu. Não fui capaz de perceber o que aquele sorriso significava de verdade. Não conhecia Simon tão bem quanto conhecia Jacob.

— Será que eu percebi bem? Você mora num bairro ultraortodoxo?

Ao descer do ônibus, fui diretamente à casa dele.

— Uma cidade. Bnei Brak não é um bairro, mas uma cidade. E você poderá se dar conta do grau de ortodoxia reinante aqui amanhã e depois de amanhã, sexta-feira e sábado. Vamos lá, vou lhe mostrar meu apartamento, mostrar o seu quarto. E apresentar você a Abigail. Ela foi visitar uma amiga que está para dar à luz. Foi apoiá-la nas tarefas domésticas. Estará aqui perto das nove horas. Tome um banho. Isso vai ajudá-la a se refrescar. Relaxe.

Foi só naquele momento que o ritmo de meu coração desacelerou e que me permiti observar tranquilamente Simon. Tínhamos apenas alguns anos de diferença. Era um homem musculoso, sério, cheio de certezas. Tinha o ar mais adulto do que eu. Demonstrava já saber como pretendia viver a vida; frequentemente essa atitude me parecia suspeita e, no entanto, emanava de Simon alguma coisa reconfortante. Os ares de fanfarrão próprios de Jacob e as conversas de surdo que ele se divertia em ter comigo para me irritar eram totalmente estranhos ao irmão. Simon, cujo exterior plácido escondia uma natureza apaixonada, serviu o Exército de Israel. Jacob, o gargantão, jamais se engajaria em algo que representasse risco à própria vida.

Fisicamente, eu me dava conta de que Simon se parecia mais com a mãe do que com o pai. Tinha o refinamento dela, os modos aristocráticos de se mexer e de falar, o olhar curioso, que via sem dúvida tudo e que eu, mais de uma vez, tentara, em vão, sondar. Disse a mim mesma que se ele não se sentisse já tomado pelo instinto de paternidade, isso viria logo. E, contudo, não conseguia vê-lo como um soldado.

O apartamento de Simon e Abigail ficava no térreo de um prédio amarelado de quatro andares no meio de uma ladeira. Era pequeno, bem arrumado, confortável e de teto baixo. O mobiliário parecia ser novo e barato, o que de fato era. Os diferentes móveis não denotavam nenhum estilo em especial.

— Vocês não têm Ikea aqui? — Não pude evitar a pergunta.

— Não, ainda não. E se uma loja dessas abrisse aqui, não a frequentaria. O sueco fundador da Ikea é antissemita — respondeu Simon. — Durante a guerra, ele arrecadou uma bela soma de dinheiro para os fascistas suecos. O fato é que ninguém sabe. A Ikea vende de tudo, menos a verdade sobre seu fundador.

Eu lancei a ele um olhar interrogador.

"Quando o passado durante a guerra veio à luz, esse sueco se desculpou, é verdade, escreveu uma carta a cada membro judeu de seu pessoal. O fascismo dele fora um equívoco da juventude. Isso acontece", disse ele sorrindo. "E antes que você me pergunte, nosso mobiliário está dentro de um contêiner esperando que nos instalemos em Amsterdã. Não fazia nenhum sentido trazer para cá tantas coisas bonitas. Isso só as danificaria."

O único banheiro – com uma ducha, sem banheira – era impecável. A cozinha tinha apenas um balcão de trabalho e um só fogão. Através das portas abertas do quarto, constatei que Simon e Abigail dormiam numa cama de casal ao lado da qual

MAZAL TOV

havia, separada por uma divisória, uma cama simples prontinha: era para as noites em que ela estivesse menstruada quando, neste estado impuro, não podia dormir com o marido.

O quarto de hóspedes não tinha nenhuma particularidade. Duas camas simples separadas por uma mesinha de cabeceira, um cabideiro e uma cômoda que podia servir de mesa. À beira da cama, estavam belamente empilhadas três toalhas azuis dobradas. Numa bandeja sobre a outra cama, esperavam-me uma garrafa de água, um copo e uma taça prateada cheia de *pretzels*. Perto de uma cuba cheia de água, reconheci o sabonete retangular da marca Sun Light.

Simon colocou meu mochilão com cuidado no cantinho do quarto de hóspedes. Tateou o bolso esquerdo e mostrou-me orgulhosamente uma foto de sua preciosa Abigail: uma linda moreninha moderadamente maquiada, olhos pretos como amoras e lábios carnudos. Tinha um ar moderno e estiloso, mesmo com a redinha que segurava os cabelos e uma camisa de mangas longas abotoadas até a base de seu gracioso pescoço. Eu o provoquei:

— Você se deu bem.

Ele sorriu e afastou-se um passo de mim.

— Se você precisar de alguma coisa na cozinha, preferimos que nos peça — ele disse. — Não importa o que você queira. É que nossa cozinha é inteiramente *kasher* e gostaríamos de mantê-la assim. Será uma alegria preparar o seu café da manhã e outras refeições também. Abigail e eu estamos sempre por aqui. Para mais segurança, colei o número do meu consultório na parte de dentro da porta do quarto. Sobretudo, não hesite em me chamar a qualquer hora, só não no *Shabat*. Você é nossa convidada. Seja bem-vinda.

Eu lhe agradeci por tudo.

— Acho que vou tomar uma ducha.

Ele concordou.

— Vá lá. Mas não se esqueça de fechar a porta, por favor. Eu não gostaria de entrar inadvertidamente.

Capítulo 6

Não me diga que você não trouxe uma saia longa e uma meia-calça, hein?

Abigail e eu estávamos sentadas à mesa do café da manhã. Ela preparou um suco de laranja fresco e *pofferties*[69]. A jovem esposa tinha pai britânico e mãe holandesa, o que certamente explicava esses *pofferties* numa sexta-feira logo cedo em Israel. Pessoalmente, era ainda mais bela do que na foto que Simon mostrara.

Estávamos só as duas em casa. Simon saía todas as manhãs às 6h45. Ele rezava na clínica ou no *shul* com o *minian* completo – um quórum de ao menos dez homens adultos para orações. Abigail só tinha um compromisso naquele dia. Ela trabalhava como advogada num grande escritório de Tel Aviv. Embora tivesse acabado de concluir os estudos, o Direito Internacional fora uma de suas especialidades. Na biblioteca da sala, que servia também de escritório para estudar e trabalhar, os livros de Direito ficavam lado a lado com os livros do Talmude encapados em couro e estavam cercados de fotocópias que pareciam importantes. Folhas avulsas sobre a mesa da sala de jantar tinham por título CONTRATO DE GÁS ENTRE ISRAEL E O QATAR. Em muitas delas, passagens inteiras estavam sublinhadas em rosa e amarelo florescentes.

---

[69] Do holandês, "panquecas".

— Sim — respondi. — Trouxe uma saia longa, mas não meia-calça; acho muito quente para um calor desses e não sou judia, você sabe.

Ela explodiu de rir.

— Entendo, minha querida. Mesmo assim vou emprestar--lhe uma para os próximos dias. Especialmente para o *Shabat*. Qual é mesmo a expressão de meu sogro? "Quando não podemos, nós podemos também." Bom, uma meia-calça, por favor. Se você não faz isso por você, faça-o ao menos por nós. Não queremos ferir ou ofender nossos vizinhos. Para a camisa de mangas longas, não tem problemas, imagino.

Gostaria de visitar Bnei Brak, mas não tinha intenção de entrar numa sinagoga ou em outro lugar santo. Queria passear no centro. Ver o que havia para ser visto. Sentar-me ao ar livre com um copo na mão.

— É realmente necessário?

— É.

— Ok.

Concordei, não sem me perguntar por que eu cedia naquele país aos códigos de vestimenta dos hassidim, ao passo que estes continuavam se vestindo à moda secular na Antuérpia moderna.

Quando Abigail me viu sair do quarto de hóspedes um pouco mais tarde, levou a mão à boca.

— Oh, não, você não pode sair assim! Estou vendo suas pernas do alto até embaixo, minha querida. Sua saia é transparente. Você pode passear assim em Antuérpia, e em Amsterdã você pode até correr nua no Vondelpark. Mas aqui você está em Bnei Brak, minha querida. Vamos lá, venha comigo até o

MAZAL TOV

banheiro. Eu vou lhe ensinar a se produzir como uma judia ortodoxa.

A sólida cumplicidade que se instaurou entre a gente ao cabo de um único dia me lembrou a familiaridade e a franqueza espontânea que caracterizava os colegas holandeses. Eu gostava desse tipo de relações diretas em que as trocas de palavras veladas não tinham vez.

— Vai, coloque essa saia e apresse-se um pouco. Ainda tenho de concluir algumas pequenas coisas para o trabalho. E haverá muita gente. Todas as mães fazem compras antes do *Shabat*.

Ela disse "todas as mães" e não "todas as mulheres". Em Bnei Brak, que rebatizei de BB, ambas eram sinônimas.

De saia preta e paramentada de mangas longas, eu parecia uma freira, com meus sapatos baixos e meia-calça grossa bastante quente. Fiquei desagradavelmente surpresa com a imagem que o espelho me devolveu no *hall* de entrada. Eu não me maquiava nunca, mas se as pessoas tivessem esse *look* ao natural era preciso evitar. Compreendi, então, que uma maquiagem leve, uma bijuteria discreta e uma peruca eram tão imprescindíveis quanto o tecido sobre a pele: não fosse por isso, como explicar que Elzira e Abigail tivessem sempre aparência tão graciosa, enfiadas nesse mesmo tipo de indumentária?

Abigail me abriu a porta de entrada, depois colocou, no último minuto antes de sairmos, meus cabelos num turbante elástico cinza, o que completava perfeitamente o conjunto.

— Aproveite bem o dia — disse ela — e tome o ônibus a tempo de voltar, senão você não conseguirá chegar em casa e não poderemos ir buscá-la!

J. S. Margot

Não precisei esperar muito tempo no ponto por um micro-
-ônibus, o *sherut*. Pouco me importava o destino, contanto que
eu pudesse dar uma olhada nos arredores.

Entrei pela porta dianteira e quis pagar ao motorista, mas
quando lhe dei o dinheiro, em vez de pegá-lo, ele estendeu uma
cestinha à minha frente sem olhar para mim. Como um robô,
coloquei o dinheiro ali. Na mesma cestinha, que ele deslizou
de novo na minha direção sobre uma mesinha retrátil, jogou
o troco. Fui me sentar na parte de trás. Quando os motoristas
se recusavam a pegar o dinheiro de uma mulher para evitar o
risco de tocar sua mão, era esperada uma segregação de gêneros em outros níveis. Minha indiferença não significava que me
acomodava à realidade. Eu me acomodava, no máximo, à im-
possibilidade de mudá-la sozinha. E o ar mormacento me dava
preguiça.

No micro-ônibus, a subdivisão homens/mulheres se revelou menos estrita do que eu supunha. Bnei Brak me fazia
lembrar o bairro nas imediações da rua Mercator e da rua Simon, em Antuérpia. Os edifícios, mais baixos do que lá, eram
acanhados e rudimentares. As ruas de construções compactas
pareciam pobres e em nenhum lugar percebi o menor sinal de
ostentação, ainda que fosse um jardim belamente cuidado diante de um prédio ou um carro comprado para outras finalidades
que não as utilitárias. Enquanto as *yeshivot* e os *kolelim* – as
escolas dedicadas ao estudo da Torá e do Talmude, respectiva-
mente para os homens solteiros e para os homens casados – se
sucediam aqui umas ao lado das outras, aquilo explicava certamente em parte a paisagem que eu via desfilar: onde se estuda,
não se ganha dinheiro. Simon e Jacob passaram um ou dois
anos ali, num *campus* anglofônico estrito e de muito prestígio.

Grupos de homens rezavam ao longo da rua, sua maneira de balançar o alto do corpo da frente para trás com uma concentração próxima do êxtase me lembrava os dervixes; Nima me levara para assistir várias vezes a esses espetáculos de dança. Eu começava a entender por que os judeus israelenses com os quais eu falara em Tel Aviv – a mulher do bar do *homus*, a recepcionista do Mercure, a florista que fez o buquê para Simon e Abigail, o jovem que tentou me dopar com *ecstasy*... – me olharam com expressão perplexa quando lhes disse que ia para Bnei Brak. Aquele micro-ônibus não estava me levando para outro bairro ou outra cidade, mas para outro planeta: o da ultraortodoxia.

Aonde quer que fôssemos, a paisagem era constituída de judeus ultraortodoxos. Eu só via haredim, de quem os Schneider, se eu entendera bem, não se sentiam próximos no plano religioso ou cultural, mas entre os quais escolheram, ainda assim, fazer seu ninho. Os meninos haredim dedicavam, ao longo da vida escolar, 40 horas por semana ao estudo bíblico. Depois daquela vida escolar, eles liam, interpretavam e estudavam as escrituras. Não se aprofundavam em matemática ou sociologia. Deixavam de lado a química e não jogavam futebol, tênis ou qualquer outro esporte. "Tudo que um ser humano deve saber está contido no Talmude e na Torá." As mulheres haredim não dirigiam. Soube que elas só usavam raramente, quase nunca, escadas fora de casa, pois poderiam espiar embaixo de suas saias. Elas mudavam de calçada quando havia o perigo de cruzar na esquina com outro homem que não fosse o marido. Interpretavam ao pé da letra o "crescei-vos e multiplicai-vos".

J. S. Margot

— Por que as verdadeiras judias são todas feias? — perguntou um dia Milena, aquela da loja. E muitas pessoas em volta de nós assentiram com ar convicto.

— É falso — reagi indignada.

Contei isso a Elzira.

— A beleza é uma noção relativa — foi mais ou menos o que ela respondeu. Acrescentou ainda que o judaísmo dava às mulheres linhas diretivas precisas quanto a como poderiam e deveriam ficar atraentes para seus maridos. Será que eu sabia que uma judia ortodoxa poderia até proibir o marido de fazer uma viagem de negócios se ela achasse que estava necessitada de "intimidade na cama"?

Eu me lembro de ter lançado um olhar em que se deveria ler não apenas minha incredulidade total, mas certa gozação.

Fui tomada também por esses sentimentos mistos, dificilmente eu poderia dizer que a atração física da maioria das mulheres observadas ali constituía um de seus trunfos. Eu me perguntava o que preconizavam aquelas linhas diretivas do Talmude.

— Você não é uma judia ortodoxa.

A mulher ao meu lado falava comigo em inglês. Ela trajava, como todo mundo, as mesmas vestimentas que eu. Não usava turbante, mas uma espécie de boina.

— O que a traz a Bnei Brak, se posso me permitir a pergunta.

— Estou visitando amigos.

— Haredim?

MAZAL TOV

— Ortodoxos modernos.

— Ah, sionistas. Sim, tem uns que vivem aqui também. Menos do que há alguns anos. Os haredim são cada dia mais numerosos. O que você pensa deles?

— Dos haredim? Interessantes.

— Interessantes? É um termo politicamente correto para dizer "bizarros", "incompreensíveis", "apartados do mundo" ou "perigosos".

— Esses haredim não são sionistas? Eu não podia imaginar que essa seita não fosse ligada ao Estado de Israel.

— Está se vendo que você não é daqui!

— Eu vim da Bélgica, Antuérpia.

— Antuérpia? A cidade da moda? Já ouvi muito falar.

Ela olhou fixamente para mim com ar espantado, como se não conseguisse me entender. Fiquei ainda mais consciente do meu traje de freira e da meia-calça muito grossa. Mesmo em Tel Aviv, as pessoas teriam me olhado atravessado.

— Três quartos da população judia de Israel não são ortodoxos — disse ela. — Você pode imaginar que os haredim têm todas as objeções contra o Estado de Israel tal como ele é hoje. Eles não querem uma nação secular. Não querem sobretudo uma nação ímpia. Não, eles não são sionistas. Eles são mesmo antissionistas.

— Mas eles moram aqui?

É a melhor solução, um enclave dentro de um enclave.

Era uma pena que Jacob, Elzira e Simon se tornassem adultos na atmosfera sufocante de BB. Eu não tinha visto kipá, barba, chapéu ou kaftan em Tel Aviv, uma cidade cheia de ani-

mação e de dinamismo. Já ali, eu não vi um só homem despro-
vido desses adereços. Por que não havia praia em Bnei Brak?
Uma praia – areia, o mar, o sol e um biquíni – teria feito bem a
todo mundo aqui.

— Eles não fazem mal a uma mosca — retomou a mulher —,
são muito gentis. Dirija-se a uma das mulheres e você verá. Eles
deixam você ser quem é. Não impõem nada. Eles a deixam fazer
o que você quiser.

— Eles não me impõem nada? Mas não tenho nem sequer
o direito de falar com um desses homens. E eu estou circulando
vestida como uma matrona.

— A escolha é sua. E o que a impede de falar com os homens? Um deles responderá educadamente. O outro desviará a
cabeça. Não há religião sem regras.

— Você já comeu *foie gras*?

Para minha perplexidade, a pergunta jorrou como veneno.

— Como é?

— *Foie gras*. Os judeus gostam de comer fígado, não é?
Será que eles também gostam de *foie gras*?

— Mas é claro. Somos os inventores do *foie gras*! — Ela
pronunciou as palavras francesas como se encerrassem o próprio
sabor redondo e engordurado. — Os judeus observantes não têm
permissão para comer nem banha nem óleo vegetais. Mas podem
comer tudo do ganso. Você conhece o turnedô Rossini? Carne
de boi com *foie gras*. O prato foi seguramente inventado pelos
judeus e é o favorito do meu pai. É preparado sem manteiga!

— Os gansos são alimentados à força — eu disse em tom
firme. — Forçam-se os cereais garganta abaixo das aves. Não
podem parar de comer, mesmo quando estão saciadas. Elas não

MAZAL TOV

têm um sistema de freio natural, uma válvula que diz "basta". Os haredim são, eu acho, como esses gansos. A Torá e o Talmude lhes são enfiados goela abaixo. Eles não podem escapar. É imoral e criminoso!

Eu mesma fiquei surpresa com a raiva reprimida até então: por que Simon não vivia em Tel Aviv, naquela cidade efervescente, para onde eu tinha vontade de voltar o mais rápido possível? Por que a mulher e ele tinham de viver naquele *shtetl* [70], naquele parque temático judaico? Por que os meninos Schneider foram morar ali?

Minha interlocutora ignorou minha reação. Ela não procurou nem sequer obter outras informações sobre meus amigos ou sobre os motivos da minha visita àquela cidade.

— Sou uma judia que mora em Washington, que não dá bola para o *Shabat* — disse ela de bom humor — e estou aqui para trabalhar.

— Você entende o que eu quis dizer com essa comparação? — insisti.

— As mulheres e os homens ocidentais são igualmente reprimidos — ela disse. — Os homens têm de trabalhar. Ganhar dinheiro. E suas mulheres têm de ser esbeltas, jovens e belas. A espiritualidade e o sentido que se dá à vida ficaram relegados a uma hora de ioga por semana. Então quem reprime quem? E quem é melhor do que o outro?

O argumento dela me fez pensar nas Testemunhas de Jeová. Aos seguidores também ocorria se perder dessa maneira. A

---

[70] Do iídiche, "pequena cidade", muito comum nas zonas rurais de alguns países da Europa Oriental do século 19, formada sobretudo por judeus asquenazes.

diferença entre eles e os judeus ultraortodoxos me parecia, sobretudo, residir na vontade de incitar à conversão. Os judeus não queriam converter ninguém. As Testemunhas de Jeová queriam convencer a maior quantidade de gente possível.

— Temos o direito de escolha. Não se pode dizer o mesmo desses homens e dessas mulheres — eu ainda tentei.

— Quem disse?

— Qual é o seu trabalho?

Aquela discussão não fazia nenhum sentido.

— Consultoria.

— Em que área? Para quem?

— Sou contratada por um consórcio voltado a projetos para os haredim. O consórcio recorreu aos meus serviços porque não faço parte da comunidade judaica. Sendo judia, embora com um referencial diferente, consigo compreender as tradições, os hábitos e as necessidades dessa comunidade. Conheço mais ou menos as leis dos haredim e, como sou americana, eles me perdoam muitas coisas, você entende. Posso cometer erros, fazer perguntas idiotas. "Eles" me toleram.

— Você pode me explicar que tipo de projeto se volta unicamente para os haredim?

— Nesse momento, nós estudamos a possibilidade de construir um novo shopping em pleno centro de Bnei Brak.

O emprego do pronome pessoal "nós" falando de uma empresa me arrepiou. Nunca, com nenhum empregador, eu me senti à vontade para me incluir nesse "nós". E a palavra "projeto" era o suficiente para me dar urticária.

— Um shopping?

Essa pergunta era puramente retórica.

— Em Israel, não há uma rua de comércio mais barata do que Rehov Rabbi Akiva. Os haredim não fazem compras como a maioria das pessoas. Tudo o que se vende naquela rua tem relação com as crianças, as tarefas domésticas e a religião. Em nenhum lugar do mundo se vendem tantas embalagens para conservar comida quanto em Bnei Brak. Se você procurar roupas de baixo ou roupa de cama de qualidade, está no endereço certo: aqui tem os melhores preços. Em Tel Aviv ou Haifa, para a mesma coisa, você paga nitidamente mais caro. Mas não procure marcas da moda em Bnei Brak.

— E seu empregador quer vir abrir um shopping aqui?

— Ele quer construir um *for women only*[71]. Os homens não poderão entrar. Nem como clientes, nem como funcionários. Ou como agentes de segurança...

Eu falei da segregação no ônibus da empresa Dan, que eu tomara na véspera. Da minha indignação em face dessa separação. Ela não deu a mínima. Não se deu ao trabalho de nem sequer levantar os olhos.

— Onde posso comprar um jornal em iídiche? — Tive ainda vontade de perguntar.

Eu queria levar o jornal do dia para casa como lembrança.

— Você não vai achar — disse ela. — Não se leem jornais aqui. Só os livros sagrados. Aliás, muito prazer. Meu nome é Hannah.

— Prazer em conhecê-la.

---

[71] Do inglês, "apenas para mulheres".

Passamos diante de uma fábrica da Coca-Cola. O nome da bebida hiperconhecido estava escrito em letras hebraicas, mas levei um minuto para perceber; a imagem familiar era tão profundamente ancorada no meu espírito que eu acreditava ler Coca-Cola.

— Se há uma marca que pode ser associada ao Ocidente moderno e decadente, é a Coca-Cola. E construíram essa fábrica justamente no meio dos haredim.

— Todo mundo bebe Coca — ela disse.

— Os haredim também?

— Claro. Eles só bebem Coca fabricada nesta unidade. Você não os verá jamais beber Coca importada, mesmo num aeroporto.

— Por quê?

— Só mesmo em Israel podemos estar 100% seguros de que a bebida é *kasher*.

— Você está brincando, não é?

— De jeito nenhum. Em *Pessach*, o menor vestígio de levedura deve ser eliminado de casa. É proibido sobrar, onde quer que seja, nem sequer uma migalha de pão, o que vale também para seus amigos ortodoxos modernos. Nem sequer uma migalha de migalha. Mas como um judeu ortodoxo pode ter certeza de que um dos operários da Coca-Cola não estava comendo um sanduíche quando limpou uma máquina de engarrafamento? Jamais ele terá essa certeza. Salvo se a bebida for originária de Bnei Brak. No período de *Pessach*, as exportações atingem o pico aqui.

— Isso é absurdo demais para ser verdade.

— Basta perguntar ao diretor da fábrica da Coca-Cola.

Mazal Tov

— Felizmente a bebida é preta, pelo menos a cor está de acordo com o traje — murmurei encostando minha bochecha contra o vidro frio do ônibus.

Hannah me olhou de novo, intrigada.

— Isso é muito certo, veja só! — exclamou ela. — Nunca tinha visto as coisas por esse ângulo. Preciso falar sobre isso com meu chefe. "Nós" tiraremos daí talvez um novo "projeto", afinal! Porque talvez você tenha razão. Talvez não seja só pelo sabor que a Coca seja tão popular aqui, talvez a cor também tenha um papel, vai saber.

Decidi descer para visitar a fábrica.

— Você conhece algum bar com terraço por aqui? — perguntei.

— Em Bnei Brak? Não tem nem mesmo um lugar para se tomar um café.

— Um restaurante?

— Eles não comem com estranhos no mesmo cômodo. Em nenhum lugar.

— O que você me recomenda fazer?

— Pegue outro *sherut* daqui a pouco, o que vai para Rehov Rabbi Akiva. Lá, vá à Konditorei Katz, uma das melhores padarias da cidade. Tem só duas mesinhas. Eles podem lhe servir um café com *cheesecake* ou com um pãozinho trançado. E talvez a velha senhora sirva até Coca-Cola.

— Como é que você soube tão rapidamente que eu não era judia ortodoxa? — Fiquei curiosa.

— Você dobrou as mangas acima dos cotovelos e olha para os homens.

Capítulo 7

Q ue bela noite! Que *Shabat* agradável!
Jantamos no jardim ao lado do apartamento de Simon e Abigail, só um pouco maior do que a ramagem da árvore sob a qual comíamos; nos seus galhos havia duas lâmpadas que projetavam uma luz viva que atraía mosquitos, as quais ficariam acesas até a noite seguinte. A *menorah* irradiava uma luz vacilante sob o toldo que ligava a cozinha ao jardim; brindamos com água e vinho branco, um brinde *le chaim*, à vida; eu me sentia maravilhosamente bem e disse a mim mesma: "Eis-nos aqui, temos todos já mais de 20 anos; o tempo afinal nos alcançou, não paramos de nos aproximar uns dos outros, minha avó tinha razão".

No entanto, no começo, os reencontros se desenrolaram com um pouco de tensão.

Elzira foi a primeira a chegar ao fim da tarde. Ela estava contente em me rever e a alegria era recíproca, pouco importava aquele jeitinho discreto que era tão dela. Assim como era de se esperar, prevalecia algum desconforto: era inusitado o reencontro depois de todos aqueles anos, ainda mais no seu habitat. Em Israel. Em Bnei Brak. Na casa de seu irmão e de sua cunhada.

Nossas cartas nos aproximaram, mas também criaram uma distância. Quando estávamos face a face, a cumplicidade com a qual trocáramos palavras escritas dava lugar ao constrangimento, talvez mesmo a sentimentos de vergonha e culpa. Dávamos

MAZAL TOV

volta nas conversas para contornar nossos transbordamentos registrados nas cartas.

Ela, porém, estava esplendorosa! Seu rosto tinha aquele ar radiante! Todo seu ser! Se tivesse me ocorrido no passado que ela nascera não somente com os olhos sombrios, mas também com uma dose excessiva de melancolia, agora era preciso rever tal impressão. Ela se desvencilhara daquela aura. Não que passasse uma impressão pacífica. Estava cheia de energia e charme. Respirava liberdade, autonomia. Deixara para trás, aos 21 anos, sua vida em Antuérpia; ela me emocionava.

Pelo menos três horas mais tarde, Jacob desembarcou. Foi por muito pouco que não conseguiu se juntar a nós. Chegou de carro com um amigo e ambos ficaram presos num engarrafamento na autoestrada. Na tarde da sexta-feira, um caminhão virado pode ter consequências maiores para os judeus observantes; depois do pôr do sol, não é permitido mais viajar, mesmo de ônibus. Eu ouvira histórias alucinantes em relação a essa lei religiosa. Sobre pessoas que paravam no meio do trajeto, estacionavam o carro ao lado da estrada e continuavam a pé, à procura de um hotel ou de outro lugar onde passar a noite, porque caminhadas longas tampouco eram autorizadas. Alguns dormiam no carro e só retomavam a viagem depois do *Shabat*. Mesmo quando a distância a percorrer era só de 10 quilômetros. Mesmo que o trajeto ocorresse em cidades como Nova York, Londres ou Paris. Não se atendia ao telefone: telefonar para informar o atraso também não era autorizado no *Shabat*. Contudo, muitos encontravam soluções para escapar à regra.

Já passara bastante das sete horas da noite quando Jacob e seu amigo chegaram a Bnei Brak. Eles não puderam entrar na cidade de carro: para o *Shabat*, os judeus ortodoxos instalavam barreiras a fim de bloquear as vias de acesso ou de saída de Bnei Brak. Jacob precisou caminhar pegando atalhos.

Ele entrou como um furacão. Jogou a mochila Kipling num canto do *hall* de entrada, dirigiu-se à cozinha e tomou um copo d'água de um só gole, comportando-se como se visitasse toda semana o irmão e a cunhada. Saudou primeiro a família, depois a mim. Beijou-me as bochechas.

— Depois de tantos anos, é permitido — disse, rindo sem avermelhar.

Elzira riu também. Já Simon desviou o olhar. Abigail pareceu ao mesmo tempo divertida e sonhadora. Eu tinha a sensação de ser uma estrangeira entre eles.

— Como vai Nima? — ele perguntou antes de nos sentarmos à mesa do jardim.

Jacob tinha a pele bronzeada. O sol deixara no seu punho a marca da pulseira do relógio. Seu Swatch vermelho não era a única coisa que não mudara nele.

— Muito bem. Mas não moramos mais juntos — respondi.

Ele fez um ar espantado e apenado. Fiz um sinal com a cabeça a Elzira para testemunhar a minha gratidão: ela e Jacob não falavam entre si sobre mim, o que me alegrava porque, nas minhas cartas, contei nossa ruptura e, nas cartas dela, Elzira reagiu discretamente.

— É pena esse divórcio, apesar de tudo, *ou non* — tentou Jacob.

— Sim, realmente uma pena.

— Por que vocês não tentaram?

— Nós tentamos.

Mazal Tov

— Vocês não tentaram o bastante.

Ele correu até o primeiro andar. Ele e Elzira dormiriam ali. Durante a semana, dois estudantes de *yeshiva* moravam no andar de cima. Eles voltavam para os aposentos no domingo, no primeiro dia da semana judaica.

Jacob foi o ingrediente que favoreceu a descontração. Depois que chegou, uma palavra passou a destravar a seguinte e pouco a pouco as frases se trançaram, as histórias surgiram, as brincadeiras. As lembranças. Os sonhos de futuro. Nós falamos, nós nos divertimos e nós nos libertamos de algumas de nossas reservas, mas não de todas. Fui a única que, depois do aperitivo, tomei vinho; vinho *kasher*, da adega Carmel, fundada pelos Rotchschild e com a etiqueta do rabinato.

Fui eu que fiquei mais tempo sentada no jardim, além das duas horas da manhã, na companhia de Elzira.

Quando fui ao banheiro antes de me deitar, havia ali, num cestinho de vime, uma pilha de folhas de papel higiênico pré-cortadas. Irônica, eu me perguntei se os judeus ortodoxos tinham permissão para, durante o *Shabat*, acionar a descarga para dar vazão aos seus "saldos", pequenos ou grandes.

Capítulo 8

Naquela noite, não pude dormir. As últimas horas me desfilavam diante dos olhos.

As fotos de Monsieur. Elzira me mostrou três: uma de Monsieur sozinho, outra dele com ela e uma dele com suas novas donas. A avó Pappenheim: ela ainda estava viva, com o quadril e o gosto pela vida restabelecidos. Sara: sozinha em Antuérpia, o que certamente convinha a ela. O casamento de Abigail e de Simon, as fotos e as explicações correspondentes. Simon a conheceu em Amsterdã numa degustação de vinho. Ele tentou se aproximar dela; uma iniciativa que, no começo, não agradou seus pais. Para o primogênito, tinham traçado outra trajetória, mas Simon se recusou a ceder.

Jacob falava com entusiasmo contagiante de seus estudos internacionais. Era claro meu discreto sentimento de ciúme pela naturalidade que ele e os seus pareciam ter cada vez que se instalavam em novos ambientes. Eu invejava as vastas relações deles com o mundo fora do país natal; as redes sociais, religiosas e profissionais com as quais eles, os judeus, podiam contar no mundo. Para eles, bastava ir três vezes por dia ao mesmo *shul* para que fossem conhecidos, acolhidos, reconhecidos, compreendidos, guiados, tudo graças, em grande parte, à sua língua franca, o hebraico moderno. Tentei me imaginar numa situação comparável, mas o filme na minha cabeça era curto e nada tinha de admirável. Bem diferente de Abigail, que vivia há pouco tempo em Bnei Brak, onde já estava empregada e trabalhava

Mazal Tov

como voluntária. Se a irmã de Nima se encontrasse à época, num universo tão rico quanto aquele, tudo teria se passado de forma diferente. Eu não me detinha no problema de aprovação social que de alguma forma ensombrecia o quadro. Mas ficava desconfiada da facilidade com a qual eles concluíam casamentos internacionais. Eles se casavam independentemente de todas as fronteiras geográficas. O que isso significava: o país e a cultura de origem dos noivos não tinham a mínima importância desde que praticassem a mesma fé? A religião era o cimento que mantinha coladas a qualquer custo todas as relações? Como em nossa Flandres católica? Eu me lembrei de uma diretora da escola de Meulenberg. Eu tinha mais ou menos oito anos. Ela foi a primeira professora a se separar do marido. Foi demitida imediatamente. Não houve protesto. Mas muita fofoca.

Eu não conseguia conciliar o sono. Nem quando colocava a cabeça na extremidade da cama onde deveriam estar os pés. Nem quando acendia a lâmpada para apagá-la imediatamente: *Shabat.*

O que me impedia de adormecer era o mau casamento entre judeus e palestinos. Eram as múltiplas humilhações cotidianas que estes sofriam. Lá tão perto, centenas de milhares de habitantes palestinos – fossem jovens, velhas, doentes, em boa saúde ou grávidas. A estratégia de colonização adotada pelo Estado de Israel para se apossar sempre de mais terras dos palestinos, apesar do protesto das Nações Unidas. A visão de Simon como jovem soldado, a visão de inúmeros Simons e Simonas que, durante algum tempo, defendiam Israel com unhas e dentes e, depois, voltavam para seus países de origem, mas que confiavam, apesar disso, no seu poder de decidir os rumos das vidas dos habitantes árabes: até onde se pode ferir a alma palestina? Quantas almas o ódio e o medo ainda matariam dos dois lados? Por que não poderiam reinar juntas a paz e a soberania? Por que, deliberadamente, evitáramos o tema? Não seria o silêncio uma forma de consentimento? Não estariam as crianças se tornando mais radicais? Será que não acreditavam mais na solução de dois Estados sobre o qual Jacob e eu tanto falávamos em seu antigo quarto?

Sob o lençol fino, passei em revista as lembranças evocadas. Minha época na casa dos Schneider; Elzira que ria de si própria e dos momentos em que fora uma menina difícil, ocasionalmente. Abigail, que repetia frequentemente, a ponto de se irritar consigo mesma, *Elvira* no lugar de Elzira porque o nome de Elzira a lembrava, sem querer, o nome de um membro do braço alemão da família que tinha morrido em Sobibor: "Mas a gente não quer falar disso". Elzira, que, de tanto treinar xadrez, ganhou de Jacob. Jacob dizia que deixara que sua irmãzinha ganhasse.

Os três me revelaram o que pensavam sobre mim durante todos aqueles anos e que imaginavam, nos primeiros meses, que eu pediria demissão, como as outras estudantes. Eles fizeram piada da minha calça com estampa de caveira e dos meus cabelos estilo escovinha, que foi durante certo tempo meu corte favorito.

Eles me lembraram de que eu sabia tão poucas coisas sobre suas leis que no começo – eu esquecera ou apagara da memória – telefonei num sábado para lhes dizer que chegaria um pouco mais tarde do que o previsto. Que, mesmo ao cabo de seis anos, eu não sabia quando eles comemoravam as festas importantes, e que eles não entendiam essa minha dificuldade, já que não era

MAZAL TOV

lá tão difícil lembrar que *Rosh Hashaná*[72] acontecia no primeiro dia do mês de *Tishrei*, que *Sucot* começava no décimo quinto dia desse mês e que *Yom Kipur*, o Dia do Grande Perdão, era celebrado dez dias depois de *Rosh Hashaná* – logo, cinco dias antes de *Sucot* – e que a Festa das Cabanas durava sete dias.

Que eu estava convencida de que Jacob mentira quando me falou de *Shavuot*, a tradição judaica que consiste, no começo do mês de junho, a dedicar toda uma noite ao estudo até o amanhecer. O povo judeu teria acordado muito tarde na manhã em que recebeu a Torá; dedicar uma noite inteira para estudá-la, além do tempo já reservado para isso, era uma forma de continuar pedindo perdão, milhares de anos mais tarde, pela sua extrema preguiça.

O salto dos meus sapatos: o que os incomodou não foi tanto a altura, mas o barulho que faziam. Será que eu acreditava realmente, à época, que colocar fita crepe na sola dos saltos era um ato de militância feminista? Será que eu não entendera que os saltos das mulheres não deviam fazer barulho porque elas não têm o direito de chamar a atenção para si?

Às vezes, Jacob, Elzira, Simon e Abigail falavam entre eles em *ivrit*[73]. Só podia ser por uma razão. Eu disse a mim mesma na cama: não era para eu entender o que eles falavam.

O amor caloroso com o qual se referiam aos pais me veio brutalmente ao espírito. A prova que davam de respeito ao casal era imensa, quase muito grande para ser real. A gratidão em relação ao pai, que trabalhou duro para financiar seus estudos internacionais: "Papai diz que os judeus sabem, mais do que

---

[72] Dia em que o povo judeu comemora o seu Ano Novo.

[73] Do hebraico, "a língua hebraica".

qualquer outro povo, que a inteligência é uma coisa que ninguém pode tirar de você. Sua cabeça, seus conhecimentos: você pode levá-los a todos os lugares consigo".

O ar-condicionado na sala zumbia. Minha cabeça também, mesmo sem mosquitos no quarto. A noite parecia não acabar nunca.

— Você sabe que papai, para pagar nossos estudos, só teve carros usados? Ele comprou um Volvo que tinha no mínimo seis anos e continuou com ele ainda outros seis anos pelo menos — disse Jacob.

— Mas vocês têm muito dinheiro — comentei.

— Afora as crianças, a casa e a própria cabeça, nossos pais não têm nada. Nenhuma economia. Nada — disse Simon.

— Vocês têm muito dinheiro. Têm empregados domésticos que vão lá todo dia, da manhã até a noite. Todos vocês têm um banheiro próprio. Quando chovia, vocês tomavam táxi para ir à escola. Seus pais me pagavam. Fora o resto — eu disse.

É claro que eu ainda tive direito à interpelação: por que eu não era mãe? E, é óbvio, houve também o acréscimo que todo mundo, nesse tipo de conversa, se sente obrigado a fazer: eles tinham certeza de que eu seria uma boa mãe, sim, realmente, eu não deveria ter dúvidas a respeito.

Eu me lembrei da grande confiança que seus pais tinham nos filhos. Lembrei-me de que pude, por essa razão, trabalhar nos quartos com a porta fechada. Que a exceção foi um teste cujo resultado seus pais sabiam antecipadamente. É naquele contexto que eu deveria situar Bnei Brak e o seminário rigoroso. Os Schneider tinham muito pouco em comum com os haredim. Eles poderiam perfeitamente mandar Simon e Jacob

Mazal Tov

à escola rabínica perto de Antuérpia, à *yeshiva* Etz Chaim. Sim. Os Schneider achavam que, entre os seus, um Messias apareceria, alguém que libertaria o mundo de toda a pobreza e injustiça. Mas eles não achavam que toda a humanidade ocidental fosse um grande erro trágico. Na comunidade espiritual de Bnei Brak, seus filhos aprenderiam a conhecer melhor a alma judia do que em Tel Aviv, essa era a razão.

— Será que seus pais receavam que, enquanto você estivesse solteiro, seus picos de testosterona colocariam alguém em risco aqui, Jacob? — eu brinquei.

— Como assim? — perguntou Jacob.

— *Remember Amsterdam.*

Não pude ver se ele ainda enrubescia, havia pouca luz.

Elzira não entendeu. Pediu explicações. Ela não estava a par de toda aquela história dos preservativos.

Repassei também minha própria vida. Nima, nossos amigos comuns do Oriente Médio, da Turquia e do Marrocos. Os amigos que, depois da separação, se dividiram: azeite e água. O Limburgo. Meu trabalho com os Schneider. Meulenberg, onde eu fui à escola com filhos de imigrantes e onde eu mesma integrava um grupo minoritário: entre meus colegas de escola apenas os flamengos continuaram seus estudos. Não se esperava dos filhos dos imigrantes da primeira geração que fizessem estudos superiores, simplesmente. A ideia não passava pela cabeça de ninguém. Os pais tampouco pensavam nisso: "Ela só precisa seguir uma formação em puericultura. Quando voltarmos para a Turquia ou para o Marrocos ao menos ela terá já uma profissão". O centro psicomédico-social, que supervisionava os estudos que podíamos encarar e nossas perspectivas de futuro,

J. S. MARGOT

dirigia sistematicamente os filhos de imigrantes para um ensino profissionalizante. Naquele centro, era consensual que a continuação dos estudos era reservada àqueles que tinham o holandês como língua materna e o catolicismo como religião. Os meninos espanhóis e gregos eram um pouco mais estimulados. Mas não cruzei com eles na minha vida profissional. Alguns deles voltaram ao país de origem. Outros foram trabalhar como operários nas fábricas de tabaco Houthalen. A classe social inferior permanecia inferior, até era mantida naquele nível.

Meu passado, eu estava percebendo, tinha mais *couleur locale et sociale*[74] do que o meu presente. Para uma pessoa que tinha a intenção de fazer do jornalismo uma ligação entre o mundo e si mesma, essa tomada de consciência, por si só, era suficiente para me manter acordada.

---

[74] Do francês, "cor local e social".

Capítulo 9

Em Jerusalém, Elzira me anunciou que ia se casar.

— Ah, você se apaixonou aqui! — gritei feliz e curiosa.
— E você só me fala agora? Os seus irmãos não estão sabendo?

— Pedi a mamãe e papai para acionarem a casamenteira — respondeu ela.

Vagueávamos pelo mercado animado de Mahané Yehuda, onde os vendedores de todos os estilos apregoavam com ardor os méritos de seus legumes e frutas, das especiarias, das nozes, dos bolos e outras delícias; os seus gritos formavam um coro polifônico.

Não sei por que tive essa reação. Agi como se não tivesse ouvido sobre a casamenteira. Falei que estava contente por ela ter se apaixonado e observei que falavam hebraico e árabe à nossa volta: era a primeira vez, desde o começo de minha estada em Israel, que eu escutava valsarem juntas as duas línguas.

— Aqui muitos vendedores árabes falam hebraico — precisou Elzira, que pareceu não notar o meu choque ao saber da sua decisão de procurar uma casamenteira e, em vez de perguntar o que eu tinha, me puxou pelo braço até a barraca de doces que transpirava mel e açúcar.

— Então, se esses *marchands* árabes sabem se virar em hebraico, a recíproca é certamente verdadeira — eu disse.

— Evidente. Especialmente as pessoas do *Shin Bet*.

— *Shin Bet?*

— Os serviços de segurança interna. Temos nossos homens e nossas mulheres espalhados por todo lugar.

Ela dizia "nós", ela também, e "nossos". Seu rosto doce, seus adoráveis brincos de pressão e seus cabelos separados por uma risca bem nítida e reunidos num rabo de cavalo trançado, decididamente, não eram os de quem se preocupasse com os serviços de segurança.

No centro da longa mesa do confeiteiro — coberta até o menor milímetro de bolos em forma de coroa, de pães trançados e de baklavas —, vimos uma pilha de pratos contendo cabelos de anjo cor de laranja, polvilhados de açúcar cristal. Pareciam tão deliciosos que aquele espetáculo me incitou a lamber os beiços.

Eu me dizia que ela é muito jovem e muito bela para se casar, que só agora está começando a gostar do que faz, que atravessa um período tão importante da vida.

Elzira comprou uma porção desses cabelos de anjo melados, perfumados com água de rosas, salpicados com pedacinhos de pistache e recheados de um queijo cremoso que transpirava por baixo.

— Você precisa provar esse *knafeh* — disse ela. — Você não vai mais conseguir viver sem ele.

Cinco minutos mais tarde, compramos mais uma porção que degustamos sentadas na soleira de uma casa numa daquelas ladeiras. Elzira, com as pernas ligeiramente abertas, recolhia cada migalha caída na saia, juntando um montinho delas sob o indicador direito, que ela umedecera com saliva, e, depois, colocava o dedo na boca, lambendo-o.

MAZAL TOV

— Você vai ao meu casamento?

Eu a olhei longa e atentamente. Ela resplandecia, tão desejável quanto as romãs maduras do vendedor da frente. Eu não tinha a menor dúvida, ela estava falando sério. E, no entanto, eu tinha a expectativa de vê-la estourar de rir a qualquer momento.

— Já me apresentaram a um rapaz. Eu o achei muito amável. Vem de boa família. Mora na Suíça. Nós já nos encontramos. Por pouco tempo, na companhia de outras pessoas, aqui em Jerusalém, aonde ele veio a negócios. Papai e mamãe vieram. Ele trabalha num banco. Sabe da minha dispraxia. Era *preciso* que ele soubesse. Essa particularidade faz parte do acervo de informações da casamenteira. É importante, *très important* que meu futuro marido tenha sobre mim o máximo de informações possível, em especial sobre *tous le trucs*[75] que possam ser transmitidos aos nossos filhos. Nós inclusive sabemos tudo sobre ele. Nossos *shadchen* nos garantiram. E nós também. Meus irmãos fizeram muitas pesquisas a esse respeito e até meus pais. Eu acho que ele me agrada.

Concordei. Seus irmãos estavam a par de tudo. Como é que eu deveria reagir a essa novidade?

— Você quer ir morar na Suíça?

— Eu preferia que não.

— Ele quer ir para a Bélgica, então? Uau, vocês vão morar em Antuérpia!

— Não.

— Em Israel?

— *En Suisse.*

---

[75] Do francês, neste contexto, "todas as coisas" ou "todos os problemas".

— Mas você acabou de dizer que preferiria não morar lá. Se é assim, então por que considera se casar com ele?

— Ele me convém. E talvez eu também convenha a ele.

— O que a leva a dizer isso?

— Eu o acho legal e *mignon*[76].

— O que você vê de legal nele?

— Tudo.

— O que é tudo? Ele é atraente?

— Eu não sei quando um homem é atraente.

— Você sabe muito bem. Lembra-se de Alex? Aquele menino que morava perto de vocês? Nós cruzávamos com ele às vezes, quando íamos passear com Monsieur. Você o achava legal. Bonito. Cativante. Gentil. Audacioso. E dizia que ele vinha de uma boa família. Se você comparar Alex ao seu candidato, quem você escolhe?

— Não conheço Alex.

— Estou falando da intuição. Qual dos dois te interessa mais? Intuitivamente, quem te interessa mais?

— Não confiamos na nossa intuição.

— Pelo amor de Deus, Elzira! Essa conversa é completamente *meschugge*[77]; além do mais, acho incompreensível você recorrer a uma casamenteira!

O termo holandês derivado do iídiche que eu acabara de empregar a fez rir, e eu terminei rindo também. Era inútil me insurgir contra Elzira e sua tradição. Pelo menos, não daquela maneira. Nossas culturas concebiam o amor de maneiras dife-

---

[76] Do francês, "meigo".

[77] "Maluca".

rentes. A escolha dela de um casamento proposto – "você não deve nunca dizer 'arranjado' porque não é assim, eu mesma posso escolher entre os candidatos que me apresentam, não me impõem nada nem ninguém" – não era um capricho, mas puramente o fato da própria vontade que se inscrevia na tradição. O espírito estava colocado acima do coração. Primeiro a razão, depois os sentimentos; estes viriam por eles próprios.

— Realmente tenho pressa de casar. Quero ser mãe. Ter uma grande família.

— E seus estudos?

— Estou pensando menos nisso.

Ao longo de nossa conversa, nós nos demos conta de que papai e mamãe Schneider tinham orquestrado minha visita. Não fora Elzira a insistir para que eu fosse para Israel. Foram seus pais que acharam necessário que a mocinha falasse comigo; quando ela os acionara para saírem à busca de um marido para ela, eles a tinham exortado a ser paciente. Papai Schneider: "Você ainda tem tempo, Elzira, nada te força a tomar uma decisão agora. Por que não continua estudando mais alguns anos? Atualmente, quando as moças estudam, elas podem esperar um pouco mais pelo casamento, mesmo até os 25 anos". Se não fizesse questão, não era nem sequer obrigada a estudar tanto tempo. Ela poderia simplesmente viver com eles. Mas a família corria então o risco de suscitar fofocas e maledicências. "Não há por que se preocupar. O valor de uma moça no mercado é determinado mais pelo seu dote do que pela sua idade." Eis o que disse de brincadeira o pai Schneider, sempre tão pragmático.

Papi e mami Schneider chegaram à conclusão de que era hora de Elzira ter uma conversa de mulher para mulher com alguém totalmente "diferente". Eles sabiam que a filha falaria de

J. S. MARGOT

seus projetos de casamento. Sabiam que eu reagiria. E sabiam que eu tinha influência sobre ela. Sob o toldo listrado do terraço mal cheiroso de um café em Mahané Yehuda, falei com Elzira como a uma jovem adulta prestes a dar o passo mais importante de sua vida. Foi assim também que ela se dirigiu a mim, como uma pessoa que sabe o que quer, que se tornou autoconfiante. Eu já estava em Jerusalém havia três dias. Todo dia, incursionava pela Jerusalém histórica. Todo dia, mesmo no bairro que sediou minha estada, eu me perdia.

Apesar de ter à mão um mapa da cidade e de tentar me localizar graças aos grandes sítios religiosos indicados pelos pontos em cor laranja fosforescente, eu não conseguia conquistar as quatro cavidades do coração circular da cidade – a católica, a judaica, a muçulmana e a armênia – sem ter de voltar algumas quadras. Cada vez que eu pensava estar no bom caminho, estava enganada. Quando achava estar na direção de um culto, eu terminava no meio de outro.

Enquanto falava com Elzira, eu pensava na minha incapacidade de me orientar. Ela não parecia estar perdida, nem mesmo ter dúvidas quanto ao caminho que queria tomar. Não direi que ela não temia o que a esperava. Havia medo. Mas Elzira parecia ter à sua disposição todos os pontos de referência de que precisava para não ficar eternamente andando em círculo. Sua escolha era mais do que "uma simples decisão tomada em pleno acordo com sua vontade". Ela tentava, aliás, me fazer compreender, sem pedantismos: queria participar do enredo de uma história maior. Ela descobria que seu judaísmo a imbuía de uma missão de viver da melhor forma possível, que sua religião e sua história exigiam que colocasse sua moral o mais alto possível. Queria assumir seu papel no âmbito de um grande todo.

Mazal Tov

Tentou me explicar que, por respeito a Ele, queria viver segundo os princípios de seus ancestrais. Queria trilhar os caminhos percorridos por todos aqueles que a precederam ao longo das gerações. Frequentemente colocando a vida em risco.

— Você não vai, apesar de tudo, mergulhar de cabeça na religião? — perguntei com o coração inquieto.

— Eu ainda devo encontrar meu próprio judaísmo — disse ela, bastante adulta para o meu gosto. Não olhou para mim dizendo isso. Sem dúvida porque partia do princípio de que eu não podia compreender a missão divina de que ela se investia. O que era verdade.

— Ele se chama Daniel — cochichou no meu ouvido.

Capítulo 10

Não tenho mais as cartas. Eu nunca fazia cópias nem rascunho delas. Mas os Schneider, pai e mãe, têm a maior parte das que eu escrevera a Elzira quando ela estava em Israel.

No dia em que eu soube que minhas cartas, endereçadas pessoalmente a Elzira, estavam na casa dos pais dela em Antuérpia, fiquei chocada. Aparentemente eles leram boa parte de nossa correspondência, uma situação que eu jamais poderia supor quando colocava os pensamentos no papel. Se soubesse disso, não creio que continuaria a lhe escrever, certamente não dando tão livre acesso ao meu universo.

Ignoro o que motivou seus pais a ler, é verdade que com alguns anos de atraso, nossa correspondência. A curiosidade? Uma obsessão pelo controle? Talvez Elzira quisesse provar alguma coisa com aquelas cartas? Ou será que os Schneider tinham uma concepção da vida privada diferente daquela a que eu estava acostumada? Uma das cartas lhes era especialmente cara. Seu conteúdo espantava a mim mesma. Se Elzira ou os pais não me fizessem reler minhas próprias palavras, eu não poderia acreditar que as escrevera um dia. Na minha história de vida, eu não me notabilizava nem um pouco pelos meus talentos interpessoais. Entretanto, naquela carta dei prova de uma capacidade de relacionamento tão grande que não posso me impedir de perguntar hoje se não desperdicei uma vocação de casamenteira.

MAZAL TOV

A carta era uma resposta a uma pergunta de Elzira que me pedia para ajudá-la. Ela exprimira numa carta para mim suas dúvidas sobre noivos potenciais: dois homens se interessavam por ela e ela por eles. Não sabia qual escolher. Um era um judeu britânico de origem sírio-egípcia; o outro, um homem nascido em Nova York, onde morava e trabalhava, e alguns de seus antepassados nasceram em Amsterdã. Daniel, o suíço, não estava mais *in the picture*[78]. Sem mais explicações: "São coisas que acontecem". Os dois novos candidatos foram cuidadosamente triados pelos Schneider. Elzira encontrou, por intermédio de seus irmãos, o homem cujas raízes estavam no Oriente Médio. O outro foi apresentado pela casamenteira. Se Elzira não procurava seu futuro esposo obedecendo unicamente ao rabino da sinagoga de Antuérpia, em parte era porque ele deveria satisfazer certos "critérios". Um desses critérios, que denominarei "condições", é que ela preferia que ele não fosse de Antuérpia.

— Por que ele não pode ser de Antuérpia?

— Você lembra quando aprendi a andar de bicicleta? Comecei percorrendo pequenas distâncias e caía muito porque tinha medo. Até o dia em que não tive mais medo e fui, num fôlego só, até em casa. Queria ser judia como eu pedalo, com confiança. *Sans peur*[79]. Não posso conseguir isso na Bélgica. Mas talvez consiga nos Estados Unidos e na Inglaterra. Eles dizem, outros judeus, que tudo é mais fácil por lá. Especialmente nos Estados Unidos, onde todo mundo come *bagels* e *cheesecake* e a alimentação judaica nada tem de extraordinária. Estamos nos cardápios. Contribuímos para a personalidade e o paladar do país.

---

[78] Do inglês, neste contexto, "não fazia mais parte das opções".

[79] Do francês, "sem medo".

J. S. Margot

Minha carta fora uma resposta completa ao que Elzira me anunciara: ela já tivera dois encontros com o homem de Nova York, Isaac; o primeiro no salão de um hotel perto de Bryant's Park e o segundo num restaurante de Riverdale, a parte *kasher* do Bronx. Ela escreveu que era muito raro, *très rare*, que uma moça fosse encontrar um rapaz, pois, segundo a tradição, era normalmente o inverso que deveria acontecer: "Mas eu estava com mamãe e papai e um bando de primas no Borscht Belt, que fica ao norte da cidade de Nova York; daí que achamos que isso vinha bem a calhar e que poderíamos organizar um encontro em algum lugar".

Isaac colocou sobre as costas de Elzira o peso de um problema gigantesco: ele correspondia a todos os desejos dela, e ela aos dele. Os testes de personalidade confirmaram esse sentimento: Isaac e Elzira foram feitos um para o outro. Daí que ela tinha medo. "Como posso ter certeza sobre ele? Como posso saber que é o homem com quem devo me casar?", ela escreveu.

"Você nunca pode ter certeza do que quer que seja. Você não pode ter certeza nem de você mesma", respondi.

Em seguida, assumi um tom ainda mais sério.

Escrevi que eu a conhecia como uma pessoa de caráter firme. Passo a passo, expus a ela sua evolução tal como eu testemunhara. A mocinha reservada transformara-se numa mulher que tinha os pés no chão e que não se deixava levar por ilusões. Eu enaltecia sua personalidade fora do comum, sua sinceridade, sua perseverança, sua obstinação, nunca vazia, mas fundada numa profunda vontade. Eu me estendi sobre o alcance de sua intuição, ilustrando minha visão com fatos e lembranças concretas. Sua empatia, por exemplo, era nitidamente maior do que a das outras crianças da família.

Mazal Tov

Eu a fiz saber que não compreenderia jamais a abordagem judaica ortodoxa tradicional dos temas amorosos, que o amor só podia surgir, na minha opinião, se a gente deixasse espaço para o acaso e o romantismo acontecerem. Mas se ela pensava ser necessário achar um parceiro *the Jewish way*[80], que jogasse esse jogo o melhor que pudesse.

A partir dali, eu me revelava a Ménie Grégoire[81] das relações conjugais: eu a aconselhava a fazer listas de temas variados sobre os quais conversar lucidamente com o candidato. Isaac devia fazer a mesma coisa. Eles deviam passar em revista os mínimos detalhes. Era a única maneira de evoluir em direção a uma eventual compatibilidade.

Fiz uma lista de perguntas. Do que eu gosto? Do que não gosto? O que me alegra? O que me entristece? Quem são meus amigos? Por que eles são meus amigos? O que espero de uma família? O que espero dos familiares do meu cônjuge? Tenho vontade de trabalhar? Quanto tempo vai me tomar esse emprego? Que valores contam para mim? Em que valores eu me reencontro? Que educação eu desejo para nossos filhos? Quantos filhos quero ter? Qual a importância de ter um filho? O que acontecerá se nós tivermos só filhas e nenhum filho homem: quantas filhas aceito ter? O que me faz rir? Em que idioma criaremos nossos filhos?

Os Schneider, pai e mãe, afirmam até hoje que aquela carta constituiu o fio condutor determinante para Elzira e Isaac, e

---

[80] Do inglês, "do jeito judaico".

[81] Jornalista e escritora francesa, falecida em 2014, aos 95 anos, famosa nacionalmente por apresentar, de 1967 a 1981, um programa de rádio em que defendia a liberação feminina, divulgava a psicanálise e promovia as liberdades individuais.

J. S. Margot

para a felicidade de sua primogênita. De minha parte, prefiro não sonhar com a possibilidade angustiante de que eu tenha desempenhado um papel mínimo que fosse na escolha de seu parceiro. Escrevi a carta sem dúvida ao sabor dos impulsos. Provavelmente havia uma pilha de revistas femininas ao meu lado: *Feeling, Elle, Marie-Claire,* sei lá eu! É muito provável, na minha opinião, que eu estivesse bêbada quando dei vazão tão generosamente a meus bons conselhos.

Capítulo 11

O próximo encontro seria em Antuérpia, na cidade onde Elzira nasceu. Ela ligou para mim:

— Qual o local público mais legal da cidade?

— O que você quer dizer por "local público"? Monumento mais bonito?

— Não, restaurante ou café que seja muito bonito.

— Em Antuérpia? Fora do bairro judaico?

— Sim. Para mim e Isaac.

— Mas por certo vocês não podem comer fora do bairro judaico, não? Os lugares que conheço não são *kasher*.

— Você não pode recomendar um lugar aonde turistas vão e eu possa convidar Isaac para um refrigerante? É importante causar boa impressão.

— Você poderia ir à Taberna De Pelgrom. É uma adega histórica numa rua perto da catedral. Muitos turistas vão lá, mas também os moradores. É o tipo de lugar que você mostra às pessoas que visitam Antuérpia pela primeira vez.

— Uma adega, você disse?

— Sim, em uma construção medieval. Eles têm uma grande seleção de cervejas belgas. Americanos gostam disso. E pode-se comer lá. Pratos tipicamente belgas.

— Não posso encontrar um homem numa adega. Precisa ser um lugar transparente.

— Transparente?

— Tem de ser possível que as pessoas, do lado de fora, nos vejam. Um homem e uma mulher que não são casados não podem se sentar em frente um do outro num espaço fechado.

— Haverá outras pessoas na adega.

— Uma adega não soa legal. Você não pode pensar em outro lugar? Com muitas janelas? Onde o mundo exterior possa ver lá dentro?

Listei outras possibilidades. Nenhuma servia.

— Deixe-me pensar. Eu te ligo de volta.

No dia seguinte, recomendei a ela o Zuiderterras. Perfeito para sua necessidade e à vista do público. O restaurante ficava no fim de uma esplanada flutuante sobre o rio Escaut, na altura do Canal do Açúcar; então, era bem central. Os dois poderiam passear pela Praça Vert, pela estátua de Rubens até a impressionante catedral de Notre-Dame e, de lá, para a Fontana Brabo e a magnífica prefeitura, até o Zuiderterras, uma construção minimalista em preto e branco.

— Então, se eu o levar a esse terraço no Escaut, ele terá uma boa impressão de Antuérpia?

— Ele cairá de amor por Antuérpia — assegurei. — A catedral é a maior igreja gótica dos Países Baixos, conte isso a ele. E lá existem pinturas de Rubens que são verdadeiras joias.

— Não vamos entrar numa igreja.

— Não para rezar, Elzira. Para ver as obras de arte.

— Também não fazemos isso. Só se precisarmos. A trabalho ou outra coisa.

— Nesse caso, vão até a prefeitura. É um palácio, só as escadarias já valem a visita.

Isaac nunca estivera em Antuérpia ou na Bélgica. Ele conhecia um pouco de Amsterdã, no entanto.

— E a família dele conhece a mãe de Abigail. Que mundo pequeno, não é mesmo?

— Você tem uma foto de Isaac? — perguntei.

— Tenho — ela disse.

— Me envie! Estou curiosa. Por fax. Ou e-mail: eu te passo meu endereço.

A máquina de fax estava em seus dias finais. A internet havia nascido. Para ficar on-line, era necessário se conectar a um *modem*. Frequentemente, a conexão caía no meio de uma transmissão e era necessário iniciar tudo de novo. O processo de reconectar sempre começava com um toque sonoro estridente e arrastado.

— Não consigo mandar nada. Talvez mais tarde.

Esperava que Elzira fosse me procurar durante a visita de Isaac a Antuérpia para nos apresentar.

Ela não o fez. Porém, para minha surpresa, recebi um cartão com a vista da catedral de Notre-Dame, resplandecente, e um pequeno do poço de ferro forjado de Quentin Metsys. "Obrigada mil vezes, do fundo do coração", dizia com sua letra desajeitada. "Eu não sabia que a cidade velha era tão linda! *Dommage* [82] que eu não tenha ido lá antes. E o Zuiderterras: sublime! *Bisou*[83] de Elzira. E Isaac *greets you too*[84]."

---

[82] Do francês, "pena", "lamentável".

[83] Do francês, "beijo".

[84] Do inglês, "Isaac também envia cumprimentos".

Capítulo 12

E então, no meio da noite, recebi uma ligação. Era Elzira. Num pânico terrível. Numa torrente de lágrimas. Em Nova York.

— Acalme-se, Elzira, acalme-se.

— É *terrible* — ela soluçava sem controle.

— Respire fundo, respire várias vezes lentamente, inspire e expire profundamente, minha princesinha. Não vou a lugar nenhum. Temos a noite toda para conversar. Não há pressa.

Ela estava tão perdida. "Minha princesinha": o termo de carinho era uma tentativa de trazê-la para mais perto.

Eu não tinha ideia do que a afligia, mas sabia que ela não se perturbava à toa. Quando chateada, tendia mais a confiar na própria coragem e determinação do que a dividir desilusões ou dramas com outros. Se agora me ligava em lágrimas é porque algo terrível acontecera em Nova York. Temi o pior.

— Você está sozinha? — perguntei, quando senti sua respiração se normalizar um pouco.

— Sim, estou hospedada com amigos de meus pais. Estou no Brooklyn. É terrível. Não sei o que fazer.

Eu estava tomada de temor. O medo dela me apertou o coração. Será que fora agredida? De qualquer forma, de quem foi a ideia de mandá-la para Nova York? Em Antuérpia, ela não era nem autorizada a ir ao centro da cidade sozinha ou a sair do bairro judaico. Mas agora, depois de uma curta permanência em Israel, a criança superprotegida podia ganhar o mundo de repente? Só porque os judeus viviam pelo mundo afora? Quantos anos ela tinha? Vinte e dois? Vinte e três? Nunca estive em Nova York. Eu conhecia os edifícios icônicos, as pontes e os táxis amarelos dos filmes. Uma cidade refém do crime, se fosse julgar pelo que li.

— Onde estão seus pais?

— Fui longe demais — ela soluçou. — Eu estava na água e ele também.

— Do que você está falando, Elzira?

Ela divagava. Será que tomara algum tipo de droga? Entre tanta gente, por que ligava para mim? E no meio da noite? As únicas outras pessoas que já fizeram isso foram os pais de Nima.

— Foi um presente dele — ela disse.

— O quê? De quem?

— De Isaac.

— Ah, então você está com Isaac? — eu disse e imediatamente fiquei menos preocupada.

— Eu te acordei?

— São cinco da manhã aqui.

— Acabo de voltar. Eu não podia ligar para mais ninguém. Fiz algo que meus pais e irmãos nunca aprovariam. Eu não poderia contar a ninguém mais, senão a você.

Eu a ouvi assoar o nariz, ao lado do bocal do telefone.

Ela foi para a cama com ele, deduzi. Ela perdeu a virgindade e precisava dividir isso comigo.

Passou um tempo até que Elzira pudesse costurar fatos incoerentes em uma história razoavelmente consistente. Em resumo: Isaac era o homem de seus sonhos e ela era a mulher dos sonhos dele – disso nenhum deles duvidava nem sequer por um momento, pretendiam ficar noivos. Ele passara em todos os testes dos sogros, incluindo um interrogatório cruzado sobre a Torá. Da mesma forma, ela satisfez os requisitos dos pais dele. Os dois ansiavam formar uma família feliz – na verdade, não conseguiam esperar mais por isso.

Por tradição, o noivado aconteceria a portas fechadas. Mas antes, Isaac queria apresentá-la a Nova York de uma maneira muito especial, a cidade onde o jovem casal moraria. Seu primeiro plano fora surpreendê-la com um passeio de helicóptero sobre a *Big Apple*. Assim, sua futura esposa poderia admirar todos os arranha-céus – o Flatiron, o Empire State e o Chrysler Building, o Trump e as Twin Towers – de cima, e ela veria com os próprios olhos que o Central Park, onde passeariam com os filhos, era tão grande quanto a Bélgica. No entanto, ele captou da última conversa que teve com Elzira, que ela não era tão louca assim por viagem aérea: em voos longos, tomava uma pílula que sua mãe lhe dava. "Mamãe sofre de um grave medo de voar. Se dependesse dela, tomaria uma anestesia geral assim que apertasse o cinto de segurança."

Então Isaac não alugou um helicóptero, mas um iate luxuoso.

— Um iate privado *kasher*, com capitão, cozinheiro e garçom. Navegamos pela baía de Nova York e ao largo da Estátua da Liberdade.

— Então, enquanto vocês estavam no mar, o Isaac ficou de joelhos e te propôs casamento?

Mazal Tov

— Nós, *les juifs*, não nos ajoelhamos. Não quando rezamos. Nem quando um homem pede à mulher que se case com ele.

Infelizmente estava chovendo quando o iate partiu e o clima piorou quando deixaram a proteção da baía; entre eles e a linha do horizonte de Manhattan pairava em suspenso permanente uma cortina cinzenta de chuva e de neblina. O barco começou a balançar muito. O calor da cabine se infiltrara nas roupas. Como o mau tempo e o risco de tempestade a impediam de tomar fôlego no convés, ela começou a se sentir cada vez mais oprimida.

Ela fez o possível para desfrutar do passeio, retesou todos os músculos para continuar sorrindo e não trair o fato de que preferia ter sido deixada no *subway* de olhos vendados a estar sendo sacudida no Hudson naquele tempo tenebroso. Ela sabia quão importante aquela viagem era para os dois. Apreciava o esforço que Isaac fizera, não queria magoar seu futuro marido, não queria estragar seu noivado. Nem mesmo quando viu a sopa dançar no prato em todas as direções.

Começou a ficar tonta e com náuseas. Queria massagear as têmporas com movimentos circulares para aliviar a pressão na cabeça, mas estava muito assustada para demonstrar o quão doente se sentia: ela temia sucumbir à náusea. Então colocou as mãos em ambos os lados do prato. O vento açoitava, atacava a embarcação. Ondas maiores batiam na lateral e inundavam o *deck*. Num reflexo de pânico, ela agarrou o braço de Isaac, segurou-o e apertou-o.

— Isso é contra as leis judaicas, isso é terrível, não somos nem casados, não somos nem *fiancés*[85], e eu toquei nele!

---

85 Do francês, "noivos".

Nós nos falamos por mais de duas horas. Ao final da conversa, consegui fazê-la rir. Mas Elzira se recusou a ver quão inofensivo tinha sido aquele "deslize".

Soube que o jovem casal, em consulta às suas famílias, já rascunhara algumas possibilidades de datas de casamento. Tudo o que precisavam fazer então era escolher a melhor, e *bien sûr*, *of course*, o casamento ocorreria em Antuérpia; ela e a mãe ainda tinham de encontrar hotéis, preferencialmente no bairro judaico, com quartos disponíveis nas datas e que não cobrassem diárias exorbitantes.

— Vamos nos casar no centro cultural Romi Goldmuntz.

— Ah, então não será na sua sinagoga? — perguntei, ainda após todos esses anos uma ignorante na maioria dos costumes e rituais básicos.

— Você pode, mas não precisa — ela disse. — O rabino *dirige* a cerimônia, mas pode fazê-lo em qualquer lugar; então, preferimos que seja no Romi Goldmuntz, na rua Nerviërs, que tem grandes salas de eventos.

Muitos casamentos e festas eram realizados lá, realmente muitos. Cerimônias judaicas de casamento não são demoradas. Não têm que demorar, eu diria. Às vezes é quase como em Las Vegas. Se você não se cuidar, estará casado antes de perceber. É suficiente que, na presença de duas testemunhas *kasher*, o homem diga *Harei at mekudeshet li b'tabaat zu k'dat Moshe v'Yisrael*[86] para a mulher e lhe dê um anel, e *les deux sont mariés*[87]!

---

[86] Do hebraico, "Com este anel, tu és consagrada a mim conforme a lei de Moisés e Israel".

[87] Do francês, "e os dois estão casados".

MAZAL TOV

— Posso ser uma testemunha *kasher*? — A pergunta estúpida escapou antes de eu tentar evitar.

— Rolam histórias sobre atores profissionais que montaram uma cena da cerimônia real como se fosse um teatro. Algumas meninas caíram no jogo. Elas participaram ativamente e criaram *leur prope drame*[88]. Precisou depois um *divorce* oficial para que elas ficassem livres novamente.

Não contei a ela, teria sido inoportuno, mas após alguns anos de celibato e paqueras, o amor me dera asas de novo. Eu estava deitada nua, sem marido, sem noivo, telefone na mão e nos braços de Martinus.

— Você realmente vai gostar do Isaac — Elzira tinha certeza. — *He is smart and so funny.*[89]

---

[88] Do francês, "o próprio drama".

[89] Do inglês, "ele é inteligente e tão divertido".

Capítulo 13

Se eu pretendesse, mesmo por um segundo, fazer uma imersão nos detalhes da cultura judaica, eis que novamente os fatos estariam lá para me surpreender.

Naquele intervalo, eu escolhera fazer da minha escrita a minha profissão e vendia minhas contribuições para jornais e revistas. Para minhas reportagens, tinha preferência por histórias incomuns de nosso mundo aparentemente normal. Quis fazer uma reportagem sobre a *shadchente*.

Liguei para o senhor Schneider. Ainda tinha de cor o telefone deles. Eu o tenho até hoje. Numa época em que os aparelhos não traziam a tecla de memória, eu o discara centenas de vezes.

A senhora Schneider teve uma surpresa agradável ao me ouvir. Falei rapidamente do meu trabalho e do meu desejo de escrever um artigo sobre a tradição judaica das casamenteiras.

— As dissertações de Jacob a ajudaram bem — disse ela, sorrindo. — *Votre journalisme est né chez nous*[90].

Não revelei que começara a escrever meu primeiro romance.

Ela me disse que a intervenção profissional voltada para viabilizar casamentos era considerada pela comunidade *une*

---

[90] Do francês, "Seu jornalismo nasceu com a gente".

MAZAL TOV

affaire religieuse[91], uma circunstância sagrada, e que eu deveria abordar o tema com prudência.

— Será que vocês poderiam marcar um encontro meu com uma *shadchente?*

Ela não via nenhum inconveniente. Até me deu os números de duas casamenteiras de Antuérpia e acrescentou que eu devia chamá-las em nome dela e transmitir sua estima, muito especialmente à senhora Rosenbaum, que possibilitara o encontro de Elzira e Isaac, que estavam para se casar!

Liguei para a senhora Rosenbaum.

— Você é *quem?*

— Uma jornalista e amiga da família Schneider.

— Aaron e Moriel Schneider?

— Sim. A senhora Schneider manda lembranças afetuosas.

— Mas você não é judia.

— Exatamente, senhora Rosenbaum. Eu queria escrever sobre seu ofício: a maneira como a senhora atua para aproximar casais potenciais e a importância de seus conhecimentos e de suas competências nessa tradição.

— Eu não gostaria de tratar com enxeridos. Não tenho nada a dizer.

— Mas a senhora Schneider...

— Vou ligar para a senhora Schneider.

A conversa com a outra casamenteira se deu no mesmo diapasão. *Unglaublich*[92], murmuraram várias vezes essas *shadchente*

---

[91] Do francês, "uma questão religiosa".
[92] Do alemão, "inacreditável".

ao telefone, e: "Quanto menos gente souber de nossa vida, melhor será".

— Desculpe, eu...

Ela bateu o telefone sem se despedir.

A senhora Schneider recebeu, no mesmo dia, telefonemas das duas casamenteiras furiosas. Não soube o que dizer e pediu-lhes desculpas ao telefone. A comunidade fechava as portas aos que procuravam nela penetrar, considerava que o exterior nada tinha de novo a acrescentar. Quando os Schneider me viram aparecer no horizonte da família, a própria Moriel fora uma defensora fervorosa dessa primeira linha de defesa. Ocorre que ela se acostumou à minha presença, e o mais bonito dessa história é que ela esquecera que eu vinha de fora. Para os Schneider, eu havia me tornado um pouco como uma pessoa de dentro. Tive com Elzira um incidente similar.

Antes do casamento, ela foi morar um tempo breve com os pais. Dedicou-se inteiramente, durante aqueles meses, à organização da festa. E a obter a carteira de motorista.

Ela me pediu para ajudá-la na parte teórica do exame. Não que fosse incapaz de fazer isso sozinha; pelo contrário, nada havia de mais fácil. Mas, tanto para ela como para mim, todos os pretextos eram bons para viver o passado pela última vez.

— Então, seu pai está te ensinando a dirigir? — perguntei.

— Não. Eu estou tendo aulas com um instrutor profissional.

— Como pode?

— Não estou entendendo o que você quer dizer — rebateu Elzira.

MAZAL TOV

— Como você, uma mulher judia não casada, pode estar autorizada a ter lições com um homem? Um carro é um espaço fechado, não é? Ou será que você vai com uma escolta?

Ela me olhou com um leve sorriso.

— Você sabe mais sobre nós do que alguns judeus liberais.

Elzira reconheceu que as aulas de direção para as mulheres faziam parte dos casos-limite. Os pais dela não viam nenhum inconveniente. Nem ela. E Isaac tampouco fizera objeções. Ela e os seus consideravam um carro sem vidros blindados como um lugar aberto e transparente. Durante o dia. Com o cair da noite, ela não deveria cogitar de sentar no carro com um homem que não fosse da família, mesmo um instrutor.

Ela estava tendo aulas de direção com um senhor não judeu da autoescola, mas que era especialista na clientela judaica.

— Ele pode até um pouco de iídiche.

— Ele pode até...?

— Ele pode até *falar* iídiche.

— Então ele fala iídiche.

— Mas foi isso que eu disse.

— Nunca vi uma mulher hassídica dirigir um carro — retomei num tom de brincadeira. — Nem aqui, nem em Bnei Brak.

— Tem umas que dirigem, sim, sabe? Não as subestime.

— Onde é que elas aprendem a dirigir?

— Ah, se você as visse dirigir, não faria essa pergunta. — Ela bufou. — Parece que elas nunca tiveram uma aula, mas os maridos conseguem ser piores! Os homens hassídicos não têm a mínima ideia de como dirigir na cidade. Você nunca cruzou com nenhum? Com o carro? Eles nunca tentaram te atropelar na bicicleta ou na calçada?

Decididamente ela estava bem. Isso me alegrava.

— Como essas mulheres aprendem a dirigir? — Eu queria saber a resposta.

— Elas vão para a autoescola. Mas ninguém pode saber. Essa é a diferença com respeito a mim. O monitor vem me pegar em casa e a aula começa naquele momento. As mulheres hassídicas pedem que vão pegá-las num lugar em que ninguém as conheça. Elas tomam um ônibus para ir até a periferia da cidade, onde tenham certeza que não serão vistas. Ou então são os maridos que as levam até lá. Um pouco como quando aprendi a andar de bicicleta — disse, sorrindo. — Era preciso que isso acontecesse em segredo.

— Mas uma amiga não poderia acompanhá-las?

— Isso acontece às vezes. Porém, no meio hassídico não se quer encorajar as mulheres a dirigir. Não é como com a gente. Mamãe dirige desde os 18 anos. Ocorre que ela detesta estacionar na cidade, especialmente se tem outro carro atrás dela.

De novo, ela sorriu. Israel lhe dera uma atitude mais descontraída e madura com relação à sua religião.

Quando ela foi convocada para o exame final, perguntou-me se eu queria ir no banco de trás do carro. "Assim eu fico menos nervosa."

Ela completou todo o percurso ao volante sem o mínimo problema. Embora o examinador a tenha desconcertado apertando a sua mão antes que a gente entrasse no carro. Mais tarde, ela me explicou.

— Outras meninas já tinham me advertido de que ele faria aquilo. Respondi ao cumprimento, apertei a mão dele; para mim isso não é um problema. Tem meninas que não fariam isso nunca, o que deixa alguns examinadores com raiva, que terminam sendo mais severos com elas a ponto de às vezes reprová-las no exame, pelo que me contaram. Mas não acredito.

— É curioso que eu só pergunte isso agora, mas por que exatamente você se recusa a apertar a mão de alguém? Todo mundo sabe que trocar um aperto de mão é mera formalidade social. É um erro recusarem-se a cumprir esse rito. Quando você estiver nos Estados Unidos, em breve, com certeza vai ser parecido.

— Quando o homem toca na mão de outra mulher que não seja a sua, ele pode sentir *envie* dela, desejá-la. É por respeito ao marido dela e por respeito a ela mesma que eles não apertam a mão um do outro. Além disso, é claro que ele jamais terá como saber se uma mulher está tendo suas *règles*. Quando ela está perdendo sangue. Mesmo uma só gota a torna impura.

— Mas o examinador cuja mão você apertou não é judeu. E você não é casada. Então o que a constrange?

— Ora, eu já disse: isso não é um problema. Mas se eu puder escolher, prefiro que um desconhecido não me toque.

— E se eu escrevesse um belo artigo sobre isso, sobre as jovens judias, seus instrutores de autoescola e a prova de direção? E sobre essas voltas e desvios complicados de contato com o outro?

— Que tal se eu pedisse a meu instrutor que a deixasse acompanhá-lo nas aulas práticas que ele dá aos demais alunos para que você possa fazer essas perguntas e ver o que acontece?

Não pudemos realizar esse projeto. Quando o senhor Schneider soube de nossos planos, disse, em poucas palavras e dessa vez sem fazer nenhuma graça, que deveríamos renunciar imediatamente àquela ideia. Elzira não prestou atenção nem sequer por trinta segundos: ela tinha a cabeça ocupada por Isaac.

Capítulo 14

artinus e eu fomos a Amsterdã para eu conhecer a família e os amigos dele, a quem eu seria apresentada.

No trem para Amsterdã, o assunto Schneider veio naturalmente à tona. Sobre a via elevada da ferrovia, passamos diante das principais sinagogas de Antuérpia, propriedade da comunidade israelita Shomre Hadas, que os Schneider frequentavam.

Contei a Martinus o que eu sabia sobre a sinagoga, que durante a Segunda Guerra Mundial foi pilhada e saqueada pelos nazistas e pelos "simpatizantes" flamengos e que, depois da Guerra, fora rebatizada como sinagoga Romi Goldmuntz, em homenagem ao homem que financiara a restauração do templo, um sobrevivente do Holocausto. Esse mesmo Romi, um empresário do ramo de diamantes, dava o nome ao centro cultural onde Elzira se casaria com Isaac. Naquele intervalo, recebêramos o convite sóbrio, branco e prateado, em quatro línguas. Uma lista de casamento estava anexada. Eu detestava as listas de casamento e fiquei decepcionada que essa invenção, que colocava a eficácia e a avidez acima da espontaneidade e da generosidade, tivesse entrado nos costumes judaicos. Eu achava que listas de casamento não deveriam existir, eram um insulto ao coração de quem não podia presentear com o que queria.

J. S. Margot

— Então estava na hora que outro Romi aparecesse — reagiu Martinus. — Você está vendo como a fachada está descascada? — Ele tentava ler o jornal.

— A sinagoga foi concebida por dois russos — eu disse.

— Você sabe, nós, os holandeses, somos como os judeus: estamos em todos os lugares — ele disse, de brincadeira.

— O arquiteto, aliás, é não somente holandês, mas judeu; ele se chamava De Langhe, se não me engano.

— Pois bem, como se não bastasse nascer holandês, ainda por cima é judeu — disse ele, num tom zombeteiro. E levantou de novo o olhar do jornal.

— Esse De Langhe construiu muito em Antuérpia. A fábrica de torrefação de café, perto das docas do Sul, por exemplo, você sabe, bem ao lado da gente. E o colega dele se mudou para Bruxelas quando era criança para escapar do antissemitismo da Rússia. Ele se chamava Isgour. Outro judeu, portanto.

— Ok, de acordo, a gente vai conversar até Roosendaal. Depois, você vai me deixar ler até Utrecht e, então, retoma a palavra.

— E esse Isgour, você sabe onde ele construiu bastante depois da Segunda Guerra?

— É um questionário?

— Na região mineradora do Limburgo. Zwartberg. Meulenberg. Onde eu frequentei a escola. Ele fez o cassino de Houthalen; eu ia bastante lá quando era pequena, o cassino é um centro cultural. Assisti a muitos espetáculos e também subi ao palco, numa peça de teatro da escola, em que eu fazia o papel de um ursinho. Eu cantava no coral. Um marroquino fazia o papel do urso pai. Ele era muito bom e só tinha dez anos. Aquelas apresentações eram as únicas em que o público era todo misturado. Isso é, reunia imigrantes e não imigrantes. Mas estou divagando. Isgour reagrupou as moradias dos engenheiros na rua da mina. Sempre passávamos de carro naquela rua quando íamos à escola. E foi ele que mandou construir a escola de rapazes e de moças da cidade: a que eu frequentei com todos os filhos de imigrantes. Aquela onde os professores especialistas do Islã também davam aulas.

Eu olhava para Martinus com um ar animado e curioso.

— Diga uma coisa, minha ursinha, e quando você ia à escola...

— Não agora. Outra hora. Você não acha interessante que um arquiteto judeu tenha criado uma escola onde as crianças receberam ensinamentos do Islã?

— Parece curioso hoje. Depois da Guerra não era tão estranho assim, eu não sei.

— Acho isso muito intrigante. Acho também muito tocante que precisamente esse arquiteto judeu, que também projetou a principal sinagoga de Antuérpia, tenha criado o ambiente da minha infância! O homem que construiu o templo de rezas dos Schneider desenhou inclusive as salas da minha escola maternal e primária. Eu só soube disso há pouco tempo, foi uma descoberta recente. Esse Isgour também tem seu crédito na Igreja de Saint-Lambert. Foi lá que eu fiz a minha primeira comunhão. Eu era obrigada.

— Me fale de seu passado.

— Eu só conheço seis pessoas judias, sabe? Judeus ortodoxos, quero dizer. Todos da mesma família. E uma avó, não posso esquecê-la. Sete judeus ortodoxos, portanto. Se não tivesse dado

J. S. Margot

aulas particulares, eu não os teria jamais encontrado. O mundo deles é tão fechado. Nada sabemos deles. Ignoramos até as contribuições que deram à nossa sociedade. Como se explica que eu não conheça a história dos arquitetos judeus da mineradora do Limburgo?

— Não tenho ideia. Você não acha que o mesmo se aplica às contribuições dos não-judeus? É raro a gente saber exatamente o que as pessoas fazem. É preciso evitar categorizá-las, não é? Aliás, não sabia que você se interessava tanto por arquitetura. — Ele enfiou o jornal no meu casaco.

— Os pais de Nima eram arquitetos. Nós lhes enviávamos fotos de todo tipo de recorte de jornal mostrando belas construções. Eram eles que nos pediam. Queriam ver a Europa.

— E foi por intermédio deles que você soube da existência desse Sigour?

— Isgour. Não, descobri essas informações por acaso. Indiretamente. Só ouvi falar. Depois fiz pesquisas.

— Acho que os judeus holandeses são mais holandeses, são menos fechados do que os judeus flamengos. É uma impressão, mas eu talvez não esteja analisando a situação por um bom ângulo. Em Flandres, cada núcleo demográfico forma um grupo à parte. Como ilhotas, umas ao lado das outras. São muitos os judeus que trabalham na televisão nos Países Baixos. Estão presentes nos meios políticos, na advocacia, no comércio e na literatura. São mais enraizados na nossa vida cotidiana. Porque eles são liberais. Eu acho. Porém, posso estar enganado.

— Mas isso se deve a quê?

— Não sei, minha querida. A longa ligação deles com Amsterdã deve explicar alguma coisa e, genericamente, o espírito de abertura que caracteriza os holandeses. Os flamengos são um povo fechado, você sabe tão bem quanto eu. Os holandeses se acham simpáticos e formidáveis. Mas os flamengos falam que os holandeses são superficiais. Deve ser verdade, mas seria um erro pensar que as pessoas que tendem a problematizar tudo sejam mais profundas. Mesmo que eu deva reconhecer que muita superficialidade pode ser cansativa.

Pensei em Abigail, a mulher de Simon. Ela se mostrara, depois de apenas um dia, muito mais à vontade comigo do que Elzira em seis anos. E a americana com quem eu dividira o *sherut* em Bnei Brak era mais comunicativa do que o flamengo médio. O que há então na água que tomamos que nos incita, tão logo alguém manifesta a mínima curiosidade a nosso respeito ou alegria espontânea em nossa companhia, a nos fecharmos como conchas? Aliás, alguns de nossos conhecidos e amigos flamengos, depois de conhecerem Martinus, por coincidência fizeram o mesmo juízo que faziam sobre Nima e que Milena fazia sobre as judias. "Ah, mas você não é um *verdadeiro* holandês, você poderia ser um dos nossos"; ao dizer isso, eles se referiam ao fato de que Martinus não era barulhento e conseguia controlar a vontade de urinar no muro da catedral até chegar em casa.

— Você acha bonita essa sinagoga? — perguntou ele, que sem dúvida queria evitar que eu mergulhasse em meditações.

— A de De Langhe e de Isgour? Ela é sóbria, austera. E a fachada está efetivamente se descascando.

— Mas o interior dela?

— Não sei.

— Porém, é a sinagoga dos Schneider, não é?

— É.

— E você nunca foi lá?

— Jamais.

Jamais eu sonhara com isso. Durante todos aqueles anos que vivi em Antuérpia, nunca entrara numa sinagoga. Nem sequer desejara dar uma olhada no interior da sinagoga holandesa minúscula, situada na frente da Escola Superior de Tradutores e Intérpretes onde eu estudara. Tirávamos fotos e fazíamos vídeos da fachada oriental: era o mais belo *shul* de Antuérpia e sem dúvida das nossas Terras Baixas. Eu me dava conta só agora, nessa conversa de trem, que conhecia apenas o exterior monumental daquele edifício. Ao passo que, nas minhas inúmeras viagens de estudo a Barcelona, visitei a velha sinagoga da Carrer Marlet, e ainda por cima escutando as explicações de um rabino e de um guia turístico. Tomei consciência em Barcelona de que se via raramente, talvez nunca, um carro funerário diante de uma sinagoga, como se via diante da igreja. Aprendi lá que um cadáver judeu é considerado impuro do ponto de vista do culto; os mortos e seus rituais não têm lugar num recinto judaico sagrado, salvo se o morto é um *cohen*, que em hebraico significa "sacerdote". Em Antuérpia, que contava com mais de 50 sinagogas e onde eu morava havia quase 15 años, eu nunca pensara nesse costume.

— No exterior, a gente talvez ouse um pouco mais — disse Martinus, num tom consolador. — E isso certamente vale para os flamengos.

— Entrar numa sinagoga nada tem a ver com audácia.

— Mas a gente sai da zona de conforto — ele replicou. — Quantas pessoas jamais tomam transportes públicos na cidade

MAZAL TOV

onde moram, enquanto não veem nenhum inconveniente em tomar o metrô, o ônibus, o bonde ou um táxi numa cidade desconhecida. Até que elas voltam para casa e, de novo, pegam o carro. Mesmo que seja para visitar a mãe que mora na próxima esquina.

Eu olhava para fora. Nós atravessávamos Heide-Kalmthout. Antigamente muitos judeus viviam naquela comuna, bem ao lado da fronteira com os Países Baixos. A história da família da senhora Schneider, que fora quase toda exterminada, transcorrera lá. Eu deduzira isso das alusões isoladas que ela e as crianças faziam. Eu não sabia nada demais sobre aquele local, salvo que, de todos esses judeus, quase nenhum sobreviveu à Guerra.

Suspirei profundamente. Não conseguia tirar os Schneider dos meus pensamentos. Martinus veio se aninhar perto de mim.

— Se você me deixar ler o jornal agora, vou te levar para saborear um pouco da Amsterdã judaica. — Ele entrelaçou o braço ao meu. — Vamos comer um sanduíche de pastrami no Sal Meijer.

Capítulo 15

*E*u ainda não havia comido sanduíche de pastrami. No Sal Meijer, na rua do Escaut, em Amsterdã, devorei dois, um em seguida ao outro.

— Não conheço um lugar assim em Antuérpia — eu disse. Mesmo essa variante do pastrami, nós não conhecemos.

— Antigamente, trabalhei nessas regiões dos rios; pela manhã, a gente sempre dava um jeito de vir comer aqui no Sal — contou Martinus.

Estávamos contentes: a visita à família transcorrera sem problemas e à moda holandesa. Eu era formidável e simpática, mas um pouco estranha porque não falava muito. Nós nos reunimos em torno de pratinhos de fritas, tomamos café e outras bebidas. Eles comentaram várias vezes que eu falava um bonito flamengo e tive de repetir uma expressão porque a acharam tão pictórica, tão mais provocante do que em sua própria língua. Creio me lembrar de que usei a expressão flamenga *het spel zit op de wagen*[93] enquanto em holandês eles dizem *poppen zijn aan het dansen*[94]. Tive de novo a impressão, na companhia deles, de ser a pessoa de fora que entra num estranho quadro vivo, mas isso não era grave.

---

93 Do flamengo, "o espetáculo acontece na charrete".

94 Do holandês, "as marionetes estão dançando" – ambas as expressões significam "isso vai acabar mal".

MAZAL TOV

O estabelecimento de Sal Meijer parecia datar dos anos 1950 ou 1960. Tinha as paredes cobertas de azulejos brancos, homens trabalhando de avental, um serviço da época da minha avó, sanduíches simples, generosamente recheados de produtos elementares à base de peixe e carne de boa qualidade. A única excentricidade era o sotaque de Amsterdã que ressoava no pequeno salão.

Os clientes eram jovens e velhos. Judeus e não-judeus. Ortodoxos e liberais. As mesas estavam quase todas ocupadas, mesmo no terraço. A atmosfera era descontraída. Na parede havia o certificado do rabinato. Quando alguém pedia um sanduíche de presunto, era servido sem comentários, como se o pedido fosse um sanduíche de pastrami ou salsichão de boi. Ninguém se preocupava em evitar porco porque não havia. Tampouco havia leite ou manteiga.

— Ah, você é da Bélgica.

Um homem de certa idade nos dirigiu a palavra. Ele tomava chá na mesa ao lado.

— Seu ouvido não o enganou — eu disse.

— Certamente você está procurando holandeses famosos.

— Como assim? — perguntei.

— O cara do *Banana Split*, Sonja Barend. Bram Moszkowicz. Ralph Inbar. Hanneke Groeteman, eles vêm todos aqui.

— Nós só viemos comer um bom sanduíche — disse Martinus. — E eu quis mostrar esse lugar a ela.

— Ah, o senhor é holandês. Muito bem. Você tem razão em trazê-la a este estabelecimento judaico. Judeus e Amsterdã: é como unha e carne — prosseguiu o homem.

— O senhor é judeu? — perguntei.

J. S. Margot

— Qual é a sua opinião? Melhor dizendo, na opinião da senhora. Digo "senhora" porque na Bélgica o tratamento é mais cerimonioso, não é? Não temos tratamento cerimonioso em hebraico. Isso não existe.

— Judeus e Amsterdã, como unha e carne? Depois da Guerra, só um quinto da população judia voltou — não pude deixar de dizer. Na Bélgica a resistência contra o genocídio organizado foi mais forte.

Dei-me conta de que isso acontecia com frequência. Eu tomava explicitamente o partido da Bélgica na Holanda ou diante dos holandeses, como se me sentisse obrigada a defender meu país, minhas origens.

O homem não disse mais nada. Ele terminou o chá. Senti que me recriminava.

Antes de ir embora, perguntou se queríamos desfrutar de uma amostra do humor judaico de Amsterdã. Concordei sem pensar muito. Martinus reagiu com mais entusiasmo. O homem, Jacky, cliente regular da casa, falou de um estudante que trabalhava no restaurante Sal Meijer no horário de pico.

— Veja talheres para essa moça comer o sanduíche de *steak tartar* — disse Jacky ao estudante, indicando discretamente uma mulher sentada ao lado da janela.

Alguns clientes comiam o sanduíche sem talheres, ao passo que outros faziam questão do garfo e faca.

— Seus talheres — disse o estudante entregando uma faca e um garfo para a mulher e, depois, corou até as orelhas.

A mulher era uma vítima da Talidomida. A mãe dela o havia tomado durante a gravidez quando ainda não se sabia que essa medicação contra náuseas poderia provocar más formações fetais. Um de seus braços terminava num coto logo abaixo do cotovelo.

— É esse o humor judaico — disse Jacky, morrendo de rir.

Os funcionários de avental também riram. Martinus tentou se juntar a eles, um pouco hesitante. Quanto a mim, dei de ombros, simulando indiferença. Desacorçoada, não sabia o que era pior: as piadas do senhor Schneider ou o espírito debochado de Jacky, impregnado de amargura e de desprezo por si próprio.

Só os pretos podem rir dos pretos, conforme eu já tinha ouvido.

Capítulo 16

Era a primeira vez que via o noivo de Elzira: Isaac era branco como um lençol e parecia estar a ponto de desmaiar a qualquer momento. Dois homens o guiaram à *chupá* [95]: o pai e o senhor Schneider. Seu chapéu de abas largas parecia mais sólido do que aquele rapaz magro, seco e alto. Por cima do terno, usava um manto branco. Não tinha barba e eu me surpreendi pensando que aquilo era uma vantagem para a noiva.

Isaac estava sob a tenda nupcial de seda branca. O rabino falava e cantava. À minha volta, na seção das mulheres, um burburinho do qual às vezes se elevava uma voz como num mercado. Todas as mulheres, fora eu, tinham muito a dizer. Levantavam-se, sentavam-se de novo, passeavam pela galeria. Riam. Eram muito chiques. Telefonavam. Eu as ouvia falar holandês, francês, hebraico e uma espécie de anglo-americano. De vez em quando, somente alguns ecos de iídiche. As crianças comiam bombons e corriam umas atrás das outras. Ninguém parecia especialmente concentrado. Precisei me controlar para não lhes chamar a atenção: "Ei, vocês não podem fazer menos barulho? Elzira e Isaac estão se casando, francamente!".

Até onde podia avaliar, eu era a única não-judia no seio da comunidade reunida para o casamento. Mas poderia estar enganada até porque eu mesma poderia ser confundida com uma ortodoxa moderna. Usava um longo preto que ia até o chão.

---

[95] Tenda onde se realiza o ritual de casamento judaico.

Tinha os cabelos castanhos na altura dos ombros. Nenhuma aliança brilhava no meu dedo; portanto, não precisava usar peruca. Eu esperava que as cores escuras predominassem. Não faltava o azul-marinho, mas cores pastel e outros tons pálidos estavam muito presentes na assistência. Muitas das mulheres ali poderiam estampar a capa de uma revista de moda.

Procurei Abigail, a mulher de Simon, e Sara. Não as achei. Não vi ninguém que conhecesse ou que me fosse familiar. A família próxima estava provavelmente em outra sala, mais perto da noiva e do noivo. Avaliei o número de convidados em 200, 250 pessoas. Onde estava a avó das crianças? Queria cumprimentá-la. Quanto tempo fazia desde que eu a vira pela última vez? Eu ignorava quantas netas tinha. Mas sabia que era muito ligada a Elzira.

Sentada à frente, atrás da balaustrada, eu observava os homens no térreo. Não estava vendo Martinus. Com certeza ele já encontrara uma forma de se juntar a alguns convidados e provavelmente acumulava convites para tomar um café na casa de várias pessoas presentes. Além de sua sociabilidade, ele dispunha de outro trunfo: a família de Isaac tinha raízes holandesas. Havia muitas pessoas de Amsterdã entre os convidados. Quem sabe? Talvez ele conhecesse ou reencontrasse alguém. Na entrada, um homem dera a Martinus uma *kipá* de veludo. O meu namorado poderia perfeitamente se passar por judeu, agora que estava de terno escuro.

Avessos à lista de casamentos, compramos para o jovem casal um magnífico edredom de custo proibitivo, nos limites do nosso orçamento. *King size*. Em cetim branco com listras prateadas. A mesma cor e padronagem do convite do casamento. Enquanto esperava para ver o que aconteceria, ocorreu-me que teríamos feito mais negócio se comprássemos uma peça parecida para uma cama de solteiro, mas eu esquecera totalmente que as judias casadas dormiam em outra cama quando tinham suas regras. Como fui esquecer isso?! Deveríamos ter obedecido a lista.

Quando entrei, já tinha visto Elzira de relance. Ela estava sentada numa poltrona decorada. Estava resplandecente. Cachos fartos e flores nos cabelos. O *blush* rosa sobre as maçãs do rosto, pálidas, quase transparentes. O olhar profundo. As mãos cruzadas no colo. Ela estava cercada de muita gente, eu a olhava à distância. Eu tinha lágrimas nos olhos. Estava nervosa por ela. Diante de Moisés, o mar se abriu em dois. Diante desse jovem casal, homens e mulheres eram separados por divisórias em dois grupos.

Elzira. Um pouco minha Elzira. Agora casada. A *kaláh*[96]. Ela se dirigiu acompanhada pela mãe e pela sogra em direção ao dossel. Num vestido branco de cauda, caminhou lenta e calmamente até Isaac com o rosto coberto por um véu. Eu sabia como era seu vestido porque ela já me dissera que escolhera um modelo magnífico, sem mangas, do estilista Natan, que fora minuciosamente adaptado pelos costureiros às normas judaicas ortodoxas. Com as duas mães e segurando uma vela, deu sete voltas em torno de Isaac. Era um dos raros símbolos que eu conhecia. O mundo fora feito em sete dias. Ela erigia sete paredes em volta de seu casamento, esperando que isso bastasse para protegê-lo das influências negativas de fora. Muita coisa aconteceu no ritual. Não sei mais em que ordem. Minha boca estava seca. O rabino começou a falar. Deu sua bênção. Em muitas palavras e frases longas. Eles tomaram vinho da mesma taça. A se-

---

[96] Do hebraico, "noiva".

Mazal Tov

nhora Schneider tirou o véu que cobria o rosto de Elzira. Isaac a olhou. Ela sorriu. Vi desaparecer toda a tensão. Ele trazia um sorriso irresistível. O rabino retomou a palavra. As mulheres à minha volta olhavam a *chupá* sob a qual Isaac colocou o anel no dedo indicador direito de Elzira. O rabino continuou falando e lendo em voz alta. Eu aguardava o momento em que Elzira colocaria a aliança no dedo direito de Isaac. Em outros tempos, eu temeria que ela deixasse cair o anel. Não era em absoluto o caso agora. Mas Isaac não recebeu nenhuma aliança. Elzira apalpava a sua, passou-a para um dedo da outra mão. O jovem casal assinou um formulário cujo conteúdo eu supunha fosse do conhecimento do rabino. Depois da assinatura, Elzira deu o documento a seu pai. O senhor Schneider precisou recorrer a um lenço.

Depois, Isaac quebrou um copo com o pé. Os cacos, como Elzira havia me contado, simbolizavam Jerusalém devastada, a paz frágil em Israel e, mais genericamente, a imperfeição do mundo.

"Mazal Tov", todo mundo gritou.

Meus olhos varreram o andar térreo. Desejei muito estar ao lado de Martinus!

Terceira Parte

2001 - Presente

Capítulo 1

uriosamente, anos após minha permanência em Bnei Brak, não foi Elzira, mas Jacob que eu revi primeiro. Retornando de uma viagem a São Francisco, Martinus e eu, num impulso, adicionamos três dias para uma esticada a Nova York. Tanto Jacob como Elzira moravam lá.

— Por que você não liga para Elzira? — Martinus perguntou.

— É sexta-feira.

— Mas ainda é início de tarde, ainda não é *Shabat*.

— Não se pode fazer isso — eu disse. — Ligar de repente para alguém depois de anos sem vê-lo e dizer: "Olá, sou eu! Surpresa! Estou na cidade e estarei na sua porta em um minuto!". Elzira tem uma família, ela tem sua própria vida agora.

Mas havia algo mais do que isso. Eu não podia de repente bater à porta de uma família ortodoxa sem a devida preparação mental. Eu não podia pular, de uma hora para outra, para um ambiente cheio de regras religiosas – certamente não depois de uma estada em São Francisco. Um dia eu visitaria Elzira. Mas ela e eu nos prepararíamos inteiramente e com bastante antecedência.

Ao longo do tempo, nosso relacionamento havia mudado, é claro. Não nos víamos mais. O contato que ainda mantinha com os filhos dos Schneider era esporádico. Às vezes, ficava sem saber deles e vice-versa por um ano inteiro. Eles me mandavam um e-mail ou um cartão quando, por exemplo, nascia uma criança na família. Já que não houve nenhum nascimento na minha, eu ocasionalmente procurava outras razões para entrar em contato. Como quando encontrei Opris por acaso. Perguntei por Monsieur e fiquei triste de ouvir que o pequeno cachorro falecera.

— Por que, então, você não liga para o Jacob? — persistiu Martinus.

— Ele tem mais responsabilidade ainda do que Elzira. A esposa e os filhos. O trabalho. Morar em Nova York é super caro.

— Não vejo o que isso tem a ver...

— Não quero atrapalhá-los, Martinus.

— Gostaria de ver Jacob. E você também, certo? Você sente falta dos Schneider. Então por que não procurá-los enquanto estamos aqui?

— Você nem sequer conhece Jacob.

— Sim, conheço. Conversamos por horas na festa de casamento de Elzira.

— Horas? Por 15 minutos, se muito! E isso foi anos atrás! Não podemos de repente aparecer sem aviso.

— Tenho certeza de que Jacob ficaria feliz de nos ver.

— Não quero parecer inoportuna.

— Mas que mentalidade tão flamenga! Por que Jacob não se alegraria de saber da gente? O que os holandeses chamam de gentil e atenciosa, os flamengos chamam de inoportuna? — ele fez uma cara de quem não entendeu nada. Uma cara que também significava que eu estava errada.

Mazal Tov

— Por que então você não liga para ele?

— Qual o número?

Em poucas horas, Jacob adentrava a passos largos pelas portas automáticas do *lobby* do nosso hotel. Na minha mente, eu o via vestindo uma leve jaqueta de chuva K-Way. Vermelha. Ainda que não tenha certeza de que ela era real. É bem possível que eu tenha inventado a jaqueta vermelha depois, atribuindo a cor à impressão relaxada que ele me passou. Sei, no entanto, que ele usava um jeans Levi's azul-escuro, com orgulho.

— Só mesmo Levi Strauss, um judeu, para ensinar o mundo a vestir jeans... — Jacob bateu nos ombros de Martinus até doer, e deu um esmagador aperto de mãos.

Recebi um cordial e alegre aceno de cabeça.

— Bem-vindos a Nova York, *best place in the world*. O que os traz à minha cidade?

Pensei como ele ficou alto. Sério também. E, um pouco em pânico, temi que não soubéssemos o que conversar, que apenas trocássemos platitudes. Temi que acabássemos o dia com um abismo entre nós.

Jacob tomou as rédeas. Ele queria nos mostrar um *food truck* local. "Eles vendem os melhores *waffles* belgas do mundo." Gesticulando expansivamente, como se fosse um guia turístico entusiasmado, ele nos disse que o importador da massa *kasher* do *waffle* era um judeu de Antuérpia: "Imaginem, *a jew makes the New Yorkers passionate for Belgium waffles*[97], enquanto a gente vasculha a Bélgica em vão por *waffles kasher* assados *in loco*".

---

[97] Do inglês, "um judeu fazendo os nova-yorkinos se apaixonarem por *waffles* belgas".

J. S. MARGOT

Ele tomou a dianteira. Antes, sempre tinha sido o contrário. A configuração das coisas mudara.

— Falando da Bélgica, você não sente falta dela? — perguntei, procurando o que dizer.

— Sim e não — ele respondeu. — Às vezes tenho saudades da minha família, do falafel do Beni, dos amigos. Mas nunca mais voltarei a morar lá. Nova York é o grande lugar para ser um judeu.

Ele andava entre mim e Martinus. Como tantos judeus ortodoxos do Distrito do Diamante de Antuérpia, ele andava rápido. Eu mal podia acompanhar o ritmo de seu passo. Tive vontade de passar meu braço no dele para acompanhá-lo melhor. Também tive vontade de uma bela taça de vinho.

— Somente agora, que sou um dentre o milhão e meio de judeus de Nova York, 12% da população da cidade, sei o que significa ser um judeu ortodoxo moderno no seu próprio elemento. E judeus europeus são diferentes de judeus americanos. Nós, europeus, temos um senso de humor diferente. Nós nos vestimos e nos movemos distintamente. Adoramos futebol. Nós nos procuramos, mesmo aqui em Nova York. Aliás, mais e mais judeus de Antuérpia estão se mudando para cá. Incluindo amigos meus, do Simon e das minhas irmãs. Acho que iniciamos uma tendência — ele brincou.

— A Elzira ganhou de você.

— Sim, a intuição de Elzira foi impecável — ele disse.

— Que língua vocês, judeus europeus, falam entre si? — Eu estava praticando nosso velho jogo de linguagem.

MAZAL TOV

— Ainda tenho um amigo de escola que fala o dialeto an-
tuerpês — ele riu. — Na verdade, ele te conhece, até falamos
sobre você não faz tanto tempo.

— Ele me conhece? Além de você, não conheço nenhum
judeu ortodoxo.

— Claro que conhece. Você redigiu os ensaios dele.

Tudo o que ele disse sobre a esposa Thirza, lá no caminhão
de *waffle*, irradiava admiração. Ela nascera em Nova York. Tinha um doutorado em Física, mas preferia – e achou que fazia
mais sentido financeiro – se juntar ao negócio de joias dos pais.
Assim, ela não precisava trabalhar das nove às cinco. E não tinha de explicar o *Shabat*.

Ele falou dos sogros. O pai de Thirza era nascido em Antuérpia. Após a guerra, quando perdeu praticamente a família
inteira, a Europa parecia um lugar maldito. Ele embarcou num
navio para a América. Aos 16 anos, mentiu às autoridades da
imigração americana, dizendo que já era maior de idade. Alguns anos depois, Thirza nasceu. Ela foi apresentada a Jacob por
intermédio de uma *shadchente*. Tiveram dois filhos.

— Eu ainda quero ter cinco, pelo menos. Então, você pode
compreender como é prático que Thirza continue trabalhando
no negócio da família.

Ele parecia ter deixado de lado seu sorriso arrogante: nós-
-de-um-lado-e-vocês-de-outro. Trocara os óculos por lentes de
contato; tive a impressão de que ele enxergava o mundo inteiro
de forma diferente, com mais cor.

Jacob nos contou sobre o negócio que começara, desenvol-
vendo câmeras digitais. Já havia dez pessoas trabalhando para ele.

— Ainda estou no prejuízo no momento, mas cresceremos, seremos pujantes.

Para montar o negócio, pegara dinheiro emprestado de um abastado corretor judeu do mercado imobiliário. No início, o homem se recusou a investir em Jacob; não vira futuro no negócio. Mas Jacob não desistiu. Por semanas, foi ao mesmo *shul* frequentado pelo gigante do mercado imobiliário. Quando a estratégia se mostrou inútil, passou três noites sucessivas num saco de dormir diante da porta do sujeito. Na terceira manhã, o homem o convidou para entrar.

Jacob pagou pelos *waffles*, que estavam realmente excelentes. Falamos sobre isso e aquilo. Sobre seus pais: a saúde deles, de como o medo da senhora Schneider de viajar de avião descartava visitas aos Estados Unidos e de como, então, ela preferia o trem para Amsterdã, onde Simon e Abigail moravam com os dois filhos. Sobre Sara, que, para surpresa de todos, nunca se voluntariou para o Exército israelense. A mais nova das quatro crianças ficou em Antuérpia, casando-se com um judeu de origem turca. Falamos sobre Elzira. Ele via a irmã mais velha apenas ocasionalmente. Moravam na mesma cidade, mas Nova York era muito grande; enquanto Elzira morava em Brooklyn Heights, ele morava em Fresh Meadows, ao norte do aeroporto JFK. No mínimo uma hora de carro, desde que não houvesse um contratempo. Mas sempre havia algum. E ambos levavam vidas separadas, iam para suas próprias sinagogas, viviam dentro de suas específicas comunidades judaicas.

— Não, minha Thirza não usa peruca. Ela é uma nova Madeleine Albright, *if you know what I mean*. Nós nem mesmo moramos numa vizinhança com um *eruv, can you imagine?* Elzira e Isaac, sim. Existem muitos *eruvim* em Nova York, cerca de dez ou mais somente no sul da cidade, acredito.

Então Martinus contou sua história sobre o casamento de Elzira.

Durante a recepção, uns poucos convidados estendiam ora um chapéu emborcado, ora um pires metálico ou ainda um cofrinho, murmurando algo em hebraico ou iídiche. Toda vez, Martinus abria a carteira e depositava algumas notas. Quando estas acabaram, ele passou às moedas. Presumiu que o ritual era parte do casamento; todas as contribuições seriam dadas como um presente ao jovem casal ou talvez para cobrir o custo de hospedagem dos convidados estrangeiros. Mas os chapéus e pires não paravam de vir. Ele perguntou ao homem a seu lado que presente comprariam para Elzira e Isaac com o dinheiro coletado. O homem desatou a rir.

O que acontecia é que os coletores representavam todo tipo de organizações voluntárias judaicas. Eles gostavam de aparecer em casamentos porque poderiam encontrar muitas pessoas generosas e bem-intencionadas em um único lugar. E mais, a aprovação social era considerável: uma pessoa podia ver quão fundo no bolso o outro estava pronto a dar como *tzedakah*, um ato de caridade, de justiça, autorizado por Deus.

Sem saber, Martinus patrocinou todo tipo de escolas, movimentos juvenis, *shuls*, associações de idosos, fornecedores de comida *kasher* e serviços de ambulância – provavelmente todos ultraortodoxos.

— *Fantastic* — riu Jacob após ouvir a história.

— Eu me achei um idiota — Martinus disse.

Os dois ficaram tão imersos na conversa que me senti deixada de lado. Eles falaram sobre migração. Sobre o vírus de viajantes que infecta os holandeses, fazendo Jacob pensar em seu povo: a história dos judeus tem sido tradicionalmente a de migração constante. Eles conversaram sobre tecnologia da informação — ou TI, como chamavam —, falando como *geeks* e técnicos. Eles alternavam o holandês e o inglês. O idioma que falavam dependia do assunto e de suas memórias, da época em que os eventos aconteceram. Os dois trocaram endereços de e-mail.

Enquanto esperávamos o trem de Jacob, sentados a seu lado, perto de uma pequena parede de pedra da Penn Station, vi que ele estava usando meias pretas com o dia da semana costurado ao longo da borda superior. Era sexta-feira, mas elas diziam outra coisa. Mais ainda, Jacob usava um dia diferente em cada pé. Essa descoberta me deu a doce impressão de ter voltado para casa.

Capítulo 2

Eu estava justamente colocando em ordem minha caixa de entrada de e-mails quando a mensagem chegou. De início, pensei que fosse de Elzira. Ela e Isaac compartilhavam um endereço de e-mail com seus nomes. Mas era de Isaac. Basicamente dizia o seguinte: ele esperava que tudo estivesse bem comigo e com Martinus. Ele não queria me atrapalhar, afirmava. Contou-me que a filha mais velha se submetera recentemente a uma séria cirurgia cardíaca. A operação fora um sucesso, *thank God* (foi como ele escreveu). Mas Elzira não conseguia se livrar das preocupações. Porque os ataques de 11 de setembro aconteceram justo quando a menina estava na mesa de operação. Ele se perguntava se eu não gostaria de ir ficar alguns dias com ela. Disse que tinham muito espaço para hóspedes. Que faria bem para a esposa conversar comigo. E que por enquanto, gostaria de manter minha visita em segredo. Assim, seria melhor que eu não respondesse por ali.

Ele me deu três números de telefone. Num PS adicionou que gostaria de me reembolsar o valor das passagens.

Capítulo 3

Fiquei lá cinco deliciosos dias.

Elzira e Isaac tinham três filhas e um filho. Quando ia me deitar, encontrava chocolates e palavrinhas gentis sob meu travesseiro. Todo dia, eu encontrava doces mensagens em *post-its* e desenhos no espelho do banheiro.

A casa era repleta de música. A filha mais nova curtiu meus saltos altos e transformou a sala de estar numa passarela. A mais velha, a que teve a operação cardíaca e posteriormente se mostrou muito saudável, não podia acreditar que fui tutora de sua mami algum dia na vida. Ela deve ter me perguntado isso ao menos 50 vezes. A do meio queria que tudo que eu dissesse fosse repetido para ela. Quanto ao menino, quando brincamos com seus carrinhos ou quando eu o ajudei a fazer castelos na caixa de areia, ele me fixava o olhar por minutos. Era um garotinho encantador, nem três anos tinha ainda. De acordo com a Torá, ele não poderia cortar o cabelo antes de completar essa idade; então, seus cachos caíam até a altura do queixo. Elzira era uma observante mais severa do que seus pais. Os filhos falavam inglês, hebraico e um pouco de holandês.

Eles amavam *waffles* e fritas. E *cheesecake* da Kleinblatt da rua Provincie, em Antuérpia: levara alguns comigo, o que fez minha popularidade disparar.

A empregada latina vivia no sótão. Quando brincava com as crianças, sua risada fazia a casa inteira vibrar, como se um motor tivesse sido ligado. A jovem mulher era principalmente responsável pela lavanderia e outras tarefas domésticas. Era a própria Elzira que cozinhava. E era ela quem ajudava as crianças a fazer as lições de casa. Apesar da profunda preocupação com a família, irradiava bom humor, contentamento e a autoconfiança peculiar às mães devotadas e abonadas financeiramente.

Após a primeira gravidez, Elzira, cujo nome, somente agora descobri, significa "devota a Deus", teve de desistir do trabalho administrativo numa escola judaica. Desde então, vinha se dedicando ao trabalho voluntário. Ela se metamorfoseou num pilar altruísta para a vida da comunidade local — em Brooklyn Heights. Se, ao sair de casa, ela não entrasse imediatamente em seu SUV cáqui, era bem capaz de ser parada por um residente local para conversar.

— Eu me dou muito bem com todo mundo, apesar de achar algumas das JAP cansativas — ela disse.

— JAP? — perguntei.

— *Jewish American Princesses*. Mulheres judias ricas que não têm o mínimo contato com o mundo real. As Paris Hilton da nossa comunidade. Tento ser superamigável e sou muito paciente com elas. Mas por dentro, às vezes, eu penso: "*Grow up!*"

Ela conhecia as famílias locais e o que acontecia na vida delas. Sua intuição, seus esforços e sua recusa em julgar tinham grande alcance social. Não fosse ela mulher, teria sido um bom rabino ortodoxo.

— Você ainda podia se tornar uma *shadchente* — eu sorri.

— Sim! Namoros na Agência Elzira, mais confiáveis que Al Jazeera — ela gargalhou.

Entretanto, não falamos do 11 de setembro. Não na essência, de qualquer modo. As ruínas, a poeira, a comoção no hospital no dia em que sua filha estava sobre uma maca no centro cirúrgico: isso foi discutido demoradamente.

Ela viu algumas vítimas graves levadas ao hospital enquanto aguardava na sala de espera, rezando por boas notícias do cirurgião cardíaco. Permaneceu rezando por dias.

Passei um *Shabat* com a família de Elzira. Naquela tarde de sexta, perguntei se ela se importaria caso eu levasse as crianças para um passeio em vez de ajudá-la na cozinha.

— Claro que não — disse.

Eu estava muito pouco familiarizada com as normas alimentares para me sentir confiante sobre o que fazer e gostaria de evitar aquele estresse. Ainda não sabia quais ingredientes podiam ficar lado a lado, quais pratos eu poderia lavar em qual pia, quais panelas eram proibidas, quais eram permitidas. Se eu poderia tocar os botões do fogão – por que não seria aumentar uma chama a mesma coisa que acender uma chama? A geladeira, com sua luz que liga e desliga: seria correto abrir e fechar a porta? Em algum lugar, ouvi que até o transporte de gêneros alimentícios *kasher* era estritamente regulado: se a última carga de um caminhão consistisse de produtos não *kasher*, os fundos tinham de ser completamente limpos antes de serem carregados com alimentos *kasher*.

"Quem inventa essas coisas?", pensei. Não é de espantar que comida *kasher* seja tão cara!

Apesar disso, dei uma derrapada naquela noite, quando estávamos à mesa. Eu fazia anotações após as velas serem acesas,

MAZAL TOV

as bênçãos pronunciadas, esquecendo-me completamente de que escrever se enquadrava na lista de atividades proibidas. Eu simplesmente não havia internalizado as leis judaicas.

A filha mais nova de Elzira e Isaac se expressou em termos que não deixaram dúvidas:

— Isso não é permitido — ela falou. — Você precisa largar sua caneta. E desligar seu telefone. Eu sei, mamãe e papai falaram que você podia fazer o que quisesse porque não é judia. Mas prefiro que você não confunda a gente.

Capítulo 4

Alguns anos mais tarde, enviei a Elzira um e-mail diferente de todos os outros que enviara antes. Sem entrar nos detalhes de tudo que perdi ao longo da minha vida, contei-lhe o quanto precisava dela e sua família.

"Venha quando quiser", ela respondeu.

Apesar da minha crença no ditado "visitas, como peixe, começam a cheirar depois de três dias", daquela vez passei sete noites em sua – nova – residência com fachada em pedras marrons em Brooklyn Heights, onde fiquei numa espaçosa suíte e dormi na mesma cama que o senhor e a senhora Schneider usavam quando iam.

Deram-me a chave de sua casa e o código do sistema de alarme. "Tem cinzeiros no jardim", Isaac falou assim que voltei de uma caminhada pelo bairro: ele deve ter percebido pelo cheiro que fui dar uma fumada discreta. Ele me deu uma chave para a área do jardim, que estava mais para um bangalô *country* e tinha um bar guarnecido de bebidas das melhores marcas, algumas com certificados *kasher*, incluindo uma garrafa de Jack Daniels Old No. 7. Além de refrigerantes, a geladeira continha Duvel e Maredsous (cervejas sem aditivos, *kasher*) para amigos da Bélgica que regularmente iam visitá-los e seus amigos americanos que gostavam dessas beberagens.

Isaac me contou de homens hassídicos que amavam tomar Duvel.

Imaginar isso me fez sorrir.

Os livros na área do jardim incluíam meu romance de estreia. Eu o folheei. Aqui e ali, Elzira marcou passagens e fez anotações; eu conhecia sua letra.

Saí para muitas caminhadas. Sozinha e com as crianças. Às vezes, com Elzira; às vezes com Elzira e Isaac. Ela e seu marido quase nunca se tocaram amorosamente na minha presença.

Entretanto, das interações brincalhonas de suas palavras, silêncios e olhares cúmplices, eu poderia dizer que criaram sua própria linguagem e seu próprio mundo, e sentiam-se em casa nele.

Nas minhas saídas, vi todas as ramificações do judaísmo. Dentro de cada ramificação, encontrei uma gradação diferente e, dentro de cada gradação, eu me deparei com toda e qualquer diferença individual imaginável.

Pela primeira vez na minha vida, eu me conscientizava de que não existe uma comunidade judaica homogênea.

Meninas judias de saias curtas andavam ao lado de mulheres hassídicas de longas saias escuras, perucas sintéticas e meias-calças bege muito grossas, com costura vertical para que o náilon descaracterizasse a visão direta, o apelo erótico da pele da panturrilha.

Em Nova York, mulheres com trajes antigos parecem menos antiquadas do que em Antuérpia. Essa descoberta me surpreendeu porque, no Velho Continente, passado e presente eram mais interligados do que naquela metrópole do Novo Mundo.

Falei com pessoas de todo tipo. Naquelas conversas, percebi que os judeus se dirigiam a mim com uma abertura de espírito que nunca encontrei em Antuérpia. É claro que, em uma semana, falei com mais judeus ortodoxos, modernos ou não, do que o fizera em um quarto de século. Talvez porque, como visitante na cidade, me abri mais ao mundo ao meu redor. Martinus uma vez formulou uma hipótese parecida, e havia muita verdade nisso. Mas a realidade tinha mais nuances: as pessoas, jovens e velhas, com as quais conversei nas ruas, no metrô ou no elevador, não estavam inclinadas a ocultar suas vidas. Não estavam fechando portas para o mundo com ferrolhos e correntes. Ao contrário. Elas se abriam e colocavam-se acessíveis a ele por intermédio de mim, de nossas conversas.

Aquelas trocas sacudiram meus pensamentos, remetiam-me ao dia em que o professor fora com a classe de Jacob à Casa Anne Frank e iniciou o debate no trem sobre a autoconfiança judaica. Aparentemente, o DNA dos judeus nova-yorkinos continha menos medo e mais orgulho e *joie de vivre*. Como foi que Jacob disse mesmo? Como a naturalidade com que ele podia ser judeu lá aprimorou sua autoconfiança. Da maneira que eu via, a solidez da comunidade também se beneficiava das vantagens de Nova York. Como se as pessoas lá não quisessem sobre seus ombros o peso da sinistra história dos judeus europeus, não estivessem sempre temerosas de perpetuar aqueles horrores, não estivessem constantemente cercadas por traços de seu extermínio. Como se houvesse mais luz ali e mais futuro.

Durante aqueles dias, Elzira nunca me perguntou o que havia de errado. Ela me vigiava em silêncio.

Capítulo 5

Por ocasião dos 65 anos da senhora Schneider, Elzira secretamente conspirou para reunir sua irmã e irmãos. No aniversário da mãe, os quatro se encontraram em Antuérpia, onde se juntaram cantando na porta da frente de casa. Por acaso, eu mandara para Elzira, uma semana antes do aniversário da senhora Schneider, um e-mail do tipo "como vai você – faz muito tempo que não nos falamos". Ela respondeu de imediato com uma pergunta. Será que eu poderia ir com Martinus ao aniversário?

"Isso seria ótimo, a casa ficaria como nos velhos tempos. Mamãe e papai não vão acreditar nos próprios olhos. Também não vou dizer nada a ela. Papai, é claro, também está envolvido na surpresa para mamãe, mas não diremos que você estará presente."

Existem pessoas que nunca perdem as versões anteriores de si mesmas. Moriel Schneider era uma delas; abrigava em si todas as idades e era sempre impenetrável.

Mas naquela tarde de seu aniversário, ela parecia completamente sem norte. Tinha o olhar e os gestos de alguém que perdera algo essencial, mas não sabia onde procurar. Como quando saímos de casa pela manhã, achando que esquecemos algo. Sentimos – sabemos – que está faltando algo, mas não conseguimos descobrir o que é. Verificamos os bolsos e na bolsa. Não é a carteira, ela está ali ao alcance da mão. Não são nossos documentos. Não é o casaco, o guarda-chuva nem o celular. Mas então o que é?

Não tenho ideia do que ela sentia falta durante sua festa. Tempo, talvez. Três de seus filhos foram para o exterior quando tinham 18 anos ou por aí. Desde então, eles estiveram em casa apenas ocasionalmente, por curtos períodos. Nunca, desde a escola secundária, estiveram os quatro ao mesmo tempo na casa paterna. Certamente não sozinhos, sem o cônjuge ou filhos. Em alguns momentos, a senhora Schneider precisou recorrer ao lenço. Como quando pegou a foto da vovó Pappenheim do aparador.

"A vovó morreu em paz. Durante o cochilo da tarde, enquanto visitava a irmã na Holanda." Eu me abstive de dizer que fora várias vezes a Putte. Não para visitar a avó Pappenheim, porque apenas recentemente soubera de sua morte. Mas porque ouvi dizer que era o lugar de descanso de alguns judeus flamengos e holandeses que afundaram com o Titanic. Farejei uma história. Nunca administrava bem as minhas idas a cemitérios; no entanto, os portões estavam trancados e não consegui ler as instruções próximas ao código da fechadura: estavam escritas em hebraico.

Embora me sentisse muito honrada pelo convite, foi estranho e intimidante estar com todos os Schneider novamente em sua casa após todos aqueles anos. Quer eu gostasse ou não, como em todos os encontros, aquele também revolvia tudo aquilo que não volta mais. Tínhamos orientado nossas vidas em direções diferentes, próprias de cada um. Todos havíamos mudado: engordamos ou emagrecemos, ficamos mais abertos ou fechados, mais enérgicos ou acomodados, mais religiosos ou ateus, mais crentes ou descrentes, velhos em idade, mas às vezes mais rejuvenescidos em maneiras de pensar e agir.

MAZAL TOV

Sara ficou gordinha, mas não perdeu a velha energia. Simon estava bem e ainda tinha aquele ar de senioridade. Pensei: "Se ele morasse no meu bairro, eu o escolheria como meu clínico geral num instante". Elzira estava aproveitando tudo. Jacob demonstrava estar pouco à vontade. Pela primeira vez, estava quieto. Mais um observador do que um participante, o patriarca Schneider estava no sétimo céu. O jeito que mirava sua esposa, os pequenos gestos com que a brindava, como um jovem de quase 70 anos convencido de que encontrara a mulher de sua vida. O comportamento de um com outro provava o oposto de minhas visões sobre a instituição do casamento.

Martinus e eu ficamos por mais de uma hora. Naquele curto período, durante o qual nunca relaxei inteiramente, percebi que todos faziam o possível para não evocar a memória de Nima. Apreciei a discrição, mas ao mesmo tempo pareceu forçada. Sabia que não queriam constranger Martinus. Mas naquela casa sempre enfrentei o mesmo dilema, e agora não era diferente: onde o respeito e a prudência acabam e o tabu começa? Será que eu precisava calar sobre o casamento falido anterior de Martinus e as crianças envolvidas naquilo, já que os Schneider, conservadores como são, não conseguiam lidar com a verdade? Ou porque eu sabia que uma das condições impostas a todos os potenciais genros e noras dos Schneider era "que não tenham pais divorciados"? Não silenciei sobre nada. Eu não queria me conter. Não mesmo. Mas os Schneider viam um divórcio na árvore genealógica como o início do fim. E uma criança de pais divorciados nunca poderia crescer numa parceria ortodoxa moderna, estável e madura. "Quem dorme com cachorro, pega pulga", era o comentário do senhor Schneider sobre o assunto. Então eu mesma estava infestada por pulgas e dividia cama e mesa com um homem mais infestado ainda, com vermes.

J. S. Margot

Eu senti que meu corpo se contorcia. Tentei me conectar com Elzira. Pela primeira vez, ela não percebeu como eu estava desconfortável. Ocupava-se carregando pratos da cozinha para a sala. Opris surgiu para dar um alô. Diferentemente de todos, por milagre, parecia igualzinha. Mas Opris não pôde me desviar das minhas preocupações. Busquei as palavras certas para falar ao casal Schneider sobre Martinus. Eu tinha orgulho de minha vida e de minhas escolhas, eu tinha orgulho de nossas pulgas. Meus músculos estavam tensos, prontos para absorver qualquer insinuação de superioridade implícita e encontrar qualquer julgamento, fosse este silencioso ou proferido.

— Como estão seus filhos? Elzira me disse que você tem dois — perguntou a senhora Schneider, virando-se para meu namorado.

Seguiram-se pelo menos mais 10 outras perguntas. Sobre se eles eram saudáveis, como estavam se saindo na escola, sobre seus talentos e traços de temperamento.

— Não deve ser inteiramente fácil para você — ela disse, dirigindo-se a mim. — Como você lida com essa situação?

Ainda assim, senti que minha visita teve um gosto de fim de ciclo: o próprio fato de termos ficado tão íntimos ao longo dos anos fez a distância entre nós agora parecer maior. Antes, as necessidades e as crianças quebravam as normas. Agora, as *mitzvot*, os caprichos com calendários e a idade adulta falavam mais forte. Nosso relacionamento chegara ao fim. Nós o estávamos confirmando. Naquela tarde, o senhor Schneider falou pelo menos três vezes que ele e sua esposa me consideravam como sua filha mais velha – de fato, a cada vez que disse isso, fixava o olhar em Martinus, como um sogro avaliando seu genro.

Capítulo 6

api, você pode me ensinar a fazer a barba? — O garoto pulou do sofá onde eu estava sentada com eles, folheando um livro de fotos repleto de rabinos.

Um dia, ouvi o pequeno filho de Elzira pedir a mesma coisa.

Um ano havia se passado desde a festa de aniversário da senhora Schneider. Jacob e Thirza tinham convidado Martinus e eu para passar alguns dias com eles em Meadows.

— Por que você quer se barbear, Benjamin? — perguntou Jacob.

— Porque não quero ter barba — o pequeno menino respondeu.

— Você não quer uma barba?! — perguntou Thirza, que estava sentada ao computador.

A maneira com que ela e Jacob administravam a combinação de suas vidas privadas, profissional e religiosa com tanto bom humor e serenidade era um enigma para mim. Àquela altura, eles já tinham quatro filhos. Alexander, o mais velho, tinha oito anos. Eles moravam numa casa simples. Trabalhavam muito duro, em parte porque as escolas das crianças eram – todas particulares – extremamente caras: por volta de vinte mil dólares anuais por criança.

— Não quero uma barba comprida como a desses homens nesse livro — Benjamim falou.

Os olhos de Thirza cintilaram.

— Vou ensinar-lhe como se barbear — Jacob prometeu.

— Agora?

— Agora não. Durante a semana.

Tranquilizado, o pequeno menino se juntou a mim no sofá. Eu lhe contei que, quando seu pai era um garoto, ele tinha cartazes com homens barbados ao lado da cama. Thirza, divertida, levantou uma sobrancelha para Jacob.

— Você conhece o papai e a mamãe do *daddy*? — Benjamin perguntou, escalando o colo de Martinus.

— Eu os visito sempre na casa deles.

— Você acha que eles são legais?

— Vovô e vovó Schneider são muito legais.

— O papai do papi era um menino pequeno na guerra.

Confirmei com um meneio de cabeça.

— Quero ouvir histórias sobre a guerra — o menino falou.

— Meu *zeide*, o pai da minha mãe, morava numa fazenda. Ele se sentava nas costas de um boi. Ele me contou. E me contou que fez manteiga de leite de vaca de verdade. Não sei nada sobre o papai do papi. Você pode me falar dele?

Fiz um sinal com a cabeça, mas não pude reprimir um sorriso: *alguém* certamente estava tentando extrair alguma história.

— Talvez você deva perguntar para vovô e vovó Schneider quando eles vierem aqui — eu disse.

— A vovó tem medo de avião. Ela quase nunca vem. E vovô não gosta de viajar sozinho.

— Quando vocês irão a Antuérpia de novo? Quando será a próxima vez que estarão com eles?

Mazal Tov

— Acho que no verão.

— Então escreva todas as perguntas que quer fazer para eles.

— Ainda não sei escrever direito! Só o meu nome e algumas frases. Mas sei ler inglês e hebraico. Você sabe quantos anos eu tenho? Cinco. Já tenho cinco.

— Seus pais podem ajudá-lo. Ou Alexander. Ou eu posso ajudá-lo. Espere um minuto.

— É por isso que tem sempre bloquinhos com você: por que você tem medo de esquecer todas as coisas importantes?

Minha visita à família de Jacob coincidiu com *Sucot*, a Festa das Cabanas. Eu conhecia aquela festa, é claro, que se revestia de uma importância toda especial no círculo da família. Mas foi apenas ali que consegui captar seu significado, ou ele foi explicado para mim: que o feriado de nove dias celebrava o êxodo dos hebreus pelo deserto, comemorando o milagre dos abrigos improvisados, usados por eles durante a perambulação naquela natureza selvagem.

Termos escolhido aquela semana foi totalmente acidental: as festas judaicas não estavam no meu radar e, na Bélgica, apesar da grande comunidade, há pouca coisa que as traga à minha lembrança. Acontece que os voos estavam em promoção na época da festa, no outono.

Naquela visita à cidade, a presença de judeus na vida nova-yorkina me impressionou mais ainda do que nas ocasiões anteriores. Nos *stands* improvisados por todas as ruas de Manhattan, judeus vendiam os quatro itens religiosos, os símbolos associados àquela festa: folha de palmeira, murta e salgueiro

J. S. MARGOT

arrumados em buquês, junto com os etrogim — frutas cítricas rugadas, de um amarelo ocre e aroma bem característico, guardadas como diamantes em caixas ornadas em prata. Os compradores examinavam a fruta com lentes de aumento. Os espécimes maiores, melhores, mais simétricos e intactos eram extraordinariamente caros: mais de 100 dólares, se eu lembro direito. Os gritos dos ambulantes ecoavam pelas ruas.

Avisos afixados nos azulejos de lojas e supermercados diziam: "Fique calmo e tenha um feliz *Sucot*". Todos os jornais só falavam dessa festa. Sucás públicas e privadas estavam em exibição por toda a cidade, como as cenas de presépio que se veem em dezembro. Martinus disse: "Acho que isso está indo longe demais. Religião deveria ser algo mais particular". Concordei, enquanto observava tudo, fascinada.

Ajudamos a construir e mobiliar a sucá da família de Jacob. Com o auxílio de uma estrutura de madeira, o teto plano da área de trás da casa foi decorado com ramos de folhagem de palma e salgueiro e transformado numa cabana ao ar livre.

Jacob e Martinus colocaram duas espreguiçadeiras e uma mesa longa na sucá. Thirza e eu nos sentamos à mesa com as crianças, fazendo pinturas com os dedos. As crianças dos vizinhos foram ajudar e juntaram-se às sessões de arte. Fizemos cartazes dizendo *Bem-vindo à nossa sucá* e os afixamos nas paredes com tachinhas. Equilibramo-nos numa escadinha, conectando fios com pequenas luzes – lembrando as de Natal – às paredes e ao teto. Enchemos dúzias de balões, amarramos cordões neles e os penduramos com barbante onde conseguimos. Thirza e as filhas posicionaram a *menorah* num pedestal.

As crianças, dez ao todo, deram um cochilo nas espreguiçadeiras, que haviam sido cobertas com sacos de dormir. Ganharam bolachas e chá quente. Sonhavam em voz alta com as estrelas que viram à noite através das folhagens enquanto os adultos limparam tudo e entraram para beber chá na cozinha.

Quinze minutos depois, Renate entrou no cômodo, em prantos.

— Laura — ela soluçava. — Algo aconteceu com Laura.

Thirza voou dali, seguida por Jacob. Martinus ficou pálido. Meu coração foi parar na garganta. O que acontecera?

Aconteceu que as crianças amarraram Laura a uma das espreguiçadeiras com a linha de nylon que usáramos para os balões. Alexander e Benjamin ajudaram, assim como todas as outras crianças. Até as menores – Renate, ao final, demonstrou ser a mais corajosa por ter ido nos avisar. Juntas, amarraram Laura à cama no mais puro estilo caubói/índio, pelas mãos e pés. Laura protestara, mas do seu jeito, derramando lágrimas silenciosas.

Jacob e Thirza mandaram as outras crianças para casa e pegaram à parte Alexander, Laura, Renate e Benjamin. À parte quer dizer na cozinha, onde estávamos Martinus e eu sem saber nosso lugar no debate.

Thirza falou com as crianças sobre seus corpos. Ela contou que cada um é o dono de seu próprio corpo. Explicou por que é tão importante, especialmente para meninas novas, saber que seus corpos pertenciam a elas e a mais ninguém. Ela falou sobre a força física superior dos meninos; flexionou os músculos dos braços para ilustrar suas palavras, pediu para Jacob flexionar os dele também. Em sua explicação, complementada por Jacob,

J. S. Margot

Thirza reforçou para as crianças que nem garotos nem garotas jamais deveriam tolerar ser tocados contra a vontade. Que se alguém fizesse qualquer coisa que não quisessem, eles deveriam reagir como pudessem. Que seus corpos e sexualidade eram somente deles próprios.

Fiquei profundamente impressionada com aquela lição. Thirza era uma mulher que cativara meu coração. Um sentimento que se reforçou após o final de seu curso de autoconfiança, quando a vi apertando discretamente o bumbum de Jacob.

Capítulo 7

Eu passava por acaso de bicicleta pela casa dos Schneider quando vi uma *van* de mudança. Um guindaste levantava móveis e caixas do primeiro e segundo andares. Parei. "Alguém está se mudando?", foi a pergunta idiota que fiz a um dos homens que estavam descarregando a van. Ele me perguntou se deveria chamar os novos inquilinos porque eles estavam lá dentro.

Não, não havia necessidade daquilo.

Assim que cheguei em casa, mandei um e-mail a Elzira. Anexei uma foto que havia tirado com meu celular da linda fachada branca com um guindaste apoiado contra ela.

A resposta veio rápido. Seus pais haviam vendido a casa e viviam então alternadamente entre Antuérpia e Nova York, num *flat* em cada cidade. Eles queriam passar cada metade do ano na cidade em que morava cada metade dos netos, e Elzira e Jacob eram pais de nove deles.

A senhora Schneider fizera um curso para curar o pânico de viajar de avião. "E se a turbulência ficar realmente ruim, sempre existe o Xanax."

Elzira incluiu alguns anexos ao seu e-mail: fotos do senhor e senhora Schneider de pijamas, de camisolas e chinelos, despedindo-se dos filhos de Elzira enquanto eles entravam no ônibus escolar pela manhã. Havia também algumas fotos da própria filharada que parecia emburrada com os avós: nenhum adolescente acha legal estar cercado pelos amigos e ter gente de pijama se despedindo deles na porta de casa.

Aquelas últimas me fizeram rir. Não as fotos do casal. Mas sim porque o senhor Schneider me lembrava demais Dustin Hoffman no papel de caixeiro viajante, no filme de Arthur Miller. Apesar de ser apenas impressão minha, nunca antes eu vira o senhor Schneider em outros trajes que não em seu terno escuro e camisa branca. De repente, lá estava ele num pijama rosa felpudo.

Capítulo 8

andei um e-mail para o casal Schneider para felicitá-los pela nova e dupla vida. Para minha grande surpresa, ele me ligou assim que o e-mail chegou.

— Estamos em Nova York. Moramos perto de Elzira.

— Parabéns. Vocês devem amar estar tão perto dos filhos e dos netos. Como está a senhora Schneider?

— Não gosto de ouvir o sotaque americano. Os americanos falam como se estivessem sempre com chiclete na boca. Fico feliz que meus netos estejam crescendo nos Estados Unidos, mas acho uma pena que não absorvam todos os idiomas que poderiam num ambiente europeu.

— Eu sinto tanto quanto o senhor. Pelo menos existe um consolo: todo mundo fala inglês. Com essa língua eles podem explorar o mundo.

— Obrigado por seu e-mail. Minha esposa e eu ficamos muito felizes em recebê-lo.

— Por nada.

— Estou preocupado com nossa juventude judaica, sabia? A Ásia está investindo pesado em educação. Se nós, judeus, queremos continuar a desempenhar um papel de liderança econômica, intelectual, artística e acadêmica, nossos netos terão de se empenhar mais. Eu me sentiria melhor, mais seguro, mais tranquilo, se eles falassem mais de uma língua.

— Eles podem falar hebraico moderno também, não?

— Eles falam *ivrit*, mas não leem tão bem. Conhecem o básico, mas é só. Isso é a América. Pouca profundidade. Perda de tradição.

— O senhor parece tão pessimista. Não conhecia esse seu lado.

— Estou pensando no futuro.

— Não se preocupe à toa.

— A China é uma estrela em ascensão. E se logo começar a ditar as regras? A economia americana sofreria e teríamos um grande impacto social. Talvez nossos filhos não sejam então mais bem-vindos aqui. Desde tempos imemoriais, judeus se estabeleceram onde a economia e o comércio floresceram. Mas será que a China estaria aberta a eles, a nós?

— O senhor consegue ver seus netos indo para a China?

— Gostaria que eles estudassem chinês, com certeza. Mas imagino se os judeus poderiam criar raízes em solo asiático. E os chineses são um povo fechado. Qual a sua opinião?

— Os judeus são um povo reservado.

— Você acha?

— O senhor não?

— Fomos fechados em relação a você?

— Se não fosse pelos seus filhos, nunca teríamos entrado em contato. As crianças constroem pontes. Adultos constroem paredes.

— Você acha que isso se aplica a mim e à minha esposa?

— Acho que isso se aplica no geral.

— Não tenho certeza.

— Acho que se aplica à comunidade ortodoxa judaica. Por que vocês têm tanto medo de abrir um pouco mais as portas, para que qualquer um possa dar uma espiada?

— Você está falando de Antuérpia? Ou dos Estados Unidos?

— Antuérpia.

— Mas você é escritora. Você é uma jornalista. Você é que sempre quer saber o que acontece nos bastidores!

— Estou falando isso como amiga da família. Não como escritora ou jornalista.

— Você raciocina em termos de histórias. Sempre foi assim.

— E isso é ruim?

— Não. Desde que não escreva sobre nós.

— E se eu escrever?

— Você está planejando?

— O senhor está me dando ideias.

— Bem, se assim for, espero que nunca use nossos nomes. Que não revele quem nós somos.

— Quem seriam esses "nossos" e "nós"?

— Todos os Schneider e Pappenheim.

— Jacob e Elzira não se importariam se eu escrevesse sobre eles. Acho que Jacob até contaria vantagem disso.

— Você é muito querida para nós, minha esposa e eu. Nossas crianças, especialmente Elzira e Jacob, são muito leais a você. Por favor, não abuse da lealdade deles e da nossa.

Eu não queria me opor a ele. Eu não queria dizer que seus filhos já eram adultos. Eu sabia que ele estava certo. Jacob e Elzira tomariam suas próprias decisões. Muito diferentes daquelas de seu pai e de sua mãe. Eu não queria criar uma cisão entre eles. Todos eram muito queridos para mim. Todos.

— Nós, a comunidade judaica de Antuérpia, não podemos ser abertos. Não como você quer — ele continuou. — Você conhece um pouco de nossa história. Portanto, deveria entender isso. Que é melhor vivermos nossas próprias vidas em silêncio.

Eu lamentava o rumo que a conversa estava tomando. Ele não parou.

— Eu me alegro por Kim Clijsters e passeio pelo Central Park vestindo meu boné de beisebol do Anderlecht. Isso mostra o quão orgulhoso sou de meu país. Ainda assim, você nos reprova pela falta de abertura. Por falharmos como cidadãos belgas.

— Isso não tem nada a ver com o que eu quis dizer. Eu tentava dizer que diversidade, assim como amor, é um trabalho em curso, senhor Schneider. Diversidade exige sangue, suor e lágrimas de todas as partes envolvidas.

— Você poderia conseguir um trabalho escrevendo para políticos. Você fala por *slogans*.

— O senhor acha?

— Nossa amizade é única. A ligação que você tem com Elzira é insubstituível. Não vamos pôr isso em risco.

— Não, é claro que não! — Fiquei chocada.

— Espero que continue a ver nossas crianças. Minha esposa espera isso também.

— Nós nos escrevemos regularmente, Elzira e eu — disse, numa tentativa de tranquilizá-lo.

MAZAL TOV

— Você não pode manter uma amizade por e-mail. Quando eu e minha esposa estivermos em Antuérpia, você pode vir para Nova York e ficar em nosso pequeno *flat*.

— O senhor é incrivelmente amável, mas...

— Que diversidade é essa à qual você se refere? — ele perguntou. E, logo em seguida: — Você já ouviu aquela sobre o judeu, o francês e o inglês que chegaram a uma ilha deserta depois de um naufrágio?

Apesar de ter tentado, não consegui me conter:

— O senhor Schneider, que se orgulha de ser flamengo e belga, zombando com humor porque fala de "um judeu", junto com "um francês" e "um inglês" como se o judeu não pudesse ser também francês, inglês ou belga.

Houve um longo silêncio.

— Você está certa. Obrigado por sua observação. Você já ouviu aquela sobre o judeu flamengo, o francês e o inglês que chegaram a uma ilha deserta depois de um naufrágio?

* * *

Sobre a tradução

Fernando Dourado Filho traduziu *Mazal Tov* da versão francesa da editora Presses de la Cité, de Isabelle Rosselin. De sua autoria, a AzuCo publicou o romance epistolar "O boiadeiro que tentou devolver o Brasil a Portugal"; a coletânea de contos "Qualquer sensação súbita" e os relatos de viagem "Doze dias de outono em Moscou" e "Ukrayina". Escreveu também a alegoria "Um jacaré em Paris - Vida dupla na Cidade Luz"; o ensaio memorialístico "As partidas da minha vida" e o romance "O halo âmbar" (outubro de 2023). O tradutor registra que durante todo o processo contou com o apoio e a dedicação de Karen Szwarc, que foi incansável no empenho em achar a palavra certa e em transcrever o texto em português, muitas vezes recorrendo à versão do livro em outras línguas para maior precisão. Sem a força de sua presença, é possível que o trabalho ainda estivesse na gaveta de planejamento, e não no portfólio de realizações. A ela, um obrigado todo especial pela confiança e pelas centenas de horas de companheirismo e paciência.